*Las Grandes Novelas de Aventuras*

# LA ISLA DEL TESORO

R. L. STEVENSON

# LA ISLA DEL TESORO

EDICIONES ORBIS, S.A.

Título original: TREASURE ISLAND



ISBN: 84-7530-731-0
D.L.B. 29960-1984

Compuesto, impreso y encuadernado por
Printer, industria gráfica s.a. Provenza, 388 Barcelona
Sant Vicenç dels Horts

Printed in Spain

# CAPÍTULO PRIMERO

## LA HOSTERÍA DEL «ALMIRANTE BENBOW»

Mr. Trelawny, hidalgo de mi pueblo, el doctor Livesey y varios otros amigos míos, me han pedido que describiese detalladamente todo lo que nos ocurrió en la Isla del Tesoro, desde el principio al fin, omitiendo solamente la situación geográfica de la isla, por cuanto hemos dejado en ella, aún, parte del botín rescatado. Empiezo, pues, mi relato en el año 17... y me remonto a la época, ya lejana, en que mi padre era propietario de la hostería del «Almirante Benbow» y en que se hospedó en nuestra casa un viejo lobo de mar, cuyo rostro curtido por la intemperie hallábase surcado por la siniestra cicatriz que en él dejara un terrible sablazo.

Persiste en mi mente con toda nitidez –como si fuese ayer–, el recuerdo de la llegada de aquel hombre, que se presentó en nuestra hostería, renqueando y seguido de una carretilla en la que llevaba un pesado cofre de marinero. Era alto, ancho de hombros, fornido y muy moreno. La embreada coleta le caía sobre la espalda, rozando una vieja casaca sucia y verdosa, llena de manchas. Tenía las manos agrietadas, surcadas de cicatrices imborrables, las uñas rotas y sucias. Pero lo que primero llamaba la atención en él, era la huella dejada en su mejilla derecha desde la mandíbula hasta la sien, por un terrible sablazo.

Silbando entre dientes anduvo un rato escudriñando la ensenada cercana; y de pronto, volviéndose de espaldas al mar, mientras regresaba a la hostería, entonó aquella extraña y antiquísima canción que tantas veces oí cantar después, en sus interminables horas de soledad y de ocio:

*Quince hombres sobre el cofre del muerto,*
*¡ja, ja, ja!*
*¡Y un gran frasco de ron!*

Al llegar a la posada golpeó fuertemente la puerta, con su bastón alto y delgado como un espeque artillero; y al presentarse mi padre, le ordenó con dureza que le sirviera una copa de ron. Bebióla muy despacio, como un catador experto, paladeando los sorbos y espaciándolos largamente, mientras seguía examinando la áspera silueta del acantilado y la mohosa enseña suspendida a la puerta de nuestra posada.

–El atracadero es magnífico –dijo, por fin, con socarronería–; y esta posada no podía hallarse en ningún sitio mejor. ¿Hay mucha clientela, patrón?

Mi pobre padre contestó negativamente, con voz melancólica. El lugar era solitario, la comarca desierta, la costa abrupta, casi inabordable...

–Ese es, precisamente –replicó el viejo–, el fondeadero que a mí me conviene.

Y dirigiéndose al mozo de la carretilla, gritó con voz ronca, imperiosa y cascada:

–¡Ea, muchacho! Hasta aquí llegamos. ¡Sube el cofre, en seguida!

Luego, volviéndose lentamente hacia mi padre:

–Permaneceré aquí algún tiempo –continuó–. No soy hombre difícil: huevos con tocino, ron, y ese promontorio para entretenerme viendo pasar los navíos; esto basta... ¿Mi nombre? Llamadme como queráis; llamadme capitán, por ejemplo. Esto bastará también... Sí, sí: ya veo vuestras señas, ya entiendo. ¡Tomad! –Y diciendo esto, arrojó sobre el mostrador tres o cuatro monedas de oro–. Cuando hagan falta otras, ya me avisaréis.

Y nos dejó plantados, yéndose en pos del cofre, hosco y altivo como un verdadero capitán de fragata.

Mi padre y yo nos miramos sin hablar palabra. En realidad, a pesar de su aspecto miserable y el grosero lenguaje que empleaba, el desconocido no parecía un simple marinero, sino más bien un capitán o piloto, acostumbrado al mando y a una estricta obediencia. El mozo de la carretilla nos dijo en voz baja, al salir, que el viejo lobo había llegado aquella misma mañana, en la diligencia, a la aldea vecina, informándose en seguida de las hosterías establecidas a lo largo de toda la costa. Sin duda había oído hablar bien de la nuestra, y su gran aislamiento hizo que la prefiriese a las demás. Esto es todo lo que pudimos averiguar de nuestro extraño huésped.

Por lo general se mostraba taciturno. Se pasaba todo el día vagando por la ensenada o por la cresta de los acantilados, llevando debajo del brazo un viejo y verdoso catalejo de bronce; al atardecer se encerraba en el mesón, y allí permanecía sentado, al calor de la lumbre, bebiendo grandes vasos de agua cargada fuertemente de ron. Casi nunca contestaba a las pocas preguntas que se le dirigían; pero, de improviso, nos miraba hoscamente, echando tales resoplidos: que sus narices resonaban como un cuerno marino. Todos, la gente que solía frecuentar el mesón y nosotros mismos, pronto nos acostumbramos a dejarle en paz.

Cada tarde, invariablemente, al volver de su largo paseo, preguntaba si habíamos visto pasar algún marinero por el camino de la costa. Al principio creímos que echaba de menos la compañía de sus semejantes y deseaba trabar amistad con alguno de ellos; pero después nos convencimos de que, por el contrario, procuraba evitarles. Cuando algún marinero venía a hospedarse al «Almirante Benbow» (como a veces ocurría con los que se dirigían a Bristol por el camino de la costa), antes de que el desconocido entrase en la sala nuestro huésped le examinaba atentamente, a través del visillo que cubría el cristal de la puerta.

Y, ya de antemano, era seguro que, mientras el viajero permaneciese en el mesón, el viejo lobo no despegaría los labios por nada del mundo.

Sin embargo, yo no veía nada extraño en ello, y en cierto modo era partícipe de sus sobresaltos, pues, una tarde, me llamó aparte y me prometió que el día primero de cada mes me daría cuatro peniques en moneda de plata, si me comprometía «a espiar la llegada de un marinero con una sola pierna» y a prevenirle en cuanto apareciese. Al llegar el primero de mes y reclamarle yo lo pactado, muchas veces el viejo se limitó a dar con sus narices un largo resoplido y a clavarme fijamente sus ojos; pero siempre, antes de que terminase la semana, acababa por mudar de actitud y entregarme el dinero prometido, insistiendo en sus órdenes de «que le avisase si veía al marinero de una sola pierna».

Ciertamente el raro personaje perturbaba mis sueños. En las noches de tempestad, cuando el viento bramaba en torno de la casa y las olas mugían en la angosta ensenada, estrellándose contra el acantilado, se me aparecía bajo mil formas diversas, todas ellas diabólicas. Unas veces su pierna cortada lo estaba a la altura de la rodilla, y otras en la cadera, como arrancada de cuajo; y en algunas ocasiones aquel ser monstruoso parecía no haber tenido nunca más de una sola pierna, que le pendía del centro del tronco, como si fuese una cola. Mis peores pesadillas consistían en verle saltar y correr tras de mí, salvando zanjas y vallas. Y, en definitiva, esas terribles alucinaciones me hacían pagar muy caro mis cuatro peniques mensuales.

Sin embargo, a pesar de vivir aterrado por la idea del marinero con una sola pierna, el propio capitán me infundía mucho menos miedo que a los demás clientes del mesón. Algunas noches solía excederse en la bebida; y entonces se ponía a cantar aquellas siniestras, antiguas y bárbaras canciones de mar, sin preocuparse de nadie. Otras veces ordenaba servir bebida a todos los circunstantes, y les obligaba a escuchar, temerosos, sus largas historias, o a corear sus ásperos refranes. A menudo la casa entera retumbaba con el consabido «¡Ja, ja, ja! – ¡Y un gran frasco de ron!» Todos le acompañaban, aterrorizados, esforzándose cuidadosamente en evitar las censuras del viejo, porque en tales casos era un camarada descontentadizo y tiránico. Daba formidables palmadas sobre la mesa, para imponer silencio; se enfurecía si le preguntaban algo, e incluso, a veces, porque no lo hacían, creyendo adivinar en ello una falta de atención en su auditorio. Y no consentía que nadie abandonase la hostería, antes que él, ebrio como una cuba y tambaleándose, hubiese ido a acostarse.

Lo que más asustaba a la gente eran sus relatos, todos ellos espantosos y horribles. No hablaba más que de ahorcamientos y combates, de tempestades en alta mar o en las islas Tortugas, y de salvajes hazañas en lejanas tierras del Continente Español. A juzgar por sus palabras, se había pasado la vida entera en medio de los peores bandidos que el diablo soltara por los mares del mundo. Y la manera de narrar esos sucesos escandalizaba casi tanto a los ingenuos campesinos, como las mismas barbaridades que contaba. Mi padre decía continuamente que el mesón estaba perdido y que la gente lo abandonaría muy pronto, cansada de verse aterrorizada y abatida en él, para luego ir a acostarse temblando de horror y de miedo. Sin embargo, yo creo que por el contrario, la presencia del viejo nos favorecía. Es cierto que los aldeanos le tenían miedo, cuando estaban en su presencia; pero luego, al recordarlo, casi llegaban a amarle, porque aquel hombre estimulaba de una manera insólita la apacible existencia rural. Hasta hubo cierto grupo de jóvenes lugareños, que decían admirarle; y le llamaban «un verdadero lobo de mar», un «gran tronera empedernido», y otras cosas por el estilo, convencidos de que era uno de esos hombres sobre los cuales descansa la formidable pujanza naval de Inglaterra.

Lo cierto era, en todo caso, que nos llevaba directamente a la rutina, pues persistía en quedarse: transcurrían las semanas, pasaban los meses, y el dinero del viejo se había agotado ya desde hacía mucho tiempo, sin que mi padre tuviese jamás el valor suficiente para reclamarle la deuda. Si, por casualidad, se le escapaba la menor alusión, el capitán resoplaba de inmediato con tal fuerza, que parecía rugir; y mi pobre padre, asustado, abandonaba la habitación. Varias veces, después de una de esas demostraciones casi mudas, pero tan elocuentes, le vi retorcerse las manos de desesperación; y estoy seguro de que las angustias y el temor en que vivía de continuo, apresuraron grandemente su desgraciado y prematuro fin.

Mientras vivió entre nosotros, el capitán no cambió jamás de vestido, a no ser las medias, pues una vez compró algunos pares a un mercader ambulante. Se le rompió uno de los cuernos de su mugriento sombrero, y, en adelante, lo dejó colgado, no obstante lo incómodo que resultaba en los días de viento. Todavía recuerdo el aspecto de su vieja casaca verdosa, que él mismo remendaba, encerrado en su cuarto, y que, mucho antes ya del final, era un puro cosido de andrajos. Nunca escribía cartas; no hablaba a nadie más que a los clientes del mesón, y aun a éstos sólo cuando estaba borracho. Nadie había osado abrir jamás su gran cofre marinero.

Una sola vez le pusieron a raya; y ello ocurrió en sus últimos tiempos, cuando mi pobre padre andaba ya gravemente atacado por la consunción que debía llevarle al fin. El doctor Livesey, que había venido al atardecer para visitar al enfermo, pidió a mi madre que le sirviera de cenar; y luego penetró en la sala de la posada, a fumar una pipa, mientras esperaba que le trajesen su caballo del villorrio cercano, pues en el «Almirante Benbow» no teníamos establo. Yo le seguí los pasos; y al punto noté –lo recuerdo todavía– el contraste que formaba el doctor, aseado y prolijo, con sus cabellos empolvados, blancos como la nieve, sus ojos negros y brillantes y su agradable apostura, en medio de los campesinos groseros, y sobre todo, de aquel sucio, pesado y misterioso corsario embrutecido ante su vaso de ron y con los codos apoyados en la mesa. De pronto, éste se puso a cantar su sempiterna canción:

*Quince hombres sobre el cofre del muerto,*
*¡Ja, ja, jaj!*
*¡Y un gran frasco de ron!*
*¡Ja, ja, ja!*
*El diablo y el ron se encargan del resto,*
*¡Y un gran frasco de ron!*

Al principio yo había supuesto que «el cofre del muerto» debía ser el enorme baúl que el pirata tenía en su cuarto; y su imagen anduvo mezclada, en mis pesadillas, con la del «marinero de una sola pierna». Pero luego, con el tiempo, habíamos acabado por no prestar ya ninguna atención al absurdo refrán. Sin embargo, aquella noche debió ser algo nuevo para el doctor Livesey, y, en seguida, observé que le producía un efecto muy poco agradable, porque alzó airadamente los ojos, un instante nada más, y continuó dialogando con Taylor, el viejo jardinero, sobre un remedio contra el reumatismo. Mientras tanto, el capitán iba animándose paulatinamente con su propia música; y así terminó por dar sobre la mesa una recia palmada, signo inequívoco –bien lo sabíamos– de que exigía silencio. En seguida todas las voces callaron, menos la del doctor Livesey, quien siguió hablando como antes, con su voz clara y agradable, sacando de su pipa, a cada dos o tres palabras, una bocanada de humo. El capitán se fijó en él en un instante, dio otra fuerte palmada, le miró de arriba abajo, y, por fin, lanzó este grito, envuelto en un soez juramento:

–Silencio ahí, en el entrepuente.

–¿Me habláis a mí, caballero? –preguntó el doctor.

El viejo corsario le respondió afirmativamente con otro juramento. Por su parte, el médico conservó toda su calma y se limitó a decir:

–Sólo os diré una cosa y es que, si seguís bebiendo de esta forma, muy pronto el mundo se habrá librado de otro bribón.

El beodo, furioso, se levantó de un salto y sacando su cuchillo marinero, abrió la hoja y amenazó, por un momento, con clavar al doctor en la pared.

El médico no se asustó, sino que, hablando por encima del hombro y siempre en el mismo tono, sólo alzó un poco más la voz para poder ser oído en toda la sala y dijo con perfecta serenidad:

–Será mejor que guardéis eso en el bolsillo inmediatamente, si no queréis que os haga ahorcar.

Por un momento, los dos hombres se midieron con la mirada. Pero, en seguida, el capitán volvió a cerrar la hoja, guardó el cuchillo en el bolsillo y volvió a su sitio, como un perro castigado.

–Y ahora, caballero –prosiguió el doctor–, será conveniente que andéis con cuidado, pues, sabiendo que en la comarca se encuentra un sujeto de vuestra calaña, os vigilaré de día y de noche, porque además de médico soy juez, y la menor queja que reciba de vos, aunque sólo sea por una grosería como la de esta noche, será suficiente para que os quite las ganas de tener caprichos. ¡Y con esto, basta!

Poco después llegó a la puerta de la hostería el caballo del doctor Livesey y éste se alejó en la noche. En cuanto al capitán, quedó tan tranquilo durante varios días.

# CAPÍTULO II

## LA APARICIÓN DE «PERRO NEGRO»

No había pasado mucho tiempo, cuando ocurrió el primero de los misteriosos sucesos que nos permitieron librarnos finalmente del pirata, aun cuando no de sus preocupaciones, como se verá luego. El invierno era áspero y frío, con largas y fuertes heladas y violentas tempestades; y desde el principio ya pareció indudable que mi pobre padre tendría muy pocas probabilidades de llegar hasta la primavera. Cada día iba perdiendo más fuerza; mi madre y yo llevábamos todo el peso de la hostería, y estábamos demasiado atareados para hacer gran caso de nuestro desagradable huésped. Una mañana de enero, muy temprano y en que hacía un frío glacial, la pequeña ensenada apareció completamente blanca, cubierta de escarcha. Las olas chapoteaban suavemente al quebrarse sobre las piedras de la playa, y el sol, todavía muy bajo, solamente iluminaba la cresta de las colinas y lucía a lo lejos, en la inmensidad del mar. Madrugando más que de costumbre, el capitán se dirigió a la playa, con su cuchillo asomando entre los largos faldones del casacón, su catalejo de bronce debajo del brazo y el sombrero echado hacia atrás. Aún me parece estar viendo flotar su hálito como una leve humareda a manera de estela, y oír el último ruido que dejó tras de sí, al doblar un peñasco: un inmenso resoplido de indignación, como si todavía estuviera pensando en el doctor Livesey.

Mi madre se encontraba en el piso alto de la casa, atendiendo a mi padre, y yo estaba poniendo la mesa para el desayuno del capitán, que no tardaría en regresar, cuando se abrió la puerta de la calle y apareció un desconocido. Era un sujeto pálido, casi lívido; le faltaban dos dedos de la mano izquierda y, aunque llevaba un enorme cuchillo, no tenía aspecto de pendenciero. Yo estaba constantemente al acecho de los hombres de mar, tanto si tenían una como dos piernas, y recuerdo que la presencia de aquel individuo me sobresaltó. Aunque no vestía como los marineros, lo cierto era que en torno a su persona vagaba un cierto relente marino.

Le pedí qué deseaba; me respondió que le trajese un vaso de ron; y ya me disponía a salir de la sala para ir a buscarlo, cuando el desconocido se sentó a una mesa y me hizo señas de que me acercara a él. Me quedé inmóvil, con una servilleta en la mano.

–Ven acá, muchacho.

Avancé un solo paso.

–¿Es ésta la mesa de mi compañero Billy? –inquirió guiñando levemente un ojo.

Le contesté que no conocía a su compañero Billy, y que la mesa era de un huésped, a quien llamábamos el capitán.

–Lo mismo da –respondió–. A mi amigo Billy se le puede también llamar el capitán. Tiene una cicatriz en la mejilla y unos modales muy agradables, sobre todo después de beber a su antojo. Supongamos, pues, que ese capitán tiene una cicatriz en la mejilla, y que esa mejilla es la derecha... ¿Ves? ¿No te lo decía yo? Y ahora, dime: ¿está en casa el amigo Billy?

Contesté que se hallaba de paseo.

–¿De qué lado, muchacho? ¿Sabrías decirme hacia dónde?

Le indiqué el peñasco, y agregué que, probablemente, regresaría muy pronto. Cuando hube respondido a otras varias preguntas, el hombre me dijo:

–¡Bah! No le vendrá mal a mi amigo beber un trago, a la vuelta.

Al pronunciar estas palabras equívocas, la expresión de su rostro no tenía nada de risueña. Pero, al fin y al cabo, me dije yo, a mí eso no me importaba en absoluto. Y es que, por otra parte, tampoco sabía qué hacer: el desconocido se había plantado en el umbral de la hostería y vigilaba la costa, como un gato que acecha al ratón.

Salí a la carretera un instante, pero él me llamó en seguida; y como, al parecer, le obedecí con menos presteza de la que deseaba, su rostro lívido se contrajo en una mueca horrible, y me reiteró la orden con un juramento que me hizo temblar. Pero, apenas estuve otra vez en el local, volvió a las andadas y, entre caricias y burlas, me sacudió la espalda, me dijo que era un buen muchacho y que le resultaba muy simpático.

–Yo tengo también un hijo –añadió– que es mi mayor orgullo; y os parecéis como dos gotas de agua. Pero lo más importante para los hijos es la disciplina, muchacho, ¡la disciplina! Si hubieses navegado con Billy, seguramente que no habría tenido que llamarte dos veces. ¡Ah, eso no! Billy, ni los que han navegado con él, tuvieron jamás esa costumbre... Pero, no hay duda: he aquí a mi compañero Billy, con su catalejo debajo del brazo. ¡Bendito sea! Ven; nos ocultaremos detrás de la puerta, para dar a Billy una pequeña sorpresa. ¡Bendito sea Billy!

El desconocido me llevó a un rincón donde la puerta abierta nos escondía a ambos. La verdad es que yo estaba muy asustado, y mi temor se aumentaba aún, al ver que el forastero daba también innegables señales de alarma. Sacó la empuñadura de su grueso cuchillo, hizo resbalar la hoja en la vaina, y durante todo el tiempo que estuvimos en acecho, iba tragando saliva como si tuviese un nudo en la garganta.

Por fin llegó el capitán; cerró de golpe la puerta, tras de sí, sin mirar a derecha ni izquierda, y atravesó el local en dirección a la mesa en que estaba servido el desayuno.

–¡Billy! –llamó entonces al desconocido, procurando, al parecer, que su voz fuese recta y atrevida.

Girando sobre sí mismo, como movido por un resorte, el capitán nos miró: su color moreno se había apagado y hasta su roja nariz estaba lívida. Parecía como si estuviese contemplando un espectro, un diablo o, a ser posible, algo peor todavía; y casi me dio pena verle, de pronto, tan agobiado y caduco.

–Vamos, Billy, ¿no me conoces? ¿No te acuerdas de tu viejo compañero, Billy?

El capitán suspiró convulsivamente:

–¡El «Perro Negro»!

–¡Pues naturalmente! –replicó el forastero, ya con mayor aplomo–. El «Perro Negro», más vivo que nunca, ha venido a ver a su viejo amigo Billy, en el mesón del «Almirante Benbow»... ¡Ah, mi querido Billy! ¡Lo que hemos corrido por el mundo, tú y yo, desde que perdí esos dos dedos! –agregó alargando su mutilada mano.

–Vamos al grano –gruñó el capitán–. Me has descubierto: aquí estoy. Y ahora, dime: ¿qué quieres?

–¿No lo decía yo? –contestó el «Perro Negro»–. Billy, tienes razón. Voy a pedir dos vasos a ese buen muchacho, a quien quiero de veras, y tú y yo nos sentaremos ahí, a charlar como viejos amigos.

Cuando les traje el ron, ambos estaban ya sentados, uno a cada lado de la mesa. El «Perro Negro» se hallaba cerca de la puerta y apenas se apoyaba en la silla, de manera que pudiese tener un ojo puesto en su viejo amigo, y el otro –supuse yo– en la huida.

Me ordenó que saliese y dejase abierta la puerta. («A mí no me gustan las cerraduras, muchacho», me indicó.) Les dejé a solas y me retiré a la trastienda.

A pesar de mis esfuerzos para oír lo que decían, estuve largo tiempo sin comprender ni una sola palabra de su confuso murmullo; pero, finalmente, elevaron las voces, y entonces pude distinguir una o dos palabras, entremezcladas con varias blasfemias, dichas por el capitán.

–¡No, no y no! ¡Y basta ya! –oí que gritaba. Y luego–: Si hay que morir ahorcado, nos ahorcarán a todos. ¡Eso es!

De repente, estalló una violenta explosión de blasfemias; sillas y mesas se derrumbaron; resonó un agrio roce de aceros, luego un grito de dolor, y un segundo después, vi al «Perro Negro» que huía, perseguido por el capitán, ambos empuñando sus grandes cuchillos, y el primero con el hombro izquierdo cubierto de sangre. En el preciso instante de llegar los dos a la puerta, el capitán tiró al fugitivo una tremenda y última cuchillada, que le hubiera abierto la espalda en canal, si antes no hubiese recibido y parado el golpe nuestra recia enseña del «Almirante Benbow». Hoy todavía puede verse la muesca que dejó la hoja en la parte inferior del marco. Esta embestida puso fin al combate. Una vez en la carretera, «Perro Negro», a pesar de su herida, echó a correr como alma que lleva el diablo y en un abrir y cerrar de ojos desapareció detrás de la cresta de la colina más próxima. El capitán quedó como aturdido, contemplando estúpidamente la enseña; se pasó repetidas veces la mano por los ojos, y luego volvió a entrar en el mesón.

–¡Jim –gritó–, dame ron!

Y mientras pronunciaba estas palabras, se tambaleó ligeramente y tuvo que sostenerse con la mano en el muro.

–¿Estáis herido? –le pregunté.

–¡Dame ron! –repitió–. Voy a marcharme de aquí. ¡Dame ron, dame ron!

Fui a buscarlo inmediatamente; pero como estaba demasiado emocionado por lo que acababa de ocurrir, rompí el vaso, obstruí la espita, y temblaba aún como un azogado, cuando oí que algo que se desplomaba pesadamente en la sala. Corrí hacia ella y me encontré con que el capitán estaba tendido en el suelo. En el mismo instante, mi madre, atraída y alarmada por los gritos y el estruendo de la lucha, se presentó a socorrerme. Entre los dos logramos levantar la cabeza del viejo corsario, que resollaba fuerte y rudamente, con los ojos cerrados y el rostro lívido y amarillento.

–¡Qué desgracia, Dios mío! –exclamó mi madre–. ¡Qué desgracia para esta pobre casa...! ¡Y con tu padre tan enfermo!

No teníamos la menor idea de lo que debía hacerse para auxiliar al capitán, y estábamos convencidos de que acababa de recibir algún golpe mortal en su lucha con el forastero. Por si acaso, tomé el vaso de ron y procuré echarle un poco en la garganta; pero tenía los dientes apretados y las mandíbulas más rígidas que si fueran de hierro. Y así estábamos, cuando, con indecible alivio, vimos abrirse la puerta y aparecer el doctor Livesey, que venía a visitar a mi padre.

–¡Señor doctor! –exclamamos mi madre y yo–. ¿Qué hay que hacer? ¿Dónde está herido ese hombre?

–¡Y qué ha de estar herido! –replicó el doctor–. Lo está tanto como nosotros mismos. Lo que tiene es un ataque, el mismo que yo le pronostiqué. Vamos, vamos, mujer: atended a vuestro marido y, a ser posible, no le digáis una palabra de esto. No tengo más remedio que hacer todo lo posible para salvar la vida de este bribón. Y a ello voy: Jim, tráeme en seguida una palangana.

Cuando volví con ella, el doctor ya había arremangado al capitán uno de sus recios y musculosos brazos, cubierto de antiguos tatuajes que decían: «Viento en popa», «Buena suerte», «Billy Bones se ríe de todo», con letras grabadas en la piel y perfectamente legibles. Más arriba, cerca del hombro, veíase una horca con un ahorcado; y el dibujo me pareció lleno de vigor y carácter.

–Esto es profético –manifestó el doctor, tocando con la punta del dedo la imagen–. Pero ahora, maese Billy Bones (si es que en realidad os llamáis así), vamos a ver de qué color tenéis la sangre... Jim, ¿te asusta verla correr?

–No, señor doctor.

–Bueno; pues, entonces, sostén la palangana.

Fue preciso sacar al capitán mucha sangre antes de que abriera los ojos y los fijara vagamente en su derredor. Apenas reconoció al médico, frunció las cejas; pero luego, al posar la mirada en mí, pareció tranquilizarse. Sin embargo, de pronto cambió de color, y procurando incorporarse, gritó:

–¿Dónde está el «Perro Negro»?

–Dejadnos en paz con ese perro –le contestó el doctor–. Habéis bebido en exceso y os ha dado el ataque que os pronostiqué. Ahora mismo acabo de sacaros, bien a pesar mío, de la fosa donde habíais metido estúpidamente una pata. Conque, amigo Bones...

–No me llamo así –interrumpió.

–¡Lo mismo da! Así se llama, por lo menos, un pirata conocido mío, y os doy su nombre para abreviar.... Tened presente lo que voy a deciros: un vaso de ron no logrará mataros; pero si tomáis uno, luego tomaréis otro, y después otro más. Y apuesto cualquier cosa a que, si no cortáis por lo sano, os moriréis muy pronto, ¿entendido?; digo que ¡muy pronto!, y os iréis derechito al lugar que os corresponde en justicia. Vamos, ayudaos un poco; por esta vez,voy a llevaros a la cama.

No sin trabajo el médico y yo logramos acostarle. Su cabeza se desplomó sobre la almohada, como si fuese a perder nuevamente el sentido.

–Y ahora –le dijo el doctor–, acordaos bien de lo dicho: beber y morir, para vos será todo uno y lo mismo.

Luego me tomó del brazo y me dio a entender, con un gesto, que le acompañase a visitar a mi padre.

# CAPÍTULO III

## LA MANCHA NEGRA

Hacia el mediodía penetré en el cuarto del capitán, llevándole unas bebidas refrescantes y algunas medicinas. Estaba tendido sobre la cama en la misma posición en que le dejamos el doctor y yo, y parecía débil y sobreexcitado a un tiempo.

–Jim –me dijo–, tú eres el único que vale algo en esta casa, y ya sabes que siempre he sido bueno contigo, pues no ha transcurrido un solo mes sin que dejara de darte tus cuatro peniques. Pues bien: ya ves tú cómo me encuentro. Anda, Jim; tráeme un vasito de ron. ¿Me lo vas a dar en seguida, muchacho?

–Es que el doctor... –comencé a balbucir.

Pero él se puso a echar pestes contra el médico, con una voz cansada:

–Los médicos son todos unos farsantes, muchacho. Y ese de aquí, vamos a ver: ¿qué demonios entiende en achaques de gente de mar? Yo he estado en países más calurosos que un horno, donde mis compañeros caían como moscas, atacados de fiebre, y el suelo, estremecido por los terremotos, se tambaleaba lo mismo que el mar... ¿Qué entiende ese matasanos de estas cosas?... Y, sin embargo, Jim, has de saber que yo vivía y me alimentaba exclusivamente de ron. Éramos inseparables, como marido y mujer. Créeme, muchacho: si no me lo das en seguida, me hundiré como una vieja chalupa, y mi sangre caerá sobre ti y sobre ese matasanos del diablo... –Aquí comenzó a blasfemar–. Mira, Jim, cómo tiemblan mis dedos –prosiguió con voz lastimera–. No puedo tenerlos quietos, créeme. Y es que en todo este maldito día no bebí ni una gota. No lo dudes, Jim: ese médico es un imbécil. Si no me das un trago, te juro que he de ver fantasmas; los estoy viendo ya. ¡Mira el viejo Flint, allí, en ese rincón, detrás de ti! Le veo tan claro como si fuese un retrato. Y considera que, si empiezo a ver cosas, toda mi perra vida querrá desfilar por aquí, y eso no acabará jamás. El mismo doctor ha dicho que un solo vaso no me haría ningún daño. Vamos, Jim: te daré una guinea de oro por cada vaso que me traigas.

Su desesperación iba en aumento y me inquietaba en extremo, porque mi padre, muy extenuado aquel día, necesitaba silencio. Por otra parte, aun prescindiendo de sus ofertas, que me ofuscaban un poco, las palabras del médico, que el mismo viejo recitaba, permitían una ligera tolerancia.

–No quiero que me deis nada –le dije–, salvo lo que debéis a mi padre. Os traeré un vaso y nada más.

Fui a buscarlo, lo tomó ávidamente y lo tragó de un sorbo.

–¡Ah, en fin! –exclamó–. Esto va algo mejor. Pero, dime, muchacho; ¿y cuánto tiempo ha dicho el médico que debería yo estar en cama?

–Una semana, por lo menos.

–¡Maldita sea! ¡Una semana! Pero, ¡si eso es imposible, si de aquí a entonces esos bandidos me habrán largado ya la mancha negra! Están rondando la casa, me están espiando ahora mismo. Esos marinos de agua dulce no saben guardar lo suyo y quieren apoderarse de lo ajeno. ¿Y crees tú que ésa es una conducta digna de un hombre de mar? Yo he sido siempre ahorrador; jamás he derrochado ni perdido lo mío. Mas no les temo, no. Aún me reservo una jugada: daré trapo al viento y luego que vengan ladrando a mi popa.

Diciendo esto, se incorporó con gran trabajo y se dispuso a levantarse de la cama, agarrándose a mi hombro con tal fuerza, que casi me obligaba a gritar, y arrastrando pesadamente las piernas, como si fueran de plomo. El ardor de sus palabras formaban un extraño contraste con la debilidad de su voz. Cuando logró sentarse en el borde del lecho, se detuvo.

–Ese médico me ha matado –murmuró–. La cabeza me da vueltas; acuéstame de nuevo, Jim.

Y antes de que yo pudiese ayudarle, se desplomó otra vez y permaneció en silencio.

–Jim –balbuceó luego–: ¿has visto hoy a ese hombre?

–¿A quién? ¿Al «Perro Negro»?

–¡No! ¡El «Perro Negro»! Ése es malo... pero los que le mandaron son mucho peores. Mira, hijo: si no consigo escaparme antes de que me larguen la mancha negra, acuérdate de que lo que persiguen es apoderarse de mi viejo cofre marino. Tú sabes montar a caballo, ¿verdad?... Pues bien: si el caso llega, te vas volando en busca de... ¡eso es, sí, peor que peor!... en busca de ese maldito matasanos, y le dices que reúna a sus hombres, alguaciles o lo que sean, y acudan todos a esta casa. Aquí podrá echar mano a la tripulación del viejo Flint, en masa, desde el primero al último de sus restos. Yo fui primer piloto del viejo Flint, sí, yo, y sólo yo conozco el escondite. Él mismo me confió el secreto, en Savannah, en su lecho de muerte, así, tal como yo lo hago ahora. Pero no has de denunciarles sino en el caso de que me den la mancha negra, o de que vuelva a aparecer el «Perro Negro», o bien un hombre de mar con una sola pierna... ¡Éste sobre todo, Jim; éste sobre todo!

–Pero, ¿qué es eso de la mancha negra, capitán?

–Es un aviso, Jim, un aviso. Ya te lo explicaré, si lo recibo. ¡Pero, ante todo, vigila, muchacho!; y yo te prometo que tendremos partes iguales: ¡palabra de honor!

Entonces comenzó a divagar y su voz se debilitó más aún. Le di la poción que le recetó el médico, y la tomó como un niño, diciendo que si un marino había necesitado alguna vez medicinas, ese hombre era él. Luego cayó en un sueño profundo como un síncope, y así le dejé.

¿Qué habría hecho yo en tiempos normales? No sé; probablemente habría corrido a contar toda esta historia al doctor, porque tenía mucho miedo de que el viejo pirata, arrepentido de su confesión, quisiese luego librarse de mí. Pero ocurrió que mi pobre padre murió súbitamente, aquella misma noche, y todo lo demás se me borró de la mente. Nuestra aflicción, las visitas de los vecinos, los preparativos para el entierro y todo el trabajo habitual de la posada me absorbieron hasta el punto de que ni tiempo tuve, no ya de temer al capitán, sino de acordarme siquiera de que existía.

A la mañana siguiente bajó de su cuarto y aquel día tomó sus comidas habituales. Comió poco, pero me temo que debió beber algo más que de costumbre, porque se sirvió el ron él mismo, en el mostrador, gruñendo y soplando fuertemente, sin que nadie se atreviera a contrariarle. La noche que precedió al entierro de mi padre, el viejo pirata se emborrachó como nunca; y fue un escándalo oírle cantar, en el silencio nocturno y en aquella casa mortuoria, su feo y viejo refrán marinero. Pero, a pesar de su debilidad, nos inspiraba a todos un miedo terrible; y por otra parte el doctor, llamado con urgencia a asistir a un enfermo, en una apartada comarca, no volvió a visitarnos desde que hubo muerto mi padre.

El capitán decaía por momentos. Subía y bajaba la escalera interior de la posada, iba y venía entre la sala y la despensa, y alguna vez sacaba la nariz al campo, para embeberse de la brisa marina, sosteniéndose a cada paso en los muros y respirando tan de prisa y tan recio, como si estuviese en la cumbre de un monte muy alto. Jamás se dirigía particularmente a mí, y estoy persuadido de que debió haber olvidado, o poco menos, sus confidencias conmigo. Su humor era más variable y, si se tiene en cuenta su debilidad corporal, más temible que nunca, pues había adquirido, cuando estaba beodo, la alarmante costumbre de sacar el cuchillo y ponerlo encima de la mesa, con la hoja abierta. Sin embargo, en realidad se cuidaba menos que antes de los demás y tenía un aspecto huraño y como absorbido en hondos pensamientos. Y hasta una vez, con gran sorpresa nuestra, empezó a tararear una canción nueva, desconocida, una especie de rústica romanza amorosa, que seguramente habría aprendido en sus años de juventud, antes de hacerse a la mar.

Así continuaron las cosas hasta el día siguiente al entierro de mi padre. Cerca de las tres de la tarde de aquel día áspero, brumoso y helado, me encontraba tomando el aire a la puerta del mesón, pensando tristemente en mi padre, cuando vi que alguien se aproximaba lentamente por la carretera. Tratábase, sin duda alguna, de un ciego, pues iba tentando el suelo con un grueso bastón y llevaba una amplia visera verde, que le cubría los ojos hasta la nariz. Parecía encorvado por la edad o el cansancio, y su amplio y viejo gabán marino, raído y con un capuchón a la espalda, le daba un aspecto miserable y deforme. En mi vida he visto una figura más espantosa. Poco antes de llegar a la posada, se detuvo; y levantando la voz con una extraña cantinela, parecía interrogar al espacio:

–¿Habrá un alma caritativa que se compadezca de este pobre ciego que perdió la luz de los ojos en defensa de su patria?... ¡Que Dios bendiga al rey Jorge!... ¿Dónde estoy, en qué comarca se han extraviado mis pasos?

–Estáis delante de la posada del «Almirante Benbow», en Black Hill Cove, hermano –le dije.

–¿Qué es eso? ¿Una voz, una voz juvenil?... ¿Quieres darme la mano, hijo mío, y conducirme a esa posada?

Le tendí la diestra, y la horrible y melosa criatura sin vista la tomó al instante con la suya, como en una tenaza. Intenté huir; pero el ciego, con un leve gesto, me atrajo hacia sí.

–Ahora, hijo mío –murmuró en voz baja–, llévame adonde está el capitán.

–No me atrevo; ¡os lo juro!

–¿Qué es eso? –gruñó–. Llévame ligero, o te rompo el brazo.

Y torció el puño con un movimiento tan brusco, que me obligó a gritar.

–Lo que os digo, señor –repliqué–, es en interés vuestro. El capitán está fuera de sí y tiene un cuchillo puesto sobre la mesa. Porque...

–¡Basta! ¡Adelante!

No había oído nunca una voz tan cruel, tan fría y repugnante como la del ciego. Y como me daba más miedo que su mismo puño, le obedecí sin chistar, adelantándome hacia la puerta de la sala en que se encontraba, embrutecido por el ron, nuestro viejo pirata enfermo. El ciego, pegado a mi espalda y sin soltarme un segundo, se apoyaba en mi brazo con tal fuerza, que yo me sentía desfallecer.

–Llévame directamente hacia él; y en seguida que estemos a su vista, le gritas: «¡Billy, aquí viene un amigo vuestro!» Y si no lo haces...

Me dio un tirón que casi me arrancó el brazo. Puesto en semejante trance, el temor que me inspiraba el ciego me hizo olvidar el miedo que sentía por el capitán. Abrí la puerta, y, en seguida que se me apareció el pirata, pronuncié temblando la frase que se me había ordenado.

El pobre capitán alzó los ojos. En un segundo, los efectos del ron se disiparon y el viejo recobró toda su lucidez. Entonces se dibujó en su rostro no una expresión de terror, sino una mueca de repugnancia, de asco mortal. Trató de levantarse, pero creo que no tuvo fuerzas para ello.

–No te muevas, Billy, no te muevas de ahí –le dijo el mendigo–. No veo nada, pero oigo hasta crecer la hierba. Conque vamos al grano. Alarga la diestra, Billy, y tú, buen mozo, tómale el puño y acércalo al mío.

El pirata y yo obedecimos punto por punto, y entonces vi que algo se deslizaba entre la mano del pordiosero, que empuñaba el bastón, y la diestra del capitán, que se cerró al instante.

–Vaya: ¡asunto concluido! –murmuró el ciego.

Diciendo esto, me soltó de pronto, echó a correr con una agilidad y una orientación increíbles, salió de la posada, y, antes de que yo hubiera podido dar ni un paso, inmóvil, petrificado, oí perderse a lo lejos el golpear del bastón sobre la carretera.

Durante largo rato, el capitán y yo no pudimos recobrarnos; y al fin, a un mismo tiempo, yo le solté la muñeca, que todavía conservaba agarrada, y él retiró la mano, mirando fijamente su palma extendida.

–¡A las diez! –exclamó–. Todavía nos quedan seis horas de tiempo y podemos agarrarlos.

Se había levantado bruscamente; pero se tambaleó al instante, llevóse la diestra al cuello, vaciló un instante, y luego, con un ronco estertor, se desplomó de bruces sobre el suelo.

Corrí a socorrerle, llamando a gritos a mi madre. Pero todo fue inútil: el capitán había muerto de apoplegía fulminante. Y..., ¡cosa rara!..., a pesar de que nunca le había querido, a pesar de que en sus últimos tiempos no llegó a infundirme ni compasión, apenas le vi muerto se me saltaron las lágrimas.

# CAPÍTULO IV

## EL COFRE MARINO

Casi arrepentido de haber tardado tanto, conté de inmediato a mi madre todo lo que sabía; y, en seguida, nos dimos cuenta del peligro que nos amenazaba. Una parte del dinero del viejo pirata (si es que tenía alguno), nos pertenecía sin duda; pero era casi seguro de que los compañeros del capitán, y en especial los dos ejemplares que yo conocía, el «Perro Negro» y el mendigo ciego, no se avendrían a cedernos una parte de su botín, para pagar las deudas del muerto.

Por otra parte, no había que pensar tampoco en seguir el consejo del capitán, yendo al galope a avisar, en seguida, al doctor Livesey, porque esto equivaldría a dejar sola a mi madre. Pero a los dos nos parecía imposible, al mismo tiempo, permanecer en la casa. El rumor de las brasas que se desmoronaban en el horno de la cocina y el simple tic-tac del reloj, nos llenaban de espanto. A cada instante creíamos oír sordas y cautelosas pisadas que se avecinaban; y la obsesión del cadáver del viejo pirata, tendido en mitad de la sala, a la vez que la idea de que el horrible ciego andaba vagando por los alrededores, capaz de reaparecer de un instante a otro, me ponía los pelos de punta. Era preciso, pues, resolverse a hacer algo; y resolvimos huir cuanto antes y buscar auxilio en el villorrio cercano. En un abrir y cerrar de ojos estuvimos de acuerdo. Y tal como nos hallábamos, con las manos sucias y la cabeza desnuda, salimos al campo, mientras cerraba la noche y se levantaba una bruma helada.

La aldea sólo distaba algunos centenares de pasos, y se encontraba oculta a la otra parte de la caleta vecina, en dirección opuesta a la de donde había aparecido el ciego. Esto me tranquilizó, pues seguramente regresaría por el mismo lado. Tardamos pocos minutos en recorrer el camino, a pesar de que, a cada paso, nos deteníamos sobresaltados, aguzando el oído. No se oía ningún rumor anormal; sólo el monótono chapoteo del agua, en la orilla, y el seco graznar de los cuervos en el bosque cercano.

Las luces de las casas comenzaban a encenderse cuando llegamos al villorrio, y jamás olvidaré el alivio que sentí al divisar su reflejo a través de los portales y las ventanas. Pero éste fue, en resumidas cuentas, el único auxilio que encontramos allí, pues todos los habitantes del lugar (y debieran haberse avergonzado de ello), se negaron a regresar con nosotros al «Almirante Benbow». Cuanto más les decíamos, tanto más ellos –hombres, mujeres y niños– se encerraban en el interior de sus viviendas. El nombre del capitán Flint, desconocido para mí, era familiar para muchos campesinos, y al pronunciarlo, parecíamos sembrar el terror. Los que aquella tarde habían estado trabajando en los campos situados más allá del «Almirante Benbow», recordaron haber visto a varios desconocidos vagando por la carretera. Habían huido de ellos, tomándoles por contrabandistas; y hasta alguien aseguraba haber visto, desde lejos, una pequeña chalupa pirata, atracada y oculta en el desierto paraje de la costa conocida por la Caleta del Cuervo. Todo eso era suficiente para tenerles aterrorizados. Y el resultado fue que algunos de ellos, los más animosos, se ofrecieron para ir a caballo hasta la casa del doctor Livesey, quien vivía más lejos aún; pero ni uno solo quiso ayudarnos a defender el «Almirante Benbow».

Dicen que la cobardía es contagiosa; pero la discusión, por el contrario, enardece. Así fue, que, después de haber hablado todos, mi madre les cantó las verdades, declarando que no estaba dispuesta a perder el dinero de su hijo huérfano.

–Si ninguno de vosotros se atreve a acompañarnos –les dijo–, Jim y yo iremos solos. Regresaremos de donde vinimos, no necesitamos para nada a unos gallinas que parecen hombres. Abriremos el cofre, cueste lo que cueste... Y ahí me llevo ese saco, para llenarlo de lo que es nuestro y bien nuestro: ya os lo devolveré después.

El corazón me latía con fuerza cuando, en plena noche, comenzamos la peligrosa aventura. La luna llena se había levantado ya, roja y triste a través de la niebla. Y al verla, apresuramos el paso, pues era indudable que, de no hacerlo así, antes de que pudiéramos abandonar la posada el resplandor lunar sería ya tan vasto, que al salir nos descubrirían las rondas de espías. Nos deslizamos a lo largo de los setos, rápidamente y en silencio, sin ver ni oír nada que aumentara nuestro temor; y por fin, con gran alivio, llegamos al «Almirante Benbow» y cerramos la puerta detrás de nosotros.

Corrí el cerrojo, y permanecimos unos instantes en las tinieblas, jadeantes aún, solos con el cadáver en la quietud del local. Luego, mi madre fue a buscar una vela al mostrador y, tomándonos de la mano, penetramos en la sala. El muerto yacía tal como lo dejamos, con los ojos abiertos y un brazo extendido.

–Cierra los postigos, Jim –murmuró mi madre–; si están rondando podrían vernos desde fuera... Bueno... Ahora debemos buscar «ahí» la llave. –Y con un hondo suspiro, que parecía un sollozo, añadió–: Pero, ¡quién le quita el cascabel al gato!...

Me arrodillé junto al muerto. En el suelo, casi tocando al extremo del brazo extendido, había un pequeño redondel de cartón, ennegrecido por un lado. Era la «mancha negra». Lo levanté: en la otra cara, escrito correctamente y con trazo firme, se leía este aviso: «Tienes tiempo hasta las diez de la noche.»

–Le dieron tiempo hasta las diez de la noche, madre –murmuré.

En este mismo instante, el viejo reloj de la posada se puso a tocar, y nos llenó de espanto; pero al contar sus campanadas, nos recobramos en seguida: el reloj sólo acababa de tocar las seis.

–Vamos, Jim –dijo mi madre–: esa llave, ¡por Dios!

Escudriñé los bolsillos del muerto, uno a uno, y no encontré más que algunas monedas de cobre, hilo y agujas gruesas, una pastilla de tabaco mordida en uno de sus extremos, el cuchillo marino, una brújula portátil y un encendedor de yesca. Empecé a perder la esperanza.

–Quizá la lleve colgando del cuello –insinuó mi madre.

Venciendo mi honda repugnancia, arranqué de un tirón el cuello de la camisa; y allí, colgada de un cordón ennegrecido, apareció la llave. Corté el bramante con el propio cuchillo del capitán. Y luego, llenos de esperanza, subimos corriendo a la habitación, donde el viejo pirata había dormido tanto tiempo, y en el cual se encontraba el enorme baúl, tal como lo dejaron el día de su llegada.

Visto por fuera, parecía un cofre corriente, con la inicial «B» grabada a fuego sobre la tapa y los ángulos redondeados por un uso excesivo y brutal.

–Dame la llave –me ordenó mi madre.

Aunque la cerradura era muy recia, la abrió en un instante y levantó la tapa.

Un vaho denso, de alquitrán y tabaco, brotó del interior. Pero en la superficie sólo aparecieron algunos excelentes vestidos, cuidadosamente cepillados y dispuestos. Mi madre me hizo observar que eran completamente nuevos y estaban sin estrenar. Debajo de ellos, comenzaba el desorden: encontramos un cuadrante, un cubilete de estaño, varios paquetes de tabaco, dos pares de magníficas pistolas, una barra de plata, un antiguo reloj de bolsillo, algunas otras fruslerías sin valor, casi todas ellas de procedencia extranjera, una brújula de cobre y cinco o seis conchas raras de las Indias Occidentales. Luego me he preguntado varias veces por qué debería llevar consigo esas conchas, en su vida errante de criminal acosado.

Hasta entonces, sólo la barra de plata y otros varios objetos tenían algún valor; pero no nos dábamos por satisfechos. Debajo de ellos estaba extendido un viejo y lustroso capote de mar, empapado del relente de innumerables puertos. Mi madre tiró de él con impaciencia, y entonces se nos aparecieron los últimos objetos que contenía el cofre: un paquete envuelto en un pedazo de hule –que, al parecer, contenía papeles–, y un saco de lona que resonó en nuestras manos con el rumor del oro.

–Quiero demostrar a esos bandidos –exclamó mi madre– que soy una mujer honrada. Me quedaré con lo que es mío, puesto que se me adeuda de tiempo atrás, pero ni un penique más. Trae el saco prestado.

Y en seguida se puso a trasladar, desde el saco del pirata al que yo sostenía, la suma correspondiente a las viejas deudas del capitán. La tarea fue larga y difícil porque allí había monedas de todos los países y de todos los cuños: doblones, luises de oro, guineas, y qué sé yo cuantas piezas más, todas mezcladas y revueltas. Y las guineas, las únicas que podían facilitar la cuenta, porque mi madre no conocía otras, eran las más escasas.

Así estábamos, a la mitad del cobro, poco más o menos, cuando de pronto atajé con un gesto a mi madre, pues acababa de oír, en el helado y silencioso aire de la noche, un ruido que resonó en mi corazón: el acompasado golpear del bastón del ciego en la carretera desierta. El ruido se acercó, mientras nosotros, despavoridos, procurábamos contener el aliento. Una recia llamada hizo temblar la puerta del mesón; oímos dar vueltas al pomo, y chirriar el cerrojo al empuje del ciego. Luego se hizo un profundo silencio, fuera y dentro. Y por último, resonó de nuevo el acompasado golpear del bastón, y, con un suspiro indecible, notamos que se alejaba paulatinamente y se perdía en la noche.

–Madre –dije entonces–; tomémoslo todo y vámonos.

Yo tenía la convicción de que el hecho de encontrar corrido el cerrojo le habría parecido sospechoso al ciego, y de que muy pronto toda la manada de lobos se nos vendría encima. No obstante, me alegré muchísimo de haber tomado aquella precaución, y ello hasta un punto difícil de comprender para quienes nunca han tenido ocasión de toparse con el terrible pordiosero.

Mientras tanto, mi madre, a pesar de que el espanto casi no la dejaba sostenerse en pie, seguía empeñada en no llevarse ni un penique más, pero tampoco ni uno menos, de lo que se le adeudaba. Todavía no habían dado las siete, decía ella, y aún faltaba bastante; y como estaba en su derecho, quería usarlo plenamente, ¡eso es! No había modo de convencerla y así andábamos discutiendo en vano cuando un largo y débil silbido resonó a lo lejos, en la cúspide de la colina. Esto bastó y aun sobró para ponernos de acuerdo.

–Me llevaré lo contado hasta ahora –dijo mi madre, incorporándose.

–Y yo tomaré esto para redondear la cuenta –le repliqué, cogiendo el paquete envuelto en un trozo de hule.

Un momento después, bajamos la escalera a tientas, dejando la vela encendida junto al cofre vacío, abrimos la puerta, cruzamos el umbral y huimos. No llevábamos ni un solo minuto de ventaja. La niebla se disipaba rápidamente, y el fulgor de la luna iluminaba ya las alturas contiguas; sólo en el fondo del angosto valle y ante la puerta de la posada, un leve rastro de bruma seguía flotando todavía, para ocultar nuestros primeros pasos fugitivos. Mucho antes de alcanzar la mitad del camino que conducía a la aldea, y apenas llegásemos al pie de la colina contigua entraríamos en pleno resplandor lunar. Y para colmo de males, a nuestras espaldas, oímos de pronto un rumor de rápidas pisadas. Volvimos el rostro: una lucecita temblorosa se nos acercaba rápidamente. Debían estar llegando varios hombres, y uno de ellos llevaba encendida una turbia linterna de mar.

–Hijo mío –balbuceó mi madre–: toma el dinero y huye; yo pierdo el sentido.

No cabía duda de que íbamos a perecer los dos. Maldije la cobardía de los habitantes del lugar y eché en cara a mi pobre madre su honradez y su codicia, su pasada tenacidad y su debilidad actual. Pero nos encontrábamos, por fortuna, junto al estrecho puente que atraviesa el riachuelo lugareño. Ayudé a mi madre, la pasé a la otra orilla; pero al llegar a ella lanzó un débil suspiro y se desvaneció sobre mi hombro. Yo no sé cómo lo hice, ni de dónde saqué las fuerzas necesarias para ello; lo cierto es que logré arrastrar a mi madre –sin duda harto bruscamente– hasta la base del talud, junto al arco sombrío, pero de allí no pasó. El puente era tan bajo, que a duras penas pude refugiarme debajo de la bóveda, como un reptil en su agujero. Y así debimos permanecer los dos: yo oculto, mi madre al descubierto, y ambos, pudiendo oír claramente lo que ocurría en la hostería.

# CAPÍTULO V

## LA MUERTE DEL CIEGO

No pude permanecer oculto: la curiosidad que sentía era más fuerte que el miedo. Me arrastré con cautela, subí el talud del puente, y, escondido detrás de un matorral, me puse a observar la carretera hasta la puerta de la posada. Apenas hecho esto los bandidos aparecieron corriendo como locos; eran siete u ocho. Avanzaban en desorden, y el que llevaba la linterna venía algunos pasos delante de los demás. Tres de ellos avanzaban en línea , tomados de la mano; y en medio de ellos descubrí, a pesar de la niebla, al pordiosero ciego. Un instante después, su voz resonó en la quietud de la noche.

–¡Echad abajo la puerta! –gritó.

Los dos compañeros le soltaron al momento y se dirigieron hacia la hostería, seguidos del que llevaba la linterna.

Cuando llegaron al mesón, vi que se detenían a cuchichear en voz baja, como si les sorprendiera hallar abierta la puerta; pero el alto fue muy corto, porque el ciego reiteraba imperiosamente la orden. Su voz resonaba más dura y enérgica, y parecía arder de impaciencia y de ira.

–¡Adentro! ¡Adentro! –gritaba, insultándoles por su tardanza.

Cuatro o cinco obedecieron al punto, y dos se quedaron en la carretera, con el espantoso mendigo. Entonces se produjo una pausa, después un grito de asombro y al fin, una voz gritó desde el interior:

–¡Billy está muerto!

Pero el ciego seguía blasfemando y maldiciendo a sus hombres.

–¡Imbéciles! –gritaba con exasperación–. ¡Registradle la ropa, y que os traigan el cofre!

Oí las recias pisadas de los bandidos, crujiendo atropelladamente por la vieja escalera del mesón. Toda la casa temblaba de arriba abajo. En seguida resonaron nuevos gritos de sorpresa; la ventana del cuarto del capitán se abrió violentamente, con una granizada de cristales rotos, y un hombre, asomando la cabeza y los hombros a la luz de la luna, se dirigió al mendigo, apostado en mitad del camino.

–¡Oye, «Sacristán»! –gritó–. Nos han tomado la delantera; alguien ha vaciado el cofre, hasta el fondo.

–Pero, ¿y eso?

–Sí: el dinero está ahí.

–¡Qué me importa el dinero! ¡Maldito sea!... ¡Digo si está el paquete de Flint!

–No lo encontramos en ninguna parte.

–¡Eh! ¡Los de abajo! –gritó entonces el ciego, redoblando las voces–. ¿Lo habéis hallado vosotros, ahí, en los bolsillos de Billy?

En el umbral del mesón apareció otro sujeto, probablemente el que se había quedado abajo registrando las ropas del muerto.

–Lo he examinado todo por completo –murmuró–. Pero no hay nada, ¡nada!

–¡Maldita sea...! Esa gente de la posada, ese muchacho, se lo habrá llevado. ¿Y por qué no le arranqué yo los ojos? –rugió el mendigo–. Pero... ¡si estaban dentro ahora mismo! Tenían corrido el cerrojo, cuando yo quise entrar. ¡Vamos, muchachos! ¡Buscadles, en seguida, traédmelos pronto!

–Aquí ha dejado una vela encendida –gritaron desde la ventana.

–¡Buscadles por toda la casa! Registrad los rincones. ¡Es preciso encontrarlos! –insistió el «Sacristán», golpeando furiosamente el suelo con su grueso bastón.

Entonces la casa retumbó de arriba abajo, con un estruendo de muebles derribados y puertas abiertas a empujones. Por fin, cansados de buscar inútilmente, dos individuos salieron a la carretera, declarando que era imposible encontrarnos. Y en aquel preciso momento, el mismo silbido que nos había alarmado tanto a mi madre y a mí mientras contábamos el dinero del capitán, volvió a oírse en el silencio de la noche, una, dos veces seguidas. ¿Qué significaba? ¿Era una señal de asalto? ¿Iban a pegar fuego a la posada?... Nada de eso: el silbido brotaba de la colina contigua a la aldea, y a juzgar por el efecto que produjo en los bandidos, la señal les advertía de que se acercaba un peligro.

–¿Habéis oído? –dijo uno de ellos–. ¡Dick ha silbado dos veces! ¡Huyamos!

–¿Qué es eso, imbécil? –gritó el «Sacristán»–. No hay que hacer caso de Dick, que siempre ha sido un cobarde... Los posaderos no pueden estar lejos. Hay que echarles mano. ¡Vamos ya, granujas! ¡A buscarles, pronto, a buscarles de nuevo! ¡Ah, canallas: si yo tuviese vista! ¡Maldita sea!...

Estas palabras lograron reanimar un tanto a los bandidos, pues dos de ellos se pusieron a buscar por entre la maleza. Pero lo hacían a regañadientes, más atentos a su propio peligro que al interés del jefe; y los demás andaban vagando por la carretera.

–¡Vais a apoderaros de riquezas inmensas; seréis ricos como reyes imbéciles! ¿Y todavía dudáis?... ¿Sabéis que han de estar escondidos por ahí y permanecéis encantados?... Ni uno solo de vosotros se atrevió a encararse con Billy; ¡y yo lo hice, yo, un pobre ciego! ¡Maldita sea!... ¿Acaso por culpa vuestra he de perder mi fortuna, y quedarme en miserable pordiosero, cuando podría ir en carroza? ¡Cobardes, más que cobardes! ¿Y a eso llaman hombres?

–¡Vete al cuerno! –exclamó, de pronto, uno de los bandidos–. Ya estoy cansado de buscar; y, al fin y al cabo, aquí tenemos los doblones del viejo. ¡Eso basta!

–Mira, «Sacristán» –agregó otro–: El paquete lo habrán escondido, pues no hay modo de encontrarlo. Con que, tengamos la fiesta en paz, llevémonos el dinero y vámonos. ¡Ya me apuras con tanto gritar!

Al oír estas palabras el ciego se estremeció de cólera y comenzó a arrojar una catarata de horrendas injurias. Cuanto más juraba, más se enfurecía; finalmente, su ira acabó por inundarlo todo, y entonces, levantado el grueso y nudoso bastón, comenzó a descargar a diestro y siniestro, tal como sólo él podía hacerlo, esto es, a ciegas, una tromba de palos que resonaban hondamente en las espaldas de los bandoleros. Éstos, a pesar de su ventaja, trataron en vano de arrancarle el garrote, maldiciendo al terrible mendigo y lanzando contra su tiranía desaforadas injurias.

Esta lucha nos salvó; porqué, cuando llegaba al paroxismo, con imponente escándalo de la parte de la colina resonó otro alborotador rumor de caballos acudiendo al galope. Brilló una llamarada viva y fugaz en la misma altura de donde antes brotaron los silbidos; retumbó un pistoletazo, y ésta fue la señal de ¡sálvese quien pueda!, porque los bandidos, abandonando la pelea al instante, salieron corriendo en todas las direcciones, de suerte que después de medio minuto no quedaba de ellos ni rastro. Sólo permaneció el mendigo. ¿Le abandonaron los demás involuntariamente en la desbandada del pánico, o quisieron acaso vengarse así de los garrotazos e injurias recibidos? No sé; lo cierto es que quedó solo, desamparado, llamando a sus compañeros y buscándoles a tientas en la oscuridad. Al fin, desorientado, tomó el camino peor para él: que era el de la aldea; echó a correr un corto trecho, y pasó casi rozándome, mientras iba gritando:

–Juan, «Perro Negro», Dick (y otros nombres de sus compañeros). ¡Eh, amigos! ¿Acaso abandonaréis a vuestro viejo «Sacristán»? ¿Es posible?

En ese mismo instante, cuatro o cinco hombres a caballo aparecieron en la altura, a la luz de la luna y, en seguida, bajaron la colina a galope tendido.

El ciego se dio cuenta de su error. Lanzó un grito agudo, dio media vuelta, echó a correr despavorido, y cayó de cabeza en la cuneta. En un abrir y cerrar de ojos logró incorporarse y se puso en pie; pero como andaba perdido, se precipitó sin saberlo, rápido como una flecha, entre las patas del caballo que venía delante del pelotón. El ciego lanzó un grito de horror, que resonó en la noche, y los cascos del caballo le aplastaron. El mendigo quedó inmóvil, yerto, envuelto en el polvo de la carretera.

Entonces abandoné mi escondite, llamando a gritos a los del pelotón, que se habían detenido en seco, horrorizados por el accidente. Les reconocí en seguida: uno el que estaba detrás del grupo, era el joven que había ido en busca del doctor Livesey; y los restantes eran unos agentes aduaneros, que aquél había encontrado en su camino, patrullando por la costa. Los rumores acerca de la chalupa pirata divisada en la Caleta del Cuervo, les habían llevado, aquella noche, a vigilar esa parte del litoral. Y a esta circunstancia debimos, mi madre y yo, el poder librarnos de una muerte segura.

El ciego estaba muerto: había sucumbido en el acto. En cuanto a mi pobre madre, la llevaron en seguida a la aldea, y allí, con agua fría y algunas sales recobró pronto el sentido. Mientras tanto los aduaneros galopaban hacia la Caleta del Cuervo; pero, temerosos de una emboscada, antes de llegar a aquel sombrío y solitario rincón pusieron pie a tierra, y luego bajaron al fondo del barranco llevando de las riendas a sus caballos. Cuando estuvieron abajo, junto a la orilla, la chalupa se había escapado ya, mar adentro, pero se hallaba todavía a la vista. El aduanero inspector le dio el alto. Una voz insolente, brotando de a bordo, a lo lejos, le respondió que se ocultara, si no quería servir de blanco; y al mismo instante, una bala pasó rozándole el hombro izquierdo. Poco después, la chalupa doblaba la punta de la caleta y desaparecía. El inspector Dance se quedó, según él mismo decía luego, como quien ve visiones; y lo único que se le ocurrió –«por si acaso»– fue mandar aviso al escampavías que navegaba de guardia por aquella costa.

–Pero, vamos –me dijo a la vuelta–: creo que será inútil. Se han escapado, y ¡no hay nada más! Lo único de que me felicito, es de haber aplastado con mi caballo a ese granuja de «Sacristán».

Acompañé al inspector al «Almirante Benbow». Es imposible imaginar un saqueo semejante: hasta el viejo reloj había sido destrozado por los bandidos, en el furor de sus pesquisas; y aunque no se llevaron cosa alguna, excepto el dinero del capitán y el que hallaron en el mostrador, en seguida me di cuenta de lo que estaba viendo.

–No lo entiendo –exclamaba–. Tu me dices que se han llevado el dinero, ¿no es cierto? Pues, entonces, ¿qué demonio buscaban por ahí? ¿Más dinero?

–No, señor; no es eso –le respondí–. Lo que ellos buscaban, me parece, es lo que yo tengo en el bolsillo.

Saqué el paquete envuelto en un pedazo de hule.

–Y hablando con franqueza –agregué–, esto debería yo guardarlo en lugar seguro.

–¡Qué duda cabe! –replicó el inspector–. Y si tú quieres, muchacho, yo mismo te lo guardaré de mil amores.

–Es que yo había pensado en el doctor Livesey... –insinué.

–¡Mejor que mejor! –me interrumpió satisfecho–: el doctor es un caballero y, además, es juez. Y ahora caigo, muchacho, en que quizá yo debiera ir también a su casa, para informarle, a él o al señor hidalgo de lo que está ocurriendo. Lo hecho, hecho está, y no lo siento en lo más mínimo. Pero, después de todo, ese bandido, el «Sacristán», ha muerto de accidente, y la gente malévola, que nunca falta, podría valerse de ese atropello involuntario para fastidiar a un honrado aduanero de Su Majestad. Así, pues, si tú quieres, muchacho, te llevaré conmigo.

Le agradecí cordialmente la oferta, y luego volvimos al villorrio donde estaban los caballos tomando su descanso. Fui a avisar a mi madre de que me iba con el inspector, y a la vuelta ya él y su ayudante se hallaban montados.

–Dogger –dijo el inspector al otro–, como tienes un buen caballo, puedes tomar a ese muchacho a la grupa.

Así se hizo, y apenas me hubo instalado y sujeto fuertemente al cinturón de Dogger, el inspector dio la señal de marcha y salimos trotando hacia la casa del doctor Livesey.

# CAPÍTULO VI

## LOS PADRES DEL CAPITÁN

La casa estaba sumida en tinieblas. El inspector Dance me indicó que me apease y llamara a la puerta, y Dogger me ofreció un estribo para ayudarme a poner pie a tierra. Una criada vino a abrir en seguida.

–¿Está el doctor Livesey? –inquirí.

Me contestó negativamente, diciendo que el doctor había estado en su casa durante la tarde, pero que, al anochecer se encaminó hacia la mansión del hidalgo del pueblo, para cenar con él.

–Pues vamos allá, en seguida –manifestó el inspector.

Como la distancia era corta, en lugar de ir cabalgando, esta vez seguí a pie, tomando en la mano el estribo de Dogger. Llegamos a la verja, y seguimos avanzando por la avenida de árboles deshojados. El claro de luna recortaba la silueta de la mansión solariega, completamente rodeada de vastos y viejos jardines. Al llegar ante el portalón, el inspector se apeó, y llevándome consigo, entramos juntos en el edificio.

El criado que nos conducía nos guió a través de un sombrío corredor esterado; y, al llegar a su extremo, entramos en una espaciosa biblioteca, cuyas estanterías, repletas de libros, soportaban varios bustos de mármol blanco. El hidalgo (que era, al mismo tiempo, corregidor del pueblo) y el doctor Livesey, estaban sentados allí, fumando tranquilamente sus pipas, ocupando sendos sillones profundos, a ambos lados del hogar encendido.

No había visto jamás de tan cerca al hidalgo. Era un hombre de elevadísima estatura y relativamente grueso, de rostro noble y resuelto, curtido por largos y lejanos viajes. Sus cejas eran muy negras y densas, y se movían de continuo, dándole un extraño aspecto, que indicaba energía e imperio.

–Adelante, señor Dance –dijo el hidalgo, en tono afable, pero autoritario.

–Buenas noches –murmuró el doctor, inclinando un poco la frente–. ¡Hola, Jim! ¿Tú también por aquí? Pues, ¿qué ocurre?

El inspector quedaba en pie, inmóvil y como envarado; y así fue contando lo que hacía al caso, como quien recita una lección aprendida de memoria. Los dos caballeros, algo inclinados hacia delante para oír mejor, se miraban de tanto en tanto el uno al otro; y su sorpresa iba en aumento hasta el punto de que, absortos con el relato, se les apagaron las pipas. Cuando oyeron que mi madre se había atrevido a regresar conmigo a la hostería para examinar el cofre, el doctor Livesey lanzó una exclamación de alegría, mientras se daba un manotazo en la rodilla, y el hidalgo abrió tan bruscamente los brazos, con un gesto de asombro, que rompió su pipa contra la chimenea. Y mucho antes de que se acabara el relato, el señor Trelawney se levantó de su sillón y empezó a medir a largos pasos la estancia, mientras el doctor Livesey, que se había quitado la peluca empolvada, como para oír mejor, ofrecía un aspecto rarísimo, con su cabeza de cabello negro y cortado al rape.

Finalmente, el inspector terminó su informe.

–Amigo Dance –dijo entonces el hidalgo–, sois un funcionario excelente; y, en cuanto a haber aplastado a ese bribón, lo considero un acto tan meritorio como si se tratase de una cucaracha.

Luego, volviéndose hacia mí dijo:

–Ese joven se ha portado como un valiente. Vamos, Jim: hazme el favor de tirar de la campanilla; el inspector tendrá sed, y es muy justo que le traigan un jarro de cerveza.

–¿De manera –interrogó el doctor, mientras yo cumplía lo que se me mandaba–; de manera que tú, Jim, tienes en tu poder lo que esos granujas andaban buscando?

–Aquí está, señor –dije yo, alargándole el paquete de hule.

El doctor lo examinó detenidamente, por todos los lados, palpándolo con tal fruición, que no parecía sino que sus dedos temblaban del deseo de abrirlo. Pero en lugar de hacerlo, se lo guardó de pronto en la faltriquera de su casacón.

–Amigo mío –dijo entonces el hidalgo–. Cuando Dance haya terminado de beber (y eso no quiere decir que se apresure en lo más mínimo), sin duda deberá reintegrarse a su puesto. El deber, es el deber. En cambio, Jim puede quedarse aquí, con nosotros y, luego, pasar la noche en mi casa; pero para ello sería conveniente darle algo que comer, por ejemplo, un pedazo de fiambre. ¿No os parece acertado?

–Como queráis, doctor –contestó el hidalgo–; pero lo que me parece es que Jim ha merecido algo más que fiambre.

En seguida me sirvieron un excelente estofado de pichón, que despedía un aroma exquisito. Y era tal mi apetito, aguzado por el ayuno y las terribles emociones de aquella noche inolvidable, que despaché más de un plato en muy pocos minutos, mientras el inspector, cargado de cerveza y de felicitaciones, se retiraba saludando hasta la puerta a los dos caballeros. Cuando estuvieron solos conmigo:

–¿Qué os parece, hidalgo?

–¿Qué os parece, doctor? –exclamaron ambos sonriendo.

–¿Supongo que habréis oído alguna vez hablar de ese capitán Flint? –volvió a preguntar el médico.

–¡Que si he oído! –exclamó el hidalgo–. Jamás ha surcado los mares un filibustero peor, más sanguinario y salvaje. El mismo Satanás, comparado con él, sería cosa de risa. Sólo os diré que las galeras holandesas le tenían miedo, que hasta algunas veces (¡y que Dios me perdone!) casi llegué a sentirme orgulloso de que fuera inglés. Un solo día, al atardecer, divisé a lo lejos sus jarcias, con mis propios ojos, navegando junto a la isla de la Trinidad; y tal fue el pavor que se apoderó del capitán de la nave en que yo iba embarcado, que huyó viento en popa, como si le persiguieran cien escuadras turcas, a refugiarse en Puerto España antes de que cerrara por completo la noche.

–Pues también yo he oído hablar de él, en Inglaterra –dijo el doctor–; pero lo que quisiera saber es si era rico.

–¡Ya lo creo! Pero, ¿acaso no conocéis bien su historia? ¡Si esos granujas no hacían más que ir a la caza de dinero! No pensaban más que en eso, ni les preocupaba otra cosa; y, en fin, si arriesgaban de continuo el pellejo, sólo era para satisfacer su codicia.

–Pronto hemos de saberlo –replicó el doctor–. Pero antes, refrenaos un poco, pues habláis con tal fuego y vehemencia, que aún no me habéis dejado decir lo que deseaba. Y es esto: poniendo por caso que tenga yo aquí, en mi faltriquera, algún indicio del lugar donde Flint escondió su tesoro, ¿a cuánto pensáis que podría ascender?

–¡Hombre, pues muy sencillo! Su valor sería tal, sin duda alguna, que en ese caso yo estoy dispuesto a fletar en seguida un navío, llevaros conmigo a vos y a Jim, y estar buscando el tesoro, aunque fuese por espacio de un año.

–¡Magnífico! Entonces, con el permiso de Jim, vamos a abrir el paquete.

Diciendo esto, lo colocó sobre la mesa, tomó las tijeras de su estuche de cirujano, y con ellas empezó a cortar los puntos de la costura que sujetaba el paquete por sus dos extremos. Luego desplegó el hule, pegadizo y gastado por la humedad y el tiempo, y aparecieron dos cosas: un cuaderno y un pliego sellado.

–Veamos primero el cuaderno –indicó el doctor.

El hidalgo y yo, silenciosos y absortos, observábamos por encima del hombro del médico, a medida que éste examinaba las hojas del manuscrito. En la primera página no había más que algunas muestras de caligrafía, tales como las que se hacen en horas ociosas o para ejercitarse en la escritura. Una de ellas repetía uno de los tres tatuajes que llevaba en el brazo el capitán: «Billy Bones se ríe de todo»; otro decía: «Mr. W. Bones, piloto»; otras, «Se acabó el ron», «Se la cargó en alta mar», y algunas frases aisladas más, todas ellas ininteligibles. ¿Qué es lo que alguien se habría «cargado» en alta mar? ¿Una caja del tesoro, quizá? Lo más probable era una puñalada.

De ahí no sacamos nada en limpio –dijo el doctor Livesey, volviendo la hoja.

Las diez o doce páginas siguientes contenían una curiosa serie de anotaciones diversas. Al extremo de una línea había escrita una fecha, y al extremo opuesto una cifra indicando una cantidad en dinero, como en los libros de contabilidad; pero, en vez de haber un texto aclaratorio, entre las dos anotaciones extremas, no se veía más que un número variable de cruces trazadas con tinta. Con fecha 18 de junio de 1745, por ejemplo, se asentaba a favor de alguien una suma de 70 libras esterlinas; pero sólo había seis cruces para indicar el motivo. De tanto en tanto entre las fechas aparecía una ligera indicación del lugar, tal como «en aguas de Caracas», o una simple constatación de longitud y latitud, 62° 17' 20", 19° 2' 4".

Esas misteriosas cuentas abarcaban una veintena de años; las sumas parciales ascendían a cifras que iban en progresión creciente; y el total, sacando en claro al pie de cinco o seis tentativas borradas, porque las sumas correspondientes eran equivocadas, iba acompañado de esta indicación: «Esto es lo mío, B.»

–Pues, señor–, dijo el médico–, esto no tiene, a mi modo de ver, ni pies ni cabeza.

–¡Cómo! –replicó el hidalgo–. Pero, ¡si es más claro que la luz del día! Este cuaderno es el libro de cuentas del viejo pirata. Las cruces representan los barcos hundidos o las poblaciones saqueadas. Las sumas indican la parte que a ese canalla le correspondió en el botín; y cuando temía que pudiese haber alguna duda en el caso, ya veis que se daba buena maña en especificar algo más. Ése en «aguas de Caracas», significa que se trata de un navío abordado en aquella costa, ni más ni menos. ¡Y que Dios haya cogido en su seno a los desdichados que lo tripulaban, pues hace tiempo que se los comieron los peces!.

Bueno, bueno; conformes –replicó el doctor–. De algo os habrán servido vuestros largos viajes. La explicación que dais es clarísima, y viene en aumento confirmada por esas cifras, que van en aumento a medida que el pirata ascendía también en su diabólico oficio.

Lo restante del cuaderno sólo contenía algunas anotaciones geográficas y varias rutas marinas; y, en las últimas páginas, casi todas en blanco, había una tabla de reducción y equivalencia para las monedas de Inglaterra, España y Francia.

–¡Era un hombre metódico! –exclamó sonriendo el doctor–. Pero, vamos a lo otro.

El pliego había sido lacrado en varias partes, sirviéndose de un dado a manera de sello: el mismo dado, quizá que yo encontré en los bolsillos del viejo pirata. El doctor levantó el lacre con precaución, y entonces se nos apareció el mapa de una isla desconocida, conteniendo su latitud y longitud, la profundidad de sus aguas, los nombres de sus colinas, bahías y fondeaderos, y, en una palabra, cuantos detalles eran necesarios para conducir un navío a sus costas y anclarlo en lugar seguro. La isla representaba tener, poco más o menos, unas nueve millas de longitud, por cinco de ancho; en el litoral estaban indicados dos excelentes fondeaderos, al abrigo del viento; en el interior, hacia Poniente, se alzaba una alta colina señalada con el nombre «El Catalejo»; y la total silueta de aquella tierra aislada y exótica, ofrecía vagamente el aspecto de un sapo enorme, sentado sobre sus patas traseras. En el mapa figuraban varias anotaciones de fecha posterior, en especial tres cruces trazadas con tinta roja, dos en la parte norte de la isla, y una hacia el Sudoeste; y, al pie de esta última, escritas con la misma tinta y en caracteres menudos y finos, muy distintos de la letra mal segura y grosera del capitán, se destacaban las siguientes palabras: «Aquí el tesoro.»

En el reverso de la hoja, la misma mano minuciosa había escrito estas instrucciones complementarias:

«Árbol gigantesco, cumbre del Catalejo, mirando el N.N.E., un cuarto hacia el N.

»Isla del esqueleto, E.S.E., un cuarto al E.

»Diez codos.

»Las barras de plata están en el escondite del Norte, y se encuentran en dirección al cerro Este, a diez codos de la peña Sur que está enfrente.

»Las armas se encontrarán fácilmente en la colina que está en la punta N. del cabo de la bahía septentrional, mirando al Este, un cuarto al N.

J.F.»

Y esto era todo; pero, por breve e incomprensible que fuese para mí, el hidalgo y el doctor Livesey se quedaron maravillados del mapa.

–Querido doctor –dijo el hidalgo–: es necesario que abandonéis en seguida a vuestra miserable clientela. Mañana mismo yo saldré para Bristol. En tres semanas (¡qué digo, tres semanas, en dos, en diez días nada más!) tendremos el mejor navío de Inglaterra y la flor de sus tripulaciones. Jim hará de grumete; vos, de médico naval; yo, de almirante. Llevaremos con nosotros a Redruth, Joyce y Hunter. Tendremos viento favorable, viento en popa; haremos una travesía rápida, magnífica; no tendremos la menor dificultad para hallar el escondite, y echaremos mano de un fortunón, de un tesoro fantástico.

–Amigo mío –replicó el doctor–, os acompañaré gustoso, y desde ahora os doy palabra de hacer todo lo que de mí depende para asegurar la empresa; y no cabe duda de que Jim hará otro tanto. Sólo una cosa me da miedo: y esta cosa es un hombre.

–¿Quién es ese granuja? ¡Decidlo, decidlo pronto!

–Sois vos, amigo –contestó el doctor–; o mejor dicho, vuestra maldita lengua, que no puede estar quieta. Tened en cuenta que, además de nosotros, hay otras gentes enteradas de lo que acabamos de saber. Y esas gentes (los bandidos que han asaltado la posada esta noche, los que permanecieron a bordo de la chalupa, y aún otros, seguramente, que no deben andar muy lejos de aquí a estas horas), pasarán por todo, con tal de no perder el tesoro. Mientras no podamos hacernos a la mar, no debemos dispersarnos ni un solo momento. Jim y yo esperaremos juntos; vos id a Bristol, pero llevaros a dos de vuestros mejores criados, Hunter y Joyce, por ejemplo. Y en todo ese tiempo no hay que soltar ni una palabra de cuanto sabemos. ¿Queda bien entendido?

–Doctor –replicó el hidalgo–, vos estáis siempre en razón, y os doy palabra que he de ser mudo como una tumba.

# CAPÍTULO VII

## EN VIAJE A BRISTOL

Ninguno de nuestros planes primitivos llegó a realizarse. Antes de que estuviese aparejado el navío pasó mucho más tiempo de lo que supuso el hidalgo; y yo, por mi parte tampoco pude quedarme con el doctor Livesey. Éste tuvo que ir a Londres en busca de otro médico que se encargara de su clientela; el hidalgo estaba muy atareado en Bristol; y yo me hallaba como prisionero en su casa solariega, bajo la vigilancia del anciano Redruth, el guardabosque, y soñando con estupendas y venturosas aventuras por mares desconocidos y tierras lejanas. Me pasaba horas y horas consultando en mi memoria el fantástico mapa, cuyos detalles recordaba con una precisión asombrosa. Sentado al calor de la lumbre, en la habitación del mayordomo, abordaba aquella misteriosa isla por todos sus lados, en alas de mi imaginación; exploraba su superficie, ascendía mil veces la elevada colina del «Catalejo», y desde su cumbre divisaba panoramas maravillosos e inmensos. A veces, la isla se me aparecía poblada de salvajes, contra quienes era preciso luchar; en otras ocasiones, me la representaba llena de animales feroces que nos perseguían; pero nunca llegué a imaginar nada que fuese tan sorprendente y trágico como luego resultaron mis aventuras en verdad.

Así transcurrían las semanas, cuando un día llegó una carta dirigida al doctor Livesey, en cuyo sobre resaltaba la siguiente nota: «En caso de ausencia, léanla Tom Redruth o Jim.» Obedecimos esta indicación, y en la carta encontramos, o mejor dicho encontré, pues el guardabosque sólo leía letra impresa, estas importantes noticias:

*Posada del «Áncora Vieja».*

*Bristol, 1.º de mayo de 17...*

*Querido Livesey:*

*No sabiendo si os halláis ya en mi casa o todavía en Londres, os escribo por duplicado, a ambos sitios.*

*El navío, comprado ya y equipado, está pronto para zarpar. No podéis imaginaros una goleta más ligera y cómoda, pues hasta un niño sabría manejarla; desplaza doscientas toneladas y se llama «Hispaniola».*

*Me la he procurado por mediación de mi viejo amigo Blandly, que se ha portado excelentemente conmigo, desviviéndose por complacerme y servirme. Además: aquí, en Bristol, puede decirse que todo el mundo ha hecho también lo mismo, apenas se enteraron del rumbo que traemos entre manos, quiero decir del tesoro.*

–Redruth –dije yo, interrumpiendo la lectura–, al doctor Livesey no le va a gustar esto, pues se ve que el hidalgo ha soltado la lengua.

–¡Y eso qué! –refunfuñó el guardabosque–. ¿Acaso no está en su derecho? ¡Pues, estaríamos frescos si el hidalgo tuviera que callarse por el doctor Livesey!

Prescindí de todo comentario y continué la lectura:

*Fue el mismo Blandly quien descubrió la «Hispaniola», y con una táctica admirable logró obtenerla por cuatro cuartos. A pesar de esto, no faltan en Bristol ciertas gentes que se atreven a murmurar contra mi pobre amigo, y andan diciendo que es capaz de todo por ganar dinero, que la «Hispaniola» ya era suya, que echó mano de esa estratagema para vendérmela a un precio absurdo, y qué sé yo cuántas calumnias más. Pero, en todo caso, nadie se atreve a negar las excelencias del navío.*

*Hasta aquí, no hemos tenido ni el más leve contratiempo. Los trabajadores –calafates, veleros, etc.–, andaban muy despacio, pero con tiempo y paciencia hemos dado fin a los preparativos.*

*Lo que más me inquietaba era la tripulación. Mi deseo era encontrar una veintena de hombres dispuestos, en previsión de tener que habérselas con indígenas, filibusteros o piratas holandeses, y ya desesperaba de encontrar más de media docena, cuando una feliz casualidad me hizo dar precisamente con el hombre que andaba buscando.*

*Trabé conocimiento con él por puro azar, paseando, una tarde por el muelle. Se me acercó, comenzando a hablar, y luego me enteré de que era un viejo marinero, actualmente dueño de una hostería, y que conocía a fondo a toda la gente del puerto de Bristol. Según me dijo, la vida en tierra le agradaba muy poco hasta el punto de estar deseando ardientemente la primera ocasión propicia para sentar plaza de cocinero de a bordo y hacerse otra vez a la mar. Aquella tarde había salido a dar una vuelta por el muelle, cansado de su casa y con deseos de respirar un poco la brisa salobre.*

*Me dio tanta lástima –y estoy seguro de que os habrá ocurrido lo mismo–, que por pura compasión le contraté al punto. Ya tenemos, pues, cocinero de a bordo; se llama John Silver y le faltaba una pierna; pero este defecto le sirve más bien de recomendación, ya que la pérdida sufrida la experimentó luchando por la patria, a las órdenes del inmortal Hawke. A pesar de ello, el gobierno no le pasa ni la más miserable pensión. ¡Hay que ver, amigo Livesey, en qué tiempos vivimos!*

*Pero, hay más: yo creía haber encontrado únicamente un cocinero; y luego resultó que, en realidad, he descubierto una tripulación entera. Entre los dos, Silver y yo, hemos reclutado en pocos días un equipo compuesto de los más formidables y robustos lobos de mar que podáis imaginaros. Bien es verdad que su aspecto no tiene nada de agradable; pero eso mismo les realza a mis ojos, pues estoy persuadido de que con gente como esa, tan ruda y tan recia, ni siquiera una fragata es capaz de abordarnos.*

*El mismo Silver se encargó de despedir a dos de los seis o siete hombres que yo tenía ya contratados, después de demostrarme que eran precisamente de esos ganapanes inútiles, marinos de agua dulce, que es preciso descartar cuando se trata de empresas como la nuestra.*

*Estoy muy bien de salud y además muy animado, como podéis ver. Tengo un apetito insaciable, duermo como un tronco; y, sin embargo, no quiero darme descanso ni reposo hasta vernos a todos, a nosotros y a esos lobos marinos, bajo las henchidas velas de la «Hispaniola». ¡Oh, el mar! Casi estoy por deciros que el tesoro no me importa un comino. Lo que me alegra y trastorna de júbilo es pensar que muy pronto vamos a salir, viento en popa, por la inmensidad de las aguas. Conque, amigo Livesey, daos prisa; y si me queréis, no perdáis ni un minuto.*

*Decidle a Jim que vaya presto a despedirse de su madre, acompañado de Redruth, para que no se le ocurra cometer ni la menor imprudencia. Y luego, que vengan los dos a Bristol.*

*P.S.–Se me olvidaba comunicaros que Blandly –quien, dicho sea de paso, se encargará de mandar otro navío a buscarnos, si a fines de agosto no estamos de vuelta–, me ha proporcionado un capitán estupendo. Es un hombre antipático, y lo digo con pena; pero bajo todos los demás aspectos resulta una perla. También Silver ha hecho otro hallazgo: el de un piloto excelente, llamado Arrow, ¡Vais a quedaros con la boca abierta! Habrá a bordo tal orden y una disciplina tal, que la «Hispaniola» va a parecer un navío de guerra.*

*Otra cosa que se me olvidaba también. Parece ser que Silver es un hombre acomodado, pues, aunque a él no le gusta hablar de eso, quizá por uno darse importancia, me consta que tiene dinero en el Banco. Está casado y dejará aquí a su esposa para que cuide de la posada durante su ausencia. Y ahora, en confianza, he de deciros que, como su mujer es una negra, no será aventurado suponer que, si se embarca con nosotros, lo hará tanto para huir de ella como de sus achaques terrestres.*

J.T.

*P.P.S.–Sobre todo, que Jim no pase más de una noche con su madre, pues hay que andar con pies de plomo.*

Es fácil adivinar la emoción que me produjo esta carta. Estaba loco de alegría, y el anciano Redruth, que no hacía más que refunfuñar y lamentarse, me inspiraba un profundo desprecio. Todos los demás guardabosques hubieran cambiado gustosos con él; pero el hidalgo quería que Tom Redruth le acompañase personalmente, y a voluntad del señor era ley en la casa.

A la mañana siguiente nos dirigimos a pie al «Almirante Benbow», donde encontré a mi madre completamente repuesta de los pasados trastornos. La carcoma de la posada, es decir, el viejo pirata, se había ido para siempre. Y el hidalgo había hecho reparar los destrozos, pintar de nuevo el mostrador y la enseña, y comprar algunos muebles necesarios, en especial un magnífico sillón para mi pobre madre. Además, le dio un mozo para que le ayudase durante mi ausencia.

Pasó la noche, y al otro día, después de comer, Redruth y yo nos pusimos de nuevo en camino. Me despedí de mi madre, de la angosta ensenada donde había pasado mi corta vida, y de la bendita enseña del «Almirante Benbow», menos hermosa desde que fue pintada nuevamente. Uno de mis últimos pensamientos nostálgicos fue para el viejo pirata que tantas veces había vagado por la estrecha playa, con su tricornio roto, su cicatriz honrada y su antiguo catalejo de bronce debajo del brazo. Poco después doblamos un recodo, y toda mi infancia desapareció de mis ojos...

Al atardecer tomamos la diligencia en pleno campo. Me ubiqué como pude entre el anciano Redruth y un caballero obeso que me aplastaban y molían los huesos; pero, a pesar del traqueteo y el aire frío de la noche, me amodorré en seguida y acabé por dormir como un tronco, mientras la diligencia iba rodando por calles y montes, entre posada y posada. Cuando al fin desperté de un brusco encontronazo en las costillas, al abrir los ojos me di cuenta de que acabábamos de detenernos ante un viejo y sombrío caserón de una calle de la ciudad y hacía ya mucho tiempo que había amanecido.

–¿Dónde estamos? –inquirí.

–En Bristol –me contestó Redruth–. Por fin hemos llegado.

El hidalgo se hospedaba en una hostería del puerto para así poder vigilar mejor el aparejamiento de la goleta. Debimos, pues, ir a pie hasta allí y pasar, con gran contento mío, a lo largo del puerto, atravesando los muelles donde se hallaban atracados una infinidad de navíos de todos los tamaños, formas y nacionalidades. En uno de ellos los marineros trabajaban cantando; y en otro, algo más adelante, había varios hombres como colgando del aire, suspendidos sobre mi cabeza, agarrados a las jarcias, que parecían leves como telarañas. Aunque había pasado toda mi existencia a la orilla del agua, me parecía estar viendo el mar por primera vez en mi vida. Los aromas y relentes de brea y sal me agradaban extraordinariamente. Vi unos rostros curtidos y extraños, que habían desafiado todas las inclemencias de los mares; vi unos viejos marineros que llevaban pendientes en las orejas, unas raras patillas rizadas, unas largas coletas embebidas de brea y caminaban lenta y pausadamente. Y ni cien reyes y arzobispos reunidos me hubieran causado tanta satisfacción.

Yo también iba a embarcarme, a navegar en una esbelta goleta, con capitanes, pilotos, contramaestres y marineros de esos que llevan una coleta embreada y cantan raras canciones marineras. ¡Y todo eso con rumbo a una isla desconocida, lejana, inmóvil en la inmensidad del Océano, y en busca de un tesoro escondido!

Me encontraba todavía embriagado en ese delicioso ensueño cuando llegamos a la puerta de una posada gigantesca –que me hizo recordar como perdida para siempre, a lo lejos, la pequeñez del «Almirante Benbow»–; y allí topamos de pronto con el hidalgo, vestido de oficial de marina, con un uniforme de paño azul, que salía a la calle, sonriendo a todos lados e imitando a las mil maravillas el paso recio y aplomado de la gente de mar.

–¡Bravo! –exclamó al vernos–. ¡Ya estáis aquí! Anoche llegó a Londres el doctor Livesey. ¡Magnífico! Todo está a punto: ya podemos marcharnos.

–¡Oh, señor! ¿Y cuándo partimos? –pregunté con irreprimible afán.

–¿Cuándo?... Mañana mismo.

# CAPÍTULO VIII

## EN LA «TABERNA DEL CATALEJO»

Cuando me hube desayunado, el hidalgo me confió el encargo de llevar una carta a John Silver, dirigida a su «Taberna del Catalejo». Me aseguró que me sería muy fácil encontrar la casa porque para ello bastaba que recorriese el muelle hasta dar con un bodegón a cuya puerta colgaba, a manera de enseña, un gran catalejo de cobre. Obedecí en seguida, muy satisfecho de aprovechar aquella ocasión para contemplar otra vez, más detenidamente, los navíos y marineros del puerto, y abriéndome paso a través del gentío, entre carretas y fardos –pues a aquella hora los diques se hallaban a pleno trabajo–, muy pronto di con el bodegón indicado.

Su aspecto era limpio y alegre. La muestra parecía repintada recientemente; en las ventanas había cortinillas a cuadros blancos y rojos, y hasta el umbral estaba regado y cubierto por una fina capa de arena. La posada se encontraba situada entre dos calles, y en ellas tenía sendas puertas que iluminaban la ancha y profunda sala de la bodega, a pesar de la densa nube de humo que flotaba dentro. Los clientes eran todos hombres de mar y hablaban tan alto, con voces tan recias, que me detuve un instante, casi temeroso de cruzar el bajo portalón principal.

Mientras permanecía indeciso, del fondo de la bodega salió un hombre que en seguida me pareció ser John Silver. Tenía la pierna izquierda cortada a la altura del muslo, y con el sobaco del mismo lado se apoyaba en una muleta que manejaba con gran destreza, dando unos saltos seguidos y cortos, como si fuera un pájaro. Era un hombre muy alto y fornido, con una cara ancha y pálida, casi abotargada, pero viva y sonriente. Parecía estar de un humor jovial e iba de aquí para allá, saltando entre las mesas, silbando entre dientes, repartiendo palmaditas en los hombros o gastando bromas a sus clientes.

A decir verdad, en cuanto leí lo que de John Silver contaba en su carta el hidalgo, me sobrecogió de inmediato la sospecha de que se tratase del mismo «marinero con una sola pierna» que tantas preocupaciones y pesadillas me había dado en el «Almirante Benbow». Pero me bastó dar una ojeada al dueño de la «Taberna del Catalejo» para convencerme de que estaba equivocado. Había yo visto y sufrido harto de cerca a nuestro viejo pirata, al «Perro Negro» y al terrible ciego, y creía saber de fijo qué cosa era un filibustero de verdad. De manera que el dueño del mesón, con aspecto aseado y risueño, me pareció todo lo contrario de lo que había supuesto.

Recobré el valor, franqueé la puerta y me dirigí resuelto al encuentro del cojo, que estaba hablando con un cliente.

–¿El señor Silver? –le pregunté alargándole la carta.

–Soy yo, hijo mío –me contestó–. ¿Qué quieres?

Pero al ver el sobre se enderezó bruscamente.

–¡Ah!, ¡ya entiendo! –exclamó–. Tú debes ser nuestro nuevo grumete. ¡Encantado, muchacho¡

Y diciendo esto me estrechó la mano con su enorme diestra.

En ese mismo instante, al otro extremo del bodegón, uno de los clientes se levantó repentinamente y salió casi corriendo a la calle. Pero su prisa fue precisamente lo que me llamó la atención; le vi un momento y le reconocí en seguida: era aquel hombre lívido, con dos dedos de menos, el primero de los bandidos que se habían presentado en el «Almirante Benbow».

–¡Oh! –exclamé asombrado–. ¡Detenedle, detenedle, señor Silver! Éste es el «Perro Negro».

–No importa saber quién es, hijo mío –me contestó el dueño–, pero sí que se vaya sin pagarme el gasto.

Y dirigiéndose rápidamente a un mozo que estaba junto a la puerta por donde huyó el bandido:

–¡Anda –le dijo–, corre, a ver si lo coges! ¡Pues no faltaba más! Aunque fuese el almirante Hawke en persona habría de pagarme el gasto.

Y volviéndose luego hacia mí, soltándome la mano, que aún sujetaba, me dijo en tono afable:

–¿Quién has dicho que era, hijo mío? ¿El «Perro» qué?

–El «Perro Negro». ¿Acaso el hidalgo no os ha contado lo de los piratas? Pues ese es uno de ellos.

–¡Cómo! ¿Y estaba en mi casa? –exclamó John Silver.

Y dirigiéndose a un marinero ya anciano, con el pelo blanco y el rostro de caoba, que había estado bebiendo en compañía del «Perro Negro», le llamó secamente:

–¡Morgan; vamos a ver, ven acá!

El marinero se acercó lentamente, chupando una pipa de yeso apagada.

–¿Qué es eso? –le dijo John Silver en tono severo–. ¿Conoces a ese hombre?

–No –murmuró el viejo, meneando la cabeza negativamente.

–Pero, ¿tú no conocías por lo menos su apodo?

–Tampoco.

–Pues me alegro de saberlo, porque de lo contrario, si sospechara tan sólo que te tratas con semejante chusma, no pondrías más los pies en mi casa. ¿Entendido?... Y dime: ¿qué demonios te estaba contando?

–¡Y yo qué sé: tonterías, monadas!

–¡Tonterías, monadas¡ ¿De qué te sirven las orejas entonces? ¡Quiero saberlo he dicho¡ ¿Es que te hablaba de viajes, de barcos? ¡O de qué, vamos a ver!

–Sí –dijo el viejo–, me estaba hablando de limpiar fondos.

–¡Eso es lo que tú necesitarías, imbécil! –le dijo Silver, guiñándome un ojo y sonriente–. ¡Vamos, anda a sentarte otra vez!

Y entonces, mientras el viejo volvía a su mesa, Silver me murmuró al oído, en tono afable y confidencial, que me favorecía a los ojos de los circunstantes:

–¡Pobre hombre, es más bueno que el pan, pero está tonto de remate, tonto de remate!... Pero, vámonos –prosiguió, levantando la voz–: «Perro Negro», «Perro Negro»..., pues a fe que no conocía este apodo. Y, sin embargo, no sé, tengo una idea de que no es la primera vez que he visto a ese individuo... ¡Ah, sí! Ahora caigo; ha venido algunas tardes aquí mismo, acompañado de un ciego que parecía un mendigo.

–No hay duda –dije yo–; y a ese ciego también le conozco. Le llamaban el «Sacristán».

–¡Justo! –exclamó Silver, animándose por momentos–. ¡Eso es: se llama el «Sacristán»! ¡Y mira tú que tiene una cara...! Vamos, que si podemos echar mano a ese «Perro Negro», el capitán Trelawney no se quejará de nosotros. En fin: yo tengo confianza, porque el mozo que le solté a ese «Perro», corre más que un lebrel... !Pues tiene gracia: estarse hablando ahí de limpiar fondos! Eso y aun algo más voy a limpiarle yo, si le agarro.

Mientras lanzaba vivamente estas frases, como si fueran cohetes, iba andando a grandes zancadas de su pierna y su muleta por toda la sala, con un ardor que en modo alguno parecía fingido. Mis sospechas habían redoblado al encontrar tan inesperadamente al «Perro Negro» en el bodegón, y de ahí que yo estuviese observando a su dueño con ojos de lince. Pero Silver era demasiado astuto para mi corta experiencia de los hombres y el mundo; de manera que cuando el mozo regresó, casi falto de aliento, diciendo que había perdido de vista al fugitivo entre la multitud y que la gente, al verle correr a él desatinado, estuvo a punto de tomarle por un ratero de puerto, yo hubiera jurado que Silver era inocente.

–Ya ves, muchacho –díjome con amargura–, a lo que está expuesto un hombre honrado como yo. ¿Qué te parece? ¿Qué diría el capitán Trelawney si se enterara de esto? Ese bandido viene y se pone a beber tranquilamente en mi casa; yo ignoro quién es; de pronto llegas tú, me avisas, al instante doy orden de detenerlo y, sin embargo, ese canalla se nos escurre de entre las manos y me deja con un palmo de narices. ¡Vamos, que es tener mala suerte! Sólo me consuela el pensar que tú sabrás hacerme justicia ante el capitán, ¿no es verdad, muchacho? Eres muy joven todavía, pero tienes entendimiento de sobra. Sí, hombre, sí; eso se ve en seguida; yo lo advertí en cuanto pusiste el pie en esta casa. Pues bien, vamos a ver; quiero que seas tú quien diga: ¿qué podía yo hacer más con esa muleta que se me atranca a cada paso? ¿Es o no es verdad?... Cuando yo era joven y robusto hubiera sido capaz de alcanzarlo en un segundo y romperle la crisma: ¡eso es! Pero ahora, así, con esta pierna... ¿No te doy lástima, muchacho?...

Le miré y, en efecto, no pude menos de entristecerme.

–¡Vive Dios! –exclamó–. Pero, ¿y la consumición? Ese bandido, además de burlarme, se ha bebido tres copas y se marchó sin pagar.

Y dejándose caer sobre un banco, se echó a reír a grandes carcajadas y con tanto gozo que se le saltaron las lágrimas. Yo no pude menos de reírme con él; todos los circunstantes nos imitaron luego, y el bodegón entero estalló en risas atronadoras, inmensas.

–¡Valiente ganso estoy hecho! –exclamó al fin, enjugándose los párpados–. ¡Mira tú que olvidarme de eso! Vamos, muchacho, que tú y yo podemos ir muy bien juntos, pues a pesar de mis años, me temo que todavía no pasé de grumete... Pero lo primero es lo primero. Voy a tomar el tricornio y en seguida nos vamos a contar todo al capitán Trelawney, porque se va haciendo tarde. Éste es un asunto muy serio, y me parece que ni tú ni yo hemos de alcanzar fama con él. ¡Qué le vamos a hacer¡ Se ve que ni tú ni yo nos pasamos de listos... Pero al fin y al cabo, eso de las tres copas, ¡vamos!, eso sí que tiene gracia, pero mucha gracia. ¿No te parece, muchacho?

Yo no creía que tuviese tanta, en verdad; pero como él se echó a reír de nuevo y de tan buena gana, volví a regocijarme y todos los del bodegón le imitaron.

Luego salimos. Y mientras íbamos siguiendo los muelles, mi experto compañero me fue enterando de las diversas clases de navíos que encontrábamos al paso, de sus arboladuras y aparejos, su calado y su nacionalidad, explicándome las raras faenas que se hacían a bordo. Uno estaba descargando; otro tomaba carga; otro levaba sus anclas y se hacía a la mar; y, a cada momento, mi guía me contaba deliciosas anécdotas sobre los barcos o los marineros, y me enseñaba nuevas fascinadoras expresiones náuticas. Yo estaba verdaderamente encantado con su exquisita amistad.

Cuando llegamos a la hostería, el hidalgo y el doctor Livesey acababan de despachar un gran jarro de cerveza y algunas galletas antes de dirigirse a inspeccionar la goleta.

John Silver les contó todo lo ocurrido, sin omitir palabra, con una veracidad escrupulosa y una gracia admirable.

–¿No era así, muchacho? –me preguntaba de cuando en cuando.

Y yo cada vez debía confirmar su relato.

Los dos caballeros se lamentaron de que el «Perro Negro» hubiese logrado escaparse, pero todos convinimos en que no se podía hacer nada más; y John Silver, tranquilizado con la absoluta aprobación de sus jefes, tomó la muleta y se volvió a su casa.

–¡Que todo el mundo esté a bordo a las cuatro de la tarde! –gritó el hidalgo a Silver, mientras éste salía de la hostería.

–¡No hay cuidado de que falten! –contestó el cocinero desde el corredor.

–Amigo mío –dijo entonces el doctor Livesey al hidalgo–: yo, por lo general, suelo tener una escasa confianza en vuestros hallazgos; pero esta vez debo deciros que John Silver me parece una excelente adquisición.

–Es honrado a carta cabal –declaró el hidalgo.

–¿Vámonos? –replicó el hidalgo–. Me parece que Jim podría acompañarnos.

–Eso es –dijo el hidalgo–. Toma el sombrero, Jim, y vamos a visitar el navío.

# CAPÍTULO IX

## PÓLVORA Y ARMAS

Como la *Hispaniola* se hallaba algo alejada del muelle debimos ir a ella en bote, pasando por debajo de los mascarones de proa y rodeando las anchas popas de numerosos buques, cuyas gruesas amarras nos rozaban a veces la quilla, o se balanceaban, tensas y suspendidas, sobre nuestras cabezas. Por fin abordamos la goleta, subimos su escalerilla de cuerda, y al poner pie en la cubierta salió a saludarnos en seguida el piloto Arrow, viejo marino curtido por los temporales, que era bizco y llevaba unos grandes pendientes colgando de sus peludas orejas.

El hidalgo parecía estar muy bien con él, pero no tanto con el capitán del navío, que era un hombre de aspecto ceñudo y severo. Se veía que estaba descontento de todo cuanto había a bordo, y en seguida supimos por qué, pues apenas habíamos descendido a la cámara se nos acercó un marinero, diciendo al hidalgo que el capitán Smollet deseaba hablarle cuanto antes.

–Pues que pase en seguida –contestó el hidalgo.

El capitán, que debía estar al acecho, se presentó al instante, cerrando la puerta tras de sí.

–¿Qué hay de nuevo, capitán? –le preguntó el hidalgo–. Supongo que todo estará a punto de marcha.

–No os enojéis, señor –respondió el capitán, vacilando un momento–. Pero, vamos, yo creo que lo mejor es hablar con franqueza. No me gusta la travesía, ni me gusta la tripulación, ni tampoco me gusta el piloto. Y eso es todo.

–¡Hombre! Pues, y el navío, ¿tampoco os gusta, capitán? –preguntó, visiblemente amoscado, el hidalgo.

–De eso, señor, yo no he de decir nada hasta que lo haya probado. Y no diré más, sino que me parece bueno.

–Entonces, ¿quizá tampoco os guste el propietario? –insistió el hidalgo.

El doctor Livesey no tuvo más remedio que intervenir a toda prisa.

–¡Calma, señores, calma! –gritó; y dirigiéndose al hidalgo–: Estas preguntas –dijo – no sirven más que para embrollar las cosas. Una de dos: o el capitán ha hablado demasiado, o aún no lo ha dicho todo; y eso me obliga a pedirle una inmediata aclaración. Vayamos por partes: vos decís que la travesía que estamos a punto de emprender no os gusta. Ahora bien; yo os pregunto: ¿por qué?, vamos a ver.

El capitán permaneció callado un momento.

–A mí –dijo luego– se me contrató para conducir el navío adonde me ordenara el señor (y señaló al hidalgo). Esto equivale, en suma, a un contrato bajo condiciones secretas. Perfectamente: hasta aquí nada tengo que decir. Pero luego he visto que toda la tripulación, menos yo, está enterada de ese secreto. Y ahora digo yo: ¿al señor le parece bien?

–¡De ninguna manera! –contestó el doctor Livesey.

–Bueno –prosiguió el capitán–. Pues, además de ello, luego he sabido (y por los mismos marineros precisamente) que vamos en busca de un tesoro; y esto sí que ya es mucho más grave. En primer lugar, a mí los viajes fantásticos no me han gustado jamás; en segundo término, me parecen mucho peores, claro está, cuando además son secretos. Pero el colmo es (y que dispense el señor Trelawney) que ahora aquí resulta que el tal secreto es un secreto a voces.

–¡Cómo! –exclamó airado el hidalgo.

–Quiero decir que todo el mundo lo sabe. Y en cambio –prosiguió el capitán– no me cabe la menor duda de que vosotros, señores, ignoráis por completo el peligro que os amenaza. Pero mi deber es decirlo claramente: aquí se trata, ni más, ni menos, de vida o muerte.

–Cierto; no cabe duda –asintió el doctor–. Pero no somos tan ignorantes como suponéis, capitán. Ya sabíamos que se trataba de una empresa arriesgada... Mas, vamos a ver: también habéis dicho que os desagrada la tripulación. ¿Por qué motivo? ¿Acaso no son buenos marineros?

–¿Qué os diré? –replicó el capitán–. No me agradan, vamos, ¡que no me gustan...! Y ya que hablamos de esto, yo creo que debió habérseme dejado a mí la facultad de elegirlos.

–Conforme –replicó el doctor–, no me parece mal que se os hubiese consultado cuando menos. No obstante, podéis estar convencido de que no hubo ni la menor intención de molestaros... Y, en fin: ¿por qué tampoco os gusta Arrow, el piloto?

–No sé. Como marinero parece ser bueno; pero tiene demasiada familiaridad con la tripulación, y eso no debe hacerlo nunca un oficial correcto. Un piloto necesita hacerse respetar de sus hombres y no ponerse a beber con ellos, como si fuese del montón.

–¿De manera que bebe mucho? –preguntó, inquieto, el hidalgo.

–No, no me refiero a eso; lo que digo es que se deja tomar demasiada franqueza.

–En resumen –intervino el doctor–. ¿Qué deseáis, capitán?

–Lo diré claro: ¿estáis resueltos a emprender la travesía, señores?

–¡Cueste lo que cueste! –afirmó el hidalgo.

–Perfectamente –dijo el capitán–; pues ya que habéis escuchado con paciencia una serie de sospechas que me es imposible probar, permitidme todavía algunas palabras más. Ahora mismo, sin mi consentimiento, los marineros están colocando las armas y la pólvora que traemos a bordo en la bodega de proa. Y yo pregunto: ¿por qué razón han de ponerlas allí, teniendo como tenemos, debajo de la cámara, un lugar adecuado para ello y mucho más conveniente...? Otra cosa: me han dicho que de los cuatro hombres de confianza que traéis con vosotros tres deben dormir en la bodega de proa, con los demás. Y yo pregunto de nuevo: ¿por qué no han de alojarse y dormir aquí, junto a la cámara?

–Bueno. ¿Y eso es todo? –preguntó el hidalgo.

–No; hay más todavía: y es que se ha charlado ya demasiado.

–En efecto –murmuró irónicamente el doctor.

–Y en prueba de ello –continuó el capitán–, me limitaré a repetiros lo que yo he oído por mí mismo. Es a saber: que tenéis un mapa de la isla; que en ese mapa hay tres cruces para designar los lugares donde está escondido el tesoro. Y, finalmente, que esta isla está situada...

Y el capitán especificó exactamente los grados de longitud y latitud.

–¡Yo no lo he dicho a nadie! –protestó el hidalgo, indignado.

–¡Ah, pero todos los marineros lo saben!

–¡Doctor –exclamó el hidalgo, volviéndose hacia nosotros–, sólo podéis haber sido vos o Jim.

–Lo mismo da –replicó el doctor, sin hacer caso de su amigo.

En seguida advertí que ni el capitán ni el médico creían en las vehementes protestas del hidalgo y, a decir verdad, yo tampoco; y no obstante, ahora estoy convencido de que el pobre hombre tenía razón, ya que ninguno de nosotros había revelado el secreto del mapa.

–Bien, caballeros, dejemos ahora esto –prosiguió el capitán–. Ignoro quién de vostros es el que tiene el mapa; pero es absolutamente necesario que eso no lo sepa nadie, ni siquiera Arrow y yo. De lo contrario me veré obligado a presentar mi dimisión.

–Ya entiendo –manifestó el doctor–; vos, capitán, estáis empeñado en que la cosa tome un aspecto trágico, y para ello queréis tener a popa una guardia pertrechada con todas las armas y municiones a bordo. ¡Vamos, hombre; hablemos claro de una vez: tenéis miedo de que estalle un motín!

–Caballero –replicó el capitán, sin acalorarse al oír tales palabras–, no quisiera ofenderos en lo más mínimo, pero tampoco creo que tengáis el menor derecho a atribuirme lo que jamás he dicho. Si estuviese convencido de lo que vos suponéis, no yo, sino ningún capitán digno de serlo, cometería la falta imperdonable de hacerse a la mar. En cuanto a Arrow, el piloto, creo que es un hombre fundamentalmente honrado; algunos de los tripulantes también lo son, y quizá lo sean todos. Pero, en fin, el único y verdadero responsable de lo que pase a bordo soy yo; y veo ciertas cosas que no me gustan, ¡vamos, que no me gustan! Por lo tanto, os aconsejo que toméis precauciones, o de lo contrario deberé retirarme. ¡Y no digo más!

–Mi querido capitán –dijo entonces el doctor, sonriendo–, ¿conocéis la famosa fábula del parto de los montes? Os pido mil perdones, pero he de deciros que me la estáis recordando. Cuando vinisteis a hablarnos, yo habría apostado cualquier cosa a que íbais a comunicarnos algo mucho más grave que todo lo dicho.

–Y así era, doctor –contestó el capitán–, pues venía dispuesto a renunciar a mi cargo en la creencia de que el señor de Trelawney no querría escucharme.

–¡Y a fe que no andáis equivocado! –exclamó el hidalgo–; pues de haberse hallado ausente el doctor, os habría yo mandado al diablo. Pero, en fin, os he oído con paciencia, haré lo que deseáis, y no hablemos más, por Dios, que ya me está cargando esa música.

–Como queráis: ¡allá vos!

Y volviendo la espalda, el capitán se retiró en el acto.

–Amigo mío –comenzó el doctor–, ahora creo que son dos, y no una, las excelentes adquisiciones que habéis hecho: John Silver, como dije antes, y además el capitán.

–Estoy conforme en lo tocante al primero –replicó el hidalgo–; pero en cuanto a ese intolerable espantajo de capitán, declaro solemnemente que su conducta me parece indigna de un inglés, de un marino y hasta de un verdadero hombre.

–¡Basta, basta! –exclamó el doctor levantando benévolamente los brazos–. Primero haya paz, y luego veremos.

Poco después, subimos los tres al puente; y desde allí, abarcando toda la cubierta, vimos que los marineros habían comenzado ya a trasladar las armas y la pólvora, puestos en hilera y pasándoselas de unos a otros, bajo la vigilancia del capitán y de Arrow.

La nueva distribución hecha a bordo fue muy de mi gusto. Todo había sido cambiado de arriba abajo. En la parte posterior de la gran bodega de popa había seis camarotes que sólo comunicaban con la despensa del castillo de proa, mediante un estrecho callejón de combate extendido a babor. En un principio fueron destinados al capitán, al piloto, a Hunter y Joyce, los dos criados, al hidalgo y al doctor; pero ahora se dispuso que Redruth y yo ocupáramos dos de ellos, y que el capitán, con el piloto, se alojarían en la toldilla del puente. A tal objeto, había sido convenientemente ensanchada por ambos lados, y aunque resultaba muy baja, había suficiente lugar para tender dos buenas hamacas, hasta el punto de que el piloto pareció satisfecho del cambio. Quizás él también desconfiaba de la tripulación; pero no puedo asegurarlo, pues, como se verá, no tuvimos ni tiempo de preguntárselo.

Dejando en el puente al doctor y al hidalgo, yo bajé a ayudar a los que trabajaban; y así estábamos, transportando armas, botes de pólvora y colchones, cuando llegó en ese mismo momento John Silver a bordo de un bote.

El cocinero llevaba en la diestra un loro metido en su jaula. Desde abajo tiró primero la muleta, que vino a caer sobre cubierta; y luego, sin abandonar al pájaro, trepó a bordo con una agilidad asombrosa, como si fuera un mono.

Apenas vio lo que estaba haciendo, gritó:

–¡Hola, amigos! Pero, ¿qué trajín es ése?

–Cambiamos de santabárbara –contestó uno, sonriendo maliciosamente.

–Pues, ¡sí que estamos frescos! –dijo Silver–. ¡De seguir perdiendo así el tiempo, se nos va a pasar la marea¡

–¡Lo dicho, y basta! –ordenó secamente el capitán–. Y vos, amigo, ved que lo que se os está pasando es la cena.

–A ella voy, capitán –respondió Silver, saludando.

Y se fue en seguida, dando saltitos, hacia la cocina.

–¡Es un tipo excelente! –dijo entonces al capitán el doctor, que había bajado del puente y nos estaba mirando con la sonrisa en los labios.

–No diré que no... –le respondió en tono ambiguo el marino; y dirigiéndose a los marineros que transportaban la pólvora–: ¡Eh, muchachos! ¡Despacio; hay que ir más despacio!

Y como, de pronto, me sorprendió examinando el cañón que llevábamos a bordo, cañón de bronce, larguirucho y estrecho, gritó:

–¿Qué es eso? ¿Qué haces aquí, muchacho? ¡Anda a tu sitio! ¡A la cocina, a la cocina, en seguida!

Me escurrí en el acto, amoscado, y oí que decía al doctor:

–¡Nada, nada: no consiento favoritismos a bordo!

En aquel momento comprendí la indignación del hidalgo y odié al capitán.

# CAPÍTULO X

## LA TRAVESÍA

Aquella noche transcurrió en un continuo ajetreo, poniendo orden en las cosas de a bordo y recibiendo a los numerosos amigos del hidalgo, entre ellos Blandly, que venía en botes rebosantes, a desearle buena suerte y un pronto regreso. Nunca había trabajado yo en el «Almirante Benbow» como lo hice aquella noche en la goleta; y estaba cansado, exhausto de fatiga, cuando, poco antes de despuntar la aurora, oí el pito del contramaestre dando ruidosamente la orden de maniobrar; todos los hombres en el acto se lanzaron al cabrestante. Y aunque mi cansancio hubiera sido diez veces mayor, no habría podido alejarme del puente.

Todo era nuevo para mí: las rudas voces de mando, los agudos silbidos, y el ir y venir de los marineros, sus movimientos ágiles y prontos bajo la pálida claridad de las linternas de a bordo.

–¡Eh, John, el largo! –gritó una voz en la penumbra–. Anda: cántanos algo.

–¡Lo de siempre! –exclamó el marinero.

–¡Sí, sí, eso es! –respondió Silver, que estaba apoyado en su muleta, entre los tripulantes.

Y en seguida, comenzó a entonar aquella rara canción, que tantas veces había oído en mi infancia:

*Quince hombres sobre el cofre del muerto*
*¡Ja, ja, ja!*

Y todos los marineros, al compás de la faena, prorrumpieron a coro:

*Y un gran frasco de ron...*

Por un instante, a pesar del vivo interés con que observaba la maniobra, me sentí transportado a la pobre posada paterna y me pareció oír la voz hueca del viejo pirata, resonando entre el coro. Pero, levaron el ancla, chorreando agua, y la dejaron colgando de su serviola; se desplegaron las velas, con un vasto rumor de trapo; comenzó a henchirlas el viento del amanecer; la costa y los navíos anclados desfilaron como sombras ante mis ojos absortos; y antes de que yo bajase a acostarme, para aprovechar una hora de descanso y de sueño, la *Hispaniola* navegaba ya rumbo a la Isla del Tesoro.

No describiré en detalle la travesía porque fue excelente. La goleta resultó ser un navío estupendo, dócil y ágil como un corcel de raza; la tripulación estaba compuesta de hombres robustos y expertos, y el capitán sabía a fondo lo que traía entre manos. Pero, antes de que llegáramos a la altura de la isla misteriosa, ocurrieron dos o tres cosas que es necesario contar.

La primera de ellas fue que el piloto, Arrow, resultó mucho peor aún de lo que el capitán sospechaba. No tenía el menor ascendiente sobre los marineros, que hacían con él lo que les daba la gana; y lo más lamentable fue que después de dos o tres días de estar navegando, apareció una tarde en lo alto del puente borracho perdido, con unos ojos como linternas, las peludas orejas rojas como gallardetes, la lengua hecha un ovillo y apestando a ron. El capitán le arrestó varias veces; pero era inútil: el hombre volvía a las andadas, y a cada momento, rodaba por las escaleras, a riesgo de romperse la crisma. Cuando no estaba lastimado, envuelto en trapos de árnica, de pies a cabeza, se pasaba todo el día durmiendo, embrutecido en su hamaca. Luego, como por arte de magia, estaba dos días sin beber; y entonces era el piloto más templado y concienzudo del mundo.

Lo curioso es que era imposible averiguar de dónde sacaba la bebida. Era un verdadero misterio. Inútilmente le vigilábamos todos y a todas horas, con ánimos de sorprenderle: el problema permanecía sin solución. Cuando le interrogaban cara a cara, si estaba turbio se limitaba a reír; y cuando estaba claro, juraba y rejuraba solemnemente, por todos los santos del cielo, que en su vida no había probado más que agua.

Como piloto resultaba inútil, y daba, además, un pésimo ejemplo a la marinería; pero era evidente que, al paso que llevaba, había de acabar muy pronto y muy mal. Nadie se sorprendió, pues, cuando cierta noche oscura como boca de lobo, un maretazo lo barrió de la cubierta, como un trasto inútil.

–¡Hombre al agua! –gritó el capitán, que le vio desaparecer, desde lo alto del puente.

Pero el viejo borracho no dejó ni rastro. Nos quedamos, pues, sin piloto, y para sustituirle fue necesario dar ascenso a uno de los marineros. El contramaestre, que era el más indicado y se llamaba Job Andersen, se encargó de sustituirle sin cambiar de título. El hidalgo, por otra parte, era muy experto en las cosas de mar, y sus conocimientos le permitieron ayudarnos hasta el punto de que muchas veces, en días de bonanza, tomaba la guardia. El patrón de chalupa, Israel Hands, era también un viejo lobo de mar, muy cauteloso, muy astuto, muy fino, al cual podían confiarse, si era necesario, toda suerte de maniobras veleras. Este curioso personaje, gran amigo y confidente de John Silver, me induce a mencionar a nuestro cocinero, que era popular entre la tripulación y conocido de toda ella por John, el largo.

Para estar con más soltura a bordo y tener así las manos libres, Silver sujetaba su muleta con una correa cruzada al pecho, en bandolera. Y era curioso verle apoyar el extremo del palo contra un tabique, por ejemplo, y así, arqueado, soportar impetérrito los bandazos del navío y manejar sus cacerolas, tan seguro como si estuviese en tierra firme. Pero lo más chocante era cuando atravesaba la cubierta en días de mar gruesa. Para ayudarle a salvar las distancias más difíciles por lo despejadas, sus compañeros habían dispuesto en la cubierta varias guindalezas; y agarrándose a ellas, unas veces apoyado en su muleta y otras llevándola a rastras, iba tan de prisa como cualquier hombre entero. Sin embargo, los que ya habían navegado otras veces con él, le compadecían al verle en tal estado.

–Ese John –me decía el patrón de chalupa– no es un cualquiera, ni mucho menos. ¡Hay que ver! Tiene mucha lectura, mucha instrucción, y cuando quiere, habla como un libro. Además, es el hombre más valiente del mundo, ¡un león, una fiera! Yo le he visto luchar solo y sin armas contra cuatro hombres, y romperles a todos la crisma.

La tripulación en masa le respetaba e incluso le obedecía; Silver sabía hablar a cada uno según su carácter y hacer favores a todos. Conmigo se mostraba invariablemente afectuoso, y parecía alegrarse de verme a su lado en aquella cocina que él conservaba tan limpia como una taza de plata, con los platos y cacerolas brillantes y la jaula del loro colgando en un rincón.

–Vamos a charlar un rato, muchacho –me decía a menudo–. Tú eres el único que me gusta ver por acá. Vamos, siéntate: aquí tienes al «capitán Flint» –añadía, señalando al loro–. Le llamo así en recuerdo del famoso pirata. Pues, ahora mismo me estaba anunciando buen tiempo y prediciendo el éxito de nuestro viaje. ¿No es verdad, capitán?

Y al instante el loro se ponía a chillar escandalosamente: «¡Guineas! ¡Guineas! ¡Guineas...!», hasta que perdía el aliento o el cocinero no tenía más remedio que tapar con su pañuelo la jaula, para obligarle a callar.

–¡Ahí tienes, muchacho! –me decía Silver–: ese animalito debe contar por lo menos unos doscientos años, y hay loros que viven mucho más todavía; pero no creo que nadie, a no ser el mismísimo diablo, haya presenciado tantos crímenes como él. Tal como le ves, chiquillo, ese bicho ha navegado con England, el gran capitán England, el celebérrimo pirata; ha estado en Madagascar, en el Malabar, en Surinam, en la Providencia y en Portobello, cuando la famosa pesca de las galeras hundidas. Allí aprendió su sonsonete, «¡Guineas! ¡Guineas! ¡Guineas!»; y no es de extrañar, hijo mío, pues se sacaron del abismo más de trescientas mil. Luego, estuvo también en el abordaje de los galeones del rey de las Indias, en aguas de Goa. ¡Y cualquiera diría que eso es un polluelo. ¿Verdad? Pues, nada, muchacho: es un viejo veterano cansado de oler la pólvora. ¿Cierto, o no, capitán?

«¡Alerta! ¡Alerta! ¡Al asalto! ¡Al asalto! ¡Al asalto!», chillaba desenfrenadamente el loro.

–Ya ves, Jim –me decía el cocinero, riéndose–: él solo mete más ruido que un escuadrón entero. Pero, ¡basta, hijo, basta!

Y acercándose al loro, Silver le daba a pedacitos un terrón de azúcar sacado de su faltriquera. Entonces el pajarraco picoteaba con furia los gruesos barrotes, lanzando una letanía de blasfemias horrendas, casi inverosímiles.

–No hay más, muchacho –sentenciaba su dueño–: ¡lo que es andar en malas compañías! Ahí tienes a ese pobre loro, a ese inocente patriarca, echando maldiciones y blasfemias como si tal cosa. ¡Y lo mismo haría si estuviese en un convento de monjas! Vamos, ¡es un horror!

Al decir esto, el cocinero volvía a tapar la jaula con su pañuelo, para atajar el escándalo, con tales muestras de compasiva repugnancia, que yo me quedaba maravillado de su rectitud.

Mientras tanto, el hidalgo y el capitán Smollett continuaban mirándose de reojo. El hidalgo no disimulaba en lo más mínimo su profundo desprecio por el jefe de a bordo; y el capitán, por su parte, sólo despegaba los labios para contestar, y aun esto lo hacía en tono seco y lacónicamente. Se notaba que, en secreto, reconocía su error, pues la tripulación iba resultando excelente; algunos de sus hombres sobrepasaban, incluso, lo que se esperó de ellos, y todos, en fin, se conducían a la perfección. En cuanto al navío, basta decir que el capitán había llegado a encariñarse realmente con él.

–Esta goleta –decía– es más fina que un junco y más velera que el viento... Pero, lo que yo digo y repito, es que aún no estamos de vuelta, ni mucho menos; ¡y nada más!

Al oír esto, el hidalgo le volvía bruscamente la espalda y empezaba a pasearse furioso por la cubierta, de un extremo a otro, echando pestes a media voz

–¡Vamos –iba diciendo–, que no puedo más! ¡Este hombre me revienta soberanamente!

Tuvimos algunos días de mar gruesa, que sólo sirvió para poner de relieve las magníficas cualidades de la *Hispaniola*. Toda la tripulación rebosaba de satisfacción, y con harto motivo, pues desde que Noé comenzó a navegar en su arca famosa, no creo que jamás en el mundo se haya tratado mejor a otros marineros. Con cualquier pretexto se les doblaba la ración de bebida y se les servían platos extraordinarios; para ello bastaba, por ejemplo, que el hidalgo se enterase de que era el santo de alguno de los marineros. Y sobre cubierta había siempre un gran tonel de manzanas, donde todos podían pescar a su antojo.

–En mi vida he visto cosa semejante –murmuraba el capitán al doctor Livesey–. Agasajar así a los marineros, es lo mismo que echar carne a los tiburones. ¡Es absurdo! ¡Vamos, de aquí no puede salir nada bueno!

Y algo salió, sin embargo, del famoso tonel; algo tan bueno, tan oportuno y tan dispensable, que sin ello seguramente habríamos perecido todos de mala manera.

He aquí cómo fue:

Aprovechándonos de esas brisas largas, y magníficas, que se llaman vientos alisios, nos acercábamos rápidamente a la isla anhelada. No puedo ser explícito en detalles, porque me está vedado; pero sí diré que avanzábamos llevando constantemente un vigía de guardia. Era el último día de viaje: aquella misma noche, o a más tardar, a la madrugada siguiente, avistaríamos la Isla del Tesoro. Llevábamos rumbo hacia el S.S.O., con viento en popa y un mar tranquilo como un lago inmenso. La *Hispaniola* surcaba las aguas sin el más leve rumor, levantando su proa, muy de tarde en tarde, un blanco chorro de agua. Todas las velas estaban desplegadas y henchidas de brisa; y a bordo reinaba un júbilo concentrado, silencioso, pero íntimo e intenso, pues nos encontrábamos al final de nuestra primera aventura.

Había anochecido. Y yo acababa de terminar mi tarea diaria, después de cenar, y me recogía ya a mi camarote, cuando sentí el deseo de comer una buena manzana. Subí en seguida a cubierta: el vigía se hallaba al otro extremo, absorto y acechando la aparición de la isla, y el timonel, atento a la orza de la vela mayor, silbaba entre dientes para entretenerse. Este ligero silbido, con el blando susurro del agua al romperse en la proa, eran los únicos rumores que turbaban el profundo reposo de a bordo.

Sólo quedaban dos o tres manzanas esparcidas en el fondo. Me metí por completo en el tonel, para alcanzarlas y elegirlas a gusto; me senté en la oscuridad; y allí, encogido y zarandeado suavemente por el balanceo del buque, me amodorré hasta casi quedar dormido, cuando, de pronto, sentí el encontronazo de un hombre que se sentaba bruscamente junto a mi escondite. El choque fue tan rudo, que hizo retemblar el tonel y me despabiló en el acto. Me dispuse a salir en seguida e iba a sacar la cabeza; pero me contuve al escuchar que el recién llegado levantaba la voz. Era la voz de Silver. Y apenas hube oído sus primeras palabras, ya no me habría movido por nada del mundo. Permanecí quieto, agazapado, atento, temblando de miedo y de curiosidad. Estas pocas palabras bastaban para revelarme que la vida de todas las personas honradas que se encontraban a bordo, estaba en mis manos.

# CAPÍTULO XI

## LO QUE OÍ DESDE EL TONEL DE MANZANAS

–No, yo no –decía Silver, continuando sin duda, una conversación comenzada–. El capitán era Flint; yo era el piloto, porque mi pierna de palo no consentía que fuese de otro modo. Pero cierto que la buena la perdí en el mismo abordaje en que el «Sacristán» quedó ciego. El que me cortó la pierna era un buen maestro cirujano, sin más títulos que un diploma; pero eso no impidió que luego le ahorcásemos como a un perro y le dejásemos secar al sol, como a todos los demás en Corso Castle. Eran gente de Robert, y el malentendido vino porque tuvieron la mala ocurrencia de cambiarles el nombre a sus navíos, tanto al *Royal Fortune* como a los restantes. Fue una gran tontería, porque yo siempre he sostenido que un navío, una vez bautizado, debe conservar el nombre pase lo que pase. Así lo hicimos, por ejemplo, con el *Casandra*, que nos trajo de las Malabares, sanos y salvos, después que England hubo apresado al «Virrey de las Indias»; y lo mismo ocurrió con el viejo *Walrus*, la famosa goleta de Flint, a la que más de una vez he visto chorreando sangre por los costados y repleta de oro hasta naufragar.

–¡Ah –exclamó, con entusiasmo, otra voz, la del marinero más joven que traíamos a bordo–, Flint era el rey de los grandes piratas!.

–Pues no te creas que Davis le anduviese en zaga –respondió Silver–. ¡Era también todo un hombre! Yo no he navegado nunca con él, porque primero estuve con England y después con Flint, y ahora, aquí, puede decirse, que voy por mi cuenta. Pues, bien: de England saqué novecientas libras, y de Flint dos mil. Para un simple marinero no está mal, que digamos, y todo ello lo tengo depositado en el Banco, porque créeme, hijo mío, hay que saber ahorrar: la vida sensata no es más que eso. O si no, vamos a ver: ¿qué ha sido de la gente de England? Nadie lo sabe. Y en cambio los de Flint estamos casi todos aquí guardaditos y con viento en popa. Ahí tienes otro caso: el «Sacristán», ese viejo demonio, después de haber perdido la vista tuvo la desvergüenza de derrochar mil doscientas libras en sólo un año, como un señor marqués. Pero, ¿qué ha sido de él? ¡Ah! ¡Ahí lo tienes muerto, a pique para siempre! Y aún antes de hacer agua ha debido pasarse dos años comiendo guijarros. ¡Qué escándalo! Pedía limosna, robaba, asesinaba... ¡y todo para morirse de hambre! ¡Ya ves!

–Y es que esas cosas, al fin y al cabo –dijo el joven–, no sirven de nada.

–¡Para los imbéciles, claro está que no! Puedes estar seguro de ello, muchacho –replicó Silver–. Los tontos no hacen carrera jamás. Pero, vamos a ver: tú eres joven, fuerte y cuerdo; sí, lo vi en seguida. ¡No hay más! Y por eso te hablo como si hablara a un hombre hecho y derecho.

Es fácil imaginar lo que yo estaba experimentando, oculto en el tonel, mientras oía que el astuto canalla iba dirigiendo a otro los mismos halagos que empleaba conmigo. De haber estado en mi mano, a buen seguro que le habría pasado de parte a parte, a través del tonel. Pero Silver proseguía, sin darse cuenta de que le estaba oyendo:

–Con los caballeros de fortuna, casi siempre ocurre lo mismo. Llevan una vida de perro y se exponen a ser ahorcados al menor contratiempo; pero comen, beben y viven como reyes; y una vez terminada una aventura, se encuentran con los bolsillos llenos de libras, en lugar de peniques. Entonces, casi todos ellos se entregan desenfrenadamente a bebidas y juergas, y finalmente se quedan con sólo la camisa para hacerse nuevamente a la mar. Pero yo lo entiendo de otro modo, muchacho: yo pongo mi dinero a buen recaudo, y voy colocándolo un poco aquí otro poco allá, y en ninguna parte demasiado, para no infundir sospechas. ¡Y aquuí me tienes! He cumplido los cincuenta, ¡fíjate! Y en cuanto regresemos de esta empresa, me retiro para siempre, a vivir como un cumplido caballero entre gentes honradas. Quizá vayas a decirme que comienza a ser tarde; pero hay que tener en cuenta que, entretanto, he ido viviendo con harta decencia. No me he privado nunca de nada, y he comido, bebido y dormido a mi gusto todos los días, salvo cuando estoy a bordo, que, relativamente, es poco. ¿Sabes, muchacho, cómo empecé mi carrera? ¡Pues, como tú, de mastelero y durmiendo sobre la cubierta!

–De todos modos –dijo el otro–, el caso es que ahora ya podéis dar por perdido vuestro dinero; porque, después de este golpe, no vais a presentaros de nuevo en Bristol, según creo.

–Pero, ¿dónde piensas tú que tengo guardado el dinero? –le preguntó Silver socarronamente.

–Pues en Bristol, en los bancos o en cualquier otra parte...

–Allí estaba, en efecto, cuando levamos anclas; pero ya se habrá cuidado de retirarlo mi mujer, desde entonces... Mira, muchacho: la «Taberna del Catalejo» ya está vendida a estas horas. El alquiler, la clientela, el mobiliario, todo ha pasado a otras manos; y mi buena negrita, con el dinero a salvo, me estará esperando... no te digo dónde, y no porque desconfíe de ti, sino por no dar celos a tus compañeros.

–¿Y podéis fiaros de vuestra mujer?

–Los caballeros de fortuna no se fían mucho unos de otros, es verdad, y razones tienen para ello. Pero yo soy especial en todo; y así, cuando un amigo me juega una mala partida, suele irse, por precaución, a vivir al otro mundo. La verdad es que el «Sacristán» infundía miedo a muchos; otros temían a Flint; pero ambos y todos juntos me temían a mí. Y quien dice temor, dice también confianza. De ahí, muchacho, que si te portas como Dios manda, puedes estar tranquilo en el navío de Silver.

–Francamente –contestó el joven–: hasta ahora la cosa me gustaba a medias, nada más; pero después de haberos hablado, la acepto con gusto.

–¡Chócala, amigo! –exclamó entonces Silver, estrechándole la mano con tal ímpetu, que el tonel retembló–. En mi vida he visto un muchacho mejor dispuesto que tú para ser un gran caballero de fortuna.

Ya comenzaba yo a comprender el verdadero alcance de sus raras palabras. Un «caballero de fortuna», era ni más ni menos que un vulgar pirata; y el diálogo que yo acababa de sorprender, ponía fin a la corrupción de uno de los marineros honrados, quizás el único que aún quedaba a bordo. En esto, Silver dio un ligero silbido y un tercer hombre vino a sentarse con los otros dos.

–Dick está con nosotros –le dijo Silver al recién llegado.

–¡Ya lo suponía! –contestó la voz de Israel Hands, el patrón de chalupa–. Dick me ha parecido siempre un muchacho sensato... Pero, dime, John: ¿hasta cuándo va a durar esta comedia? ¡Ya estoy harto de privaciones y hasta del capitán! Tengo unos deseos locos de instalarme en su camarote y contar sus botellas.

–¡Ten juicio, Israel –contestó Silver–, que nunca has tenido bastante! Pero, a falta de eso, por lo menos atiende, pues te sobran orejas. Óyeme, duerme como puedas, no hagas tonterías, no bebas, y estáte tranquilo hasta que yo dé la señal. ¿Entendido?

–Conforme; no digo lo contrario. Lo único que deseo es saber cuándo será eso.

–¡Vive Dios! –gritó Silver encolerizado–. ¡Cuando a mí me dé la gana!, ¡eso es...! El capitán conduce el barco, y no hay más que pedir; ahí tenemos, por otra parte, que el señor de Trelawney o el doctor llevan el mapa que necesitamos. Yo no sé dónde está; pero, ¿lo sabes tú, acaso...? Pues, entonces, ¡que se cuiden ellos de hallar el tesoro y traerlo a bordo! Y luego veremos. ¡No hay más...! Si yo estuviese seguro de todos vosotros, hasta esperaría, para dar el golpe, a que el capitán nos trajese de vuelta, en plena travesía. ¡Eso sería lo bueno!

–Pero, ¿acaso no somos marineros, a bordo? –preguntó Dick.

–¡Y eso, qué! –replicó Silver–. Somos capaces de llevar un rumbo, pero no de tomarlo: y lo que hace falta no es andar, sino saber por dónde se anda. Mi intención sería dejar que el capitán, una vez embarcado el tesoro, nos llevase por lo menos hasta una ruta abierta y conocida; así estaríamos seguros de no perdernos y de evitar el riesgo de ir tomando agua por esos mundos de Dios. Pero, como os conozco sobradamente, liquidaré el asunto en la misma isla, en seguida que el tesoro esté a bordo, a pesar de que eso será una barbaridad como un templo. ¡Qué imbéciles! Lo único que os preocupa es poder beber como cubas y hacer el ganso a todas horas, sea como sea, sin pensar nunca, en mañana. ¡Vamos, da verdadero asco tratar con vosotros!

–¡Poco a poco, John! –protestó Israel–. Que aquí nadie dice lo contrario.

–¡Cuántas presas –siguió exclamando Silver, sin hacerle caso–, se perdieron y a cuántos bravos se ahorcaron por haberse precipitado en exceso! Siempre es lo mismo: la impaciencia, esa maldita impaciencia que todo lo malogra. Yo creo entender algo de cosas de mar, ¿no es cierto? Pues bien: si quisiéramos ir derechos y gobernar la vela como debe hacerse, os juro que muy pronto usaríais carroza; ¡por esas! Pero, ya sé que es inútil predicaros. Os conozco demasiado, para hacerme ilusiones. Y después de todo, ¿a mí qué? Mañana os daré todo el ron que queráis, ¡y que os ahorquen luego!

–Ya sé que hablas como un libro de misa, John; pero otros sabían tanto como tú, y no obstante, les gustaba bromear y divertirse –arguyó el patrón–. En todo caso, lo cierto es que eran menos secos y orgullosos que tú, y no se avergonzaban de sus compañeros.

–¡Puah! –replicó Silver escupiendo con furia–. ¿Dónde están ésos ahora? Fíjate: el «Sacristán» era uno de ellos, y ya ves, acabó hecho un mendigo. Flint lo mismo, murió borracho en Savannah. ¡Ah, no hay duda! Los hombres se divertían mucho con ellos; pero, repito: ¿Dónde están a estas horas?

–Bien –interrumpió el joven Dick–; pero, entonces, ¿cómo vamos a deshacernos de esa gente, cuando lleguemos a la isla?

–¡Ése es un hombre! –exclamó admirado Silver–. ¡Eso es ver claro y de lejos! ¡Así me gusta...! Pues bien: ¿qué te parece que hagamos, Dick? ¿Les dejaremmos en tierra, como lo hubiera hecho England, o les vamos a degollar como a puercos, a la manera de Flint o de Billy Bones?

–Billy era de ésos, en efecto –corroboró el patrón–. Su máxima favorita era que «los muertos no hablan». Él mismo debe saber algo de eso, a estas horas. ¡Vaya un bruto! Ése sí que era hombre resuelto.

–Tú lo has dicho, Israel: bruto y resuelto –replicó Silver–. Pero, ved lo que son las cosas: yo, por el contrario, más bien podría pasar por un hombre suave, por un perfecto caballero, ¿no es cierto? Pues a pesar de ello, confieso que esta vez la cosa se presenta demasiado seria para andar con dulzuras. Amigos míos, lo primero es el beber; y yo, por mi parte, soy partidario de exterminarles a todos. No quiero que luego, cuando sea yo un gran señor y me vaya derechito al Parlamento, en carroza, a lo mejor se me presente uno de esos abogaditos o matasanos que están en la cámara, repantigados, y me mande ahorcar de repente. ¡Ah, no; eso no! Mi lema es éste: cautela, mucha cautela; pero, cuando llegue el momento, duro y a la cabeza sin contemplación.

–¡John –le dijo entonces el patrón de chalupa–: eres todo un hombre!

–Eso se verá luego –replicó Silver–. Y sólo exijo una cosa: encargarme de ese señor de Trelawney. ¡Ay, vive Dios! Con estas propias manos he de destornillarle la cabeza del tronco... Dick, hijo mío: a ver si me pescas una buena manzana de ese tonel, que se me seca la garganta.

Imagínese el terror que sentí. De haber tenido fuerzas, hubiera saltado al punto del interior del tonel; pero me fallaron el corazón y el aliento. Oí el ruido que hizo Dick al levantarse; pero me pareció como si alguien le detuviese, y en aquel momento, resonó la voz del patrón.

–¡Bah, deja esa porquería, John! –dijo–. ¡Vale más que nos echemos un trago...!

–Pues, ¡es verdad! –exclamó Silver–. Dick, hijo mío: voy a fiarme de ti. Sobre el barril hallarás una botella vacía; llénala en seguida, y tráela. Aquí tienes la llave del armario. ¡Anda!

Entonces comprendí, a pesar de mi inmenso terror, aquel extraño e indescifrable enigma del ron que acabó misteriosamente con Arrow, el viejo piloto de las orejas velludas.

Cuando Dick se hubo marchado, el patrón a solas con el cocinero, bajó la voz y le habló durante largo rato al oído. No pude entender más que algunas palabras, pero entre ellas éstas, de suma importancia: «No podemos contar con nadie más a bordo». Esto me dio a suponer que todavía debían quedarnos unos poquísimos fieles.

En este momento, una vaga claridad se derramó por el interior del tonel. Levanté los ojos con sigilo, y vi que la luna llena iluminaba en lo alto el palo de la mesana y las jarcias sutiles como telarañas, inundando la concavidad de la vela. Y casi al mismo tiempo oí la voz robusta del vigía, que gritaba:

–¡Tierra!

# CAPÍTULO XII

## CONSEJO DE GUERRA

De inmediato se produjo a bordo un extraordinario tumulto. De la bodega y del castillo de proa brotaban marineros que salían a cubierta. En un abrir y cerrar de ojos escapé del interior del tonel, me escondí detrás de la vela de mesana, di una vuelta al alcázar de popa, y regresé al lugar de antes, en el preciso instante en que Hunter y el doctor Livesey se dirigían corriendo hacia la serviola, en la punta de proa.

La tripulación en masa se había reunido allí. Al levantarse la luna se formó una niebla muy escasa; a través de ella, hacia el Sudoeste, se divisaban dos bajas colinas a un par de millas de distancia una de otra. Y por encima de ambas se destacaba una tercera eminencia, mucho más alta y abrupta, cuya cumbre parecía envuelta aún en la bruma. Las tres eran escarpadas y de forma cónica.

Todo ello se me ofreció a mí como en medio de un sueño, porque aún no había podido recobrarme de la pasada emoción. Luego oí la voz del capitán, impartiendo órdenes; y, en seguida, la *Hispaniola* se puso al viento, encarando su proa de manera que la isla quedase a babor.

Cuando la maniobra estuvo hecha, el capitán preguntó al grupo de marineros que le rodeaban:

–¿Hay alguno de vosotros que, por casualidad, conozca esta isla?

–Yo, señor –respondió al punto Silver–. Recuerdo que aquí, precisamente, hizo aguada cierto barco mercante, en que yo iba de cocinero, lo mismo que ahora.

–El fondeadero debe hallarse hacia el Sur, detrás de un islote, ¿verdad?

–Justo, señor...: detrás de lo que llaman la isla del Esqueleto. Y en cuanto a la isla misma, puedo deciros que, antiguamente fue un refugio de piratas y que tenemos a bordo un mastelero, que la conocía a fondo, pues sabía todos sus nombres. Esa colina que está al Norte, es la Colina del Trinquete. Pero, en realidad, son tres, que se suceden en fila, hacia el Sur: la del Trinquete, que ya he dicho, la del Palo Mayor y la de Mesana.

En cuanto a la Mayor, que también es la más alta y que aún está medio envuelta en la niebla, la llaman comúnmente «El Catalejo», porque allí ponían siempre un vigía mientras reparaban sus barcos y «limpiaban» las presas, con perdón sea dicho.

–Aquí tengo un mapa –indicó el capitán–. ¿Sabéis decirme si está bien indicado el fondeadero?

Los ojos de Silver se abrieron desmesuradamente. Pero una rápida ojeada que eché sobre el mapa, me bastó para adivinar su decepción; porque no se trataba del documento que yo hallé en el cofre del viejo pirata, en la posada del «Almirante Benbow», sino una copia exacta de él, con todos los detalles –nombres, alturas, fondos–, excepto las crucecitas rojas y las notas aclaratorias. A pesar del vivo desengaño sufrido, Silver tuvo suficiente dominio para disimular su emoción.

–Sí, señor –dijo–; ése es el sitio exacto. Y, por cierto, que está tan bien dibujado, que cabe preguntarse quién puede haberlo hecho, pues de seguro que los piratas no fueron, ya que no entienden nada de esa clase de caligrafía... ¡Toma! Aquí dice: «Fondeadero del capitán Kidd.» Es exactamente el mismo nombre que le daba el amigo de que he hablado. Parece que hay aquí una fuerte corriente que se dirige hacia el Sur y luego remonta hacia el Norte, paralelamente a la costa occidental; de modo que habéis hecho perfectamente en maniobrar así: si tenéis intención de deteneros a limpiar los fondos del navío, no hay sitio más apropiado que éste en toda la isla.

Yo estaba sorprendido de la audacia con que Silver revelaba su profundo conocimiento de aquellos apartados y desiertos parajes.

–Gracias –le dijo el capitán–. Más tarde os pediré más detalles. Podéis retiraros.

Al hacerlo, Silver se me aproximó dando saltos, y al instante sentí una extraordinaria inquietud. Era evidente que el cocinero ignoraba en absoluto que yo hubiese estado escuchándole desde el interior del tonel; pero desde entonces tal era mi temor, y tan honda la repugnancia que me causaban su crueldad, su doble y tiranía, que no pude menos de temblar cuando me tomó del brazo.

–¿Qué te parece, muchacho, esa isla? –me dijo–. Es un sitio magnífico para un joven como tú. Podrás bañarte, trepar a los árboles, cazar cabras de monte y, correr como una de ellas por esos cerros salvajes. No es broma: pero hasta a mí me parece que me rejuvenece el ver esto, y casi me olvido de mi pierna de palo... ¡Ah, hijo mío! ¡Y qué hermoso es ser joven! ¡Aprovéchalo, aprovéchalo, amigo! Y cuando se te antoje saltar a tierra y correr, sólo necesitas avisarme y te daré un buen bocadillo y un trago, para que tengas segura la caza.

Así dijo el canalla; y dándome un golpecito en la espalda, se alejó saltando, como de costumbre.

El capitán, el doctor y el hidalgo hablaban animadamente sobre cubierta; y aunque yo ardía por referirles lo que sabía, no osaba interrumpir su conversación. De pornto, mientras estaba buscando en vano un pretexto cualquiera, el doctor me llamó. Se había olvidado la pipa en la cámara, y no pudiendo estar sin ella –pues era un fumador empedernido e incansable–, me llamó para que fuera a buscársela.

Pero no bien estuve a su lado, lo bastante cerca para hablar sin temor de que otros me oyeran, le dije rápidamente:

–Doctor, llevaos en seguida abajo al capitán y al hidalgo, y mandadme llamar, con un pretexto cualquiera. Quiero comunicaros terribles noticias.

La voz me temblaba. El médico tuvo al momento como un ligero sobresalto, pero se recobró en seguida.

–Gracias, Jim... No quería saber nada más –dijo en voz alta, como si acabase de recibir mi respuesta a una pregunta suya.

Me volvió la espalda y fue a juntarse de inmediato con sus dos amigos. Estuvieron hablando los tres un momento, con aire indiferente; pero, aunque ninguno de ellos dio el menor signo de alarma, era evidente que el doctor acababa de transmitir mis palabras a los otros dos, pues, en seguida, oí que el capitán daba a Job Andersen la orden de que se reuniera a toda la tripulación sobre cubierta. Fue obra de un segundo.

–Muchachos –dijo el capitán, cuando todos estuvieron formados–, debo deciros dos palabras. Esta tierra que veis es el término de nuestro viaje. Ahora bien: el señor de Trelawney, que es un caballero harto liberal, como todos sabemos por experiencia, ha querido celebrar nuestra llegada. Me ha sido muy grato poder asegurarle que la tripulación en masa, desde el primero hasta el último, había cumplido con su deber. Y en vista de ello, el señor ha dispuesto que yo y el doctor Livesey bajásemos con él a la cámara, a brindar por vuestra salud, mientras a vosotros se os sirva bebida extraordinaria, en plena cubierta, para que brindéis por la nuestra. Yo creo que esta generosa atención bien merece vuestro aplauso. ¡Muchachos: si sois del mismo parecer, demos todos un viva en honor a nuestro liberal caballero!

La aclamación sonó al instante, claro está; pero fue tan nutrida, tan franca y cordial, que yo me quedé pasmado, estupefacto, no pudiendo creer que esos hombres que vitoreaban al hidalgo, fuesen los mismos que estaban conspirando para degollarnos.

–¡Viva el capitán! –gritó Silver, apenas había cesado el eco de la primera aclamación entusiasta.

Y esta segunda fue también lanzada por la tripulación en masa.

Después, los dos caballeros y el capitán se retiraron en seguida, descendieron a la cámara, y poco después, entre la animada algazara que reinaba a cubierta, vinieron a comunicarme que el capitán me llamaba.

Les encontré sentados ante una botella de Jerez y una caja de pasas. El doctor, con su peluca sobre las rodillas –lo cual significaba en él una gran ansiedad– fumaba nerviosamente su pipa. Una de las ventanas de la cámara, la que daba a popa, estaba abierta de par en par a la cálida brisa nocturna; la luna iluminaba la estela que el navío iba dejando en las aguas.

–Habla, muchacho –me dijo el hidalgo al instante.

Obedecí en el acto, y conté brevemente, sin descuidar nada esencial, la conversación de Silver con sus dos secuaces. Me estuvieron oyendo hasta el fin, sin interrumpirme en lo más mínimo, sin hacer el más leve ademán, pero con los ojos clavados en mi rostro, fijos y escrutadores.

–Siéntate, Jim –dijo por fin el doctor Livesey.

Me hicieron sentar a la mesa, me dieron un vaso de vino y un puñado de pasas, y los tres, uno tras otro, bebieron por mi salud, en prueba de hondo agradecimiento.

–He de confesar –dijo entonces el hidalgo– que me equivoqué por completo, capitán. Vos estabais en lo cierto. ¡He sido un idiota, un verdadero idiota! Mandad vos, capitán.

–En todo caso –contestó éste, noblemente–, nos equivocamos todos, y yo fui el primero, señores, pues jamás oí hablar de una tripulación que, teniendo el propósito de amotinarse, no dejase entrever ciertos signos infalibles para un hombre que, como yo, es del oficio... No sé; pero esa gente me sorprende y me desconcierta.

–Ello se debe, capitán –dijo el doctor–, a que aquí nos encontramos con un hombre extraordinario y temible; y ése es Silver.

–Mejor sería hallarlo, de pronto, colgado de una antena... Pero, estamos divagando, caballeros, y esto de nada sirve. Se me están ocurriendo tres o cuatro cosas; y si el señor Trelawney me da permiso, las diré en seguida.

–Aquí ya no manda nadie más que vos –murmuró el hidalgo.

–En primer lugar: es necesario seguir adelante, por la sencilla razón de que es ya imposible volverse atrás, pues bastaría dar la orden de virar el rumbo, para que el motín estallase instantáneamente. Segundo: podemos contar todavía con cierto lapso de tiempo para prepararnos, por lo menos hasta que se descubra el tesoro. Tercero: todavía nos quedan algunos marineros fieles. Ahora bien: como es indudable que, tarde o temprano, será preciso llegar a las manos, soy partidario de tomar el toro por los cuernos, como suele decirse; es decir, de atacarles el día y hora que lo esperen menos. Podemos fiarnos de vuestros criados, ¿no es verdad, señor Trelawney?

–Como de mí mismo.

–Así, son tres. Tres y nosotros cuatro, contaba a Jim, hacen siete... Siete... Siete... ¿Y de los marineros qué?

–Quizá nos sirvan los que el hidalgo contrató por sí mismo, antes de confiarse a Silver –insinuó el doctor.

–¡Ca! –exclamó el hidalgo, apenado de sí mismo y confuso–. Ese Hands, el patrón de chalupa, era precisamente uno de los míos.

–Pues yo le tenía por un hombre excelente –murmuró el capitán–. Le habría confiado cualquier cosa.

–¡Señor! –suspiraba el hidalgo–. ¡Y pensar que son todos ingleses...! Que Dios me perdone; pero creed, señores, que me entran ganas de volar el barco...!

–¡Calma, calma! –aconsejó el capitán.

–Por el momento debemos conformarnos con estar alerta, nada más. Es una cosa irritante, es horrible, es asqueroso; valdría mil veces más ir a golpe limpio y echarlo todo a rodar. Sí, ya lo sé; pero no podemos hacer nada, antes de sonsacarlos a todos, con mucho tiempo, uno a uno, pues hasta para pelearnos nos harán falta brazos. ¡Hay que esperar; y nada más!

–¡En eso, tú, hijo mío! –me dijo entonces el doctor–, puedes ayudarnos más que nadie, porque los marineros no sospecharán de ti.

–Jim –exclamó solemnemente el hidalgo–: en ti confiamos todos, porque tú eres nuestra única salvación.

Me quedé confundido, sintiendo sobre mis débiles espaldas el enorme peso de esa responsabilidad. Porque, a pesar de las cuentas sacadas, la verdad era que, de los veintiséis hombres que íbamos a bordo, sólo podíamos contar con siete; y de esos siete, uno, yo, era casi un niño, de manera que en realidad éramos seis y cuarto contra diecinueve.

# CAPÍTULO XIII

## CÓMO ME LANCÉ A LA AVENTURA

Cuando subí a cubierta, a la mañana siguiente, el aspecto de la isla había cambiado totalmente. Aunque la brisa amainó del todo al amanecer, durante la noche habíamos recorrido una considerable distancia; y ahora nos econtrábamos, encalmados, y a media milla de la costa oriental.

Junto a la orilla se extendían densos bosques grisáceos, orlados por rubias y pálidas franjas de arena. Un gran número de altos árboles, de la familia de los pinos, dispersos o formando grupos, veíanse por encima de las masas de frondas; pero el color del conjunto era monótono y triste. Las colinas asomaban, por encima de esa vegetación inmóvil y como aletargada, sus picos de calvos peñascos. Todas ellas ofrecían una extraña silueta; pero la más rara de todas era «El Catalejo», que se elevaba unos tres o cuatrocientos pies por encima de las otras, cortada a pico por sus lados y truncada bruscamente en la cumbre, como un gigantesco pedestal que estuviese esperando una estatua.

La *Hispaniola* se balanceaba incómodamente, hasta el punto de que sus imbornales tragaban bocanadas de espuma. Los bandazos eran fuertes y bruscos; los botalones chirriaban, el timón daba recios golpes, que retumbaban como mazazos, y el navío entero retemblaba y crujía como una fábrica en medio del mar. Tuve que agarrarme con fuerza al barandal de la borda, para no rodar como un fardo, y me parecía que todo daba vueltas a mi alrededor. En plena navegación me portaba como un veterano; pero de eso de que el navío se mantuviese impasible, a merced de las olas, zarandeado como si fuese una botella vacía, es una cosa que no he podido soportar jamás, sobre todo en ayunas.

Ya fuese por esta causa, o quizá también por el aspecto de la isla –con sus grises y melancólicos bosques, sus escarpados cerros pedregosos, y la resaca que a un tiempo podíamos ver y oír resonar sordamente, junto a la costa abrupta–; lo cierto es que, a pesar de la luz deslumbrante y ardiente, el alborotado chillar de las aves que andaban pescando a bandadas, a nuestro derredor, y el natural deseo de saltar a tierra, después de una travesía larga, se me cayeron, como suele decirse, las alas del corazón, y desde el primer momento no pude ver ni en pintura a la famosa «Isla del Tesoro».

Se nos presentaba, además, una mañana de trabajo intenso, pues no vagaba el menor soplo de brisa y era necesario echar al agua los botes, para remolcar el navío durante tres o cuatro millas, hasta doblar la punta cercana y hacerlo entrar por el estrecho canal que conduce al fondeadero situado detrás de la Isla del Esqueleto. Salté a uno de los botes, aunque nada tenía que hacer en él. El calor era sofocante; los marineros remaban echando pestes y maldiciones; y Andersen, que llevaba el timón, en lugar de mantener el orden, iba gruñendo en voz alta.

–¡Suerte que esto se acaba...! Voto a... –y soltaba tremendas blasfemias–. ¡Suerte que esto se acaba!

Lo reputé por muy mala señal, pues hasta entonces la tripulación se había portado con gran esmero y diligencia; pero se ve que la sola proximidad del tesoro había sido suficiente para aflojar la disciplina.

Durante toda la maniobra, Silver no se alejó ni un segundo del timonel, dirigiendo el navío. Era evidente que conocía palmo a palmo aquellos solitarios parajes, y, a pesar de que el encargado de la sonda decía encontrar una profundidad mucho mayor de la que se fijaba en el mapa, el cocinero no vaciló ni un instante.

–Eso se debe a la marea –decía con perfecto aplomo–. ¡Adelante, adelante: por ahí vamos bien!

–Nos detuvimos exactamente en el fondeadero que indicaba el mapa, poco más o menos a un tercio de milla equidistante entre ambas orillas, la de la isla mayor, a la derecha, y a la izquierda la del Esqueleto. El fondo del mar estaba cubierto de arena clara y finísima. Cuando soltamos el ancla, su estruendo al caer en el agua hizo levantar un vasto remolino de aves marinas, que se elevaron chillando; pero en pocos instantes se posaron otra vez y todo volvió a quedar sumergido en un profundo silencio.

El paraje se encontraba completamente abrigado por las tierras de la costa y envuelto en bosques cuyos árboles descendían hasta el borde del agua. La ribera era angosta, y las cumbres de los cerros próximos formaban en torno como un amplio y pedregoso anfiteatro. Dos riachuelos escasos, que por su quietud tenían el aspecto de pantanos, desaguaban sin un rumor en aquella especie de estanque marítimo; y el follaje de las frondas, en esa parte de la costa, tenía un brillo verde, denso y venenoso. Desde el navío era imposible divisar el fortín o empalizada que venía señalada en el mapa, porque estaba enteramente escondido en la vegetación; de manera que, a no ser porque teníamos a la vista aquel documento, extendido en la toldilla, hubiese podido parecernos que éramos los primeros en abordar la isla desde que salió de los abismos del mar.

No soplaba ni un hálito de aire ni se oía más ruido que el hondo rumor de la resaca resonando a lo lejos, entre los escollos de la costa Sur. Un olor sofocante, de hojas húmedas y ramas en putrefacción, flotaba por el ámbito del fondeadero. El doctor Livesey, que lo notó en seguida, se puso a olfatear con desagrado, como quien huele una gran pestilencia.

–Yo no sé si por ahí hay un tesoro –nos dijo al hidalgo y a mí, que acababa de regresar en el bote a cubierta–. Pero, apostaría cualquier cosa a que hay fiebres.

La conducta de los marineros, que cuando íbamos en el bote me pareció ya alarmante, fue mucho peor cuando volvimos a bordo. Comenzaron a agruparse y a murmurar en voz baja. Las órdenes más triviales las acogían con miradas siniestras y las ejecutaban de cualquier manera, con repugnancia y enfado. Hasta los mismos marineros no corrompidos aún por el espíritu de rebeldía, parecían contagiarse por momentos; y no había a bordo nadie capaz de imponerles el menor castigo ni dirigirles la más leve advertencia. Era indudable que el motín estaba a punto de estallar, como una nube de tormenta suspendida sobre nuestras cabezas.

Aquella sorda efervescencia llegó a tal extremo, que no solamente nosotros, sino hasta el propio Silver apercibióse del peligro. Y, yendo de uno a otro grupo, se deshacía en consejos y amonestaciones prudentes, y predicaba con el ejemplo, prodigiando sonrisas, halagos y mimos. Cuando se daba alguna orden, al punto acudía él, saltando con su muleta y contestando afablemente: «¡Allá voy!» «¡Allá voy!»; y cuando no, entonaba sin descanso repetidas canciones, como para disimular el mal humor general.

Pero entre todas las señales alarmantes de aquella espantosa mañana, la evidente ansiedad de Silver era, sin duda, la peor.

Volvimos a celebrar consejo, en la cámara.

–¡Esto se va! –exclamó el capitán, tirando el sombrero y secándose el sudor de la frente–. En cuanto dé otra orden, la tripulación se rebela en el acto. ¡Y entonces vendrá lo gordo! Si replico, se me echarán encima; y si me callo y aguanto, Silver entrará en sospechas, y será peor. Por el momento, no veo más que un hombre capaz de salvarnos.

–¿Y quién es él? –preguntó el hidalgo?

–¿Quién? ¡Silver! Ése tiene tanto interés como nosotros mismos en sofocar la cosa. Y como por ahora sólo se trata de apaciguar a la gente, él se encargará de hacerlo por su propia cuenta, si le damos ocasión para ello. Por lo tanto, lo mejor, creo yo, será proporcionársela. Demos a la tripulación una tarde de asueto, con permiso para desembarcar a su antojo. Si desembarcan todos, aprovecharemos la ocasión para apoderarnos del navío; si nadie se mueve de a bordo, nos encerraremos en la cámara y nos encomendaremos a Dios; pero si desembarcan tan sólo unos cuantos, tened por seguro que Silver nos los traerá luego más suaves que un guante.

Y así lo hizo. Se repartieron pistolas cargadas a todos los hombres de confianza; enteramos a Hunter, Joyce y Redruth de lo que estaba ocurriendo, quienes lo oyeron con mucha menos sorpresa y luego el capitán subió a cubierta en seguida, para arengar a la tripulación.

–Muchachos –les dijo–: la jornada ha sido dura, y me parece que todavía no os habéis quitado de encima el mal humor y el cansancio. Pero un paseo por tierra os distraerá. Los que quieran hacerlo, pueden tomar los botes, que aún están en el agua, y pasar la tarde en la isla. Media hora antes de ponerse el sol, un cañonazo servirá para daros la señal de regreso.

Aquellos imbéciles estaban convencidos, seguramente, de que sería suficiente desembarcar para dar de narices con el tesoro, pues su descontento se desvaneció al instante, hasta el punto de que lanzaron una exclamación estentórea, que despertó los ecos de las altas colinas e hizo brotar nuevamente una escandalosa nube de pájaros, chillando y revoloteando sobre la charca del fondeadero.

El capitán era demasiado astuto para hacer las cosas a medias. E inmediatamente se alejó de cubierta, dejando a Silver que se las arreglase como pudiera con la expedición, pues de otra manera habría sido imposible fingir por más tiempo la ignorancia de lo que ya era evidente a los ojos de todos. La cosa no podía ser más clara: Silver era el verdadero y único capitán de aquella gente, francamente amotinada. Los marineros honrados –y pronto me persuadí de que aún quedaban algunos– eran los más necios de todos. O, mejor dicho: la tripulación en masa se hallaba desmoralizada por los cabecillas del motín; pero unos lo estaban más y otros menos. Y sólo un número reducidísimo de ellos se resitía a seguir adelante, porque una cosa es ser holganzán e imbécil, y otra muy distinta mostrarse capaz de apoderarse por la fuerza de un navío y asesinar a un grupo de inocentes.

Por fin lograron ponerse de acuerdo: seis de los marineros se quedarían a bordo: y los trece restantes, entre ellos Silver, empezaron a embarcarse en los botes.

Entonces fue cuando se me ocurrió la primera de las descabelladas ideas que tanto contribuyeron a salvarnos la vida. Desde el momento en que Silver dejaba seis hombres de los suyos a bordo, dos cosas me parecían claras: de una parte, que los nuestros, dada la exigüidad de su número, no podían apoderarse del navío; y por otra, que por lo mismo tampoco tenían necesidad ya de mí. De pronto, pues, decidí ir a tierra.

Me descolgué por la borda, en un abrir y cerrar de ojos, y me escondí y acurruqué en la escota del primer bote más próximo, que partió en el acto.

Nadie se fijó en mí, salvo el remero de proa, que, al verme, me dijo: «Cuidado Jim, baja la cabeza, que no te hagan daño». Pero Silver, desde el otro bote en que iba, notó la cosa en seguida y dio una voz, preguntando por mí; y desde ese momento comencé a arrepentirme de mi diablura.

Las dos embarcaciones remaron rápidamente hacia la orilla; mas como el bote en que yo estaba era más ligero que el otro, lo dejó muy atrás. Y así atracamos junto a los árboles de la orilla y yo pude agarrarme de una rama, saltar del bote y escabullirme a toda prisa entre la espesura, mientras la embarcación de Silver distaba todavía de la costa unas treinta brazas.

¡Jim, Jim! –oí que el cocinero gritaba con energía.

Pero no hay que decir el caso que hice de sus fuertes voces: agachándome, saltando y abriéndome paso entre la maleza, huí a todo correr tierra adentro, hasta que quedé extenuado.

# CAPÍTULO XIV

## EL PRIMER GOLPE

Yo estaba tan contento de haber burlado a John Silver, que, en seguida, me distraje y me puse a contemplar, con gran interés, el extraño paraje en que me encontraba.

Acababa de atravesar corriendo un ancho terreno pantanoso, cubierto de sauces, juncos y altas hierbas palúdicas, de aspecto raro y exótico, llegando así al borde mismo de un claro arenoso, ligeramente ondulado que tendría de extensión una milla, poco más o menos, y estaba salpicado de pinos silvestres y muchos otros árboles desconocidos para mí, retorcidos y gruesos, que por el tronco parecían robles, pero cuyas hojas eran pálidas como las de los sauces. Al otro extremo de ese arenal se alzaba una abrupta colina; y sus dos picos, escarpados y áridos, brillaban al sol.

Entonces gusté por primera vez en mi vida el placer de explorar tierras vírgenes. La isla estaba deshabitada, desierta; mis compañeros se habían quedado muy lejos, a mi espalda, y en torno mío sólo palpitaba la vida salvaje, la misteriosa fauna escondida entre matorrales y frondas. Comencé a vagar por entre los árboles. A cada paso descubría plantas raras y desconocidas, o sentía resbalar las serpientes; una de ellas, asomando de pronto su aplastada cabeza por la rendija de un peñasco, lanzó contra mí un silbido áspero y ronco como el rumor de una flecha pasada al hendir el espacio. Yo no tenía entonces la menor idea de que aquello fuese una serpiente cascabel, ni del mortal peligro que representaba.

Llegué a una vasta y densa espesura formada de aquella especie de robles –que más tarde supe eran encinas– brotando a ras del suelo arenoso, como si fueran zarzas enormes, con las ramas fantásticamente retorcidas y atormentadas, y el follaje denso como musgo seco. La espesura se extendía desde la cumbre de uno de los pequeños cerros de arena, hasta la orilla de un ancho cañaveral pantanoso, por donde el más próximo de los dos riachuelos isleños se deslizaba hasta el mar. La inmensa charca humeaba bajo el calor sofocante; y la silueta del «Catalejo» parecía temblar en el fondo, a través de la bruma.

De pronto un fuerte revoloteo resonó entre los juncos. Un pato silvestre alzó el vuelo, graznando; luego se levantaron otros, aquí y allá; y al punto brotó del pantano una verdadera nube de aves, sacudiéndose y gritando con un tumulto infernal. Esto me hizo sospechar que mis compañeros debían acercarse por aquel lado; y así era, en efecto, pues muy pronto llegaron hasta mí, distantes, los ecos de una voz humana. Y mientras yo aguzaba el oído para reconocerla, cada vez iba resonando más fuerte y más cerca.

Me entró un miedo terrible; corrí a esconderme bajo la encina más próxima, densa y enana; y allí permanecí agazapado e inmóvil, respirando apenas.

Se oyó otra vez; luego la primera –¡y en seguida me di cuenta de que era Silver!– volvió a resonar por el arenal y siguió hablando largo tiempo, sólo interrumpida brevemente, dos o tres veces, por la de su compañero. A juzgar por el tono, estaban discutiendo con calor, gritando casi; pero ni una de las palabras llegó distintamente a mi oído.

Finalmente, me pareció que los interlocutores se calmaban y hasta que debían haberse sentado, pues no solamente sus voces disminuyeron y cesaron de aproximarse a mí, sino que, además, las aves recomenzaron a posarse, como antes, sobre la superficie del pantano.

Entonces me di cuenta de que estaba olvidándome de lo principal, ya que mi loca idea de saltar a tierra con aquellos bandidos no tenía más objeto que el de seguir enterándome de sus planes y conciliábulos, tal como me ocurrió casualmente en el fondo del milagroso tonel. Mi deber, por lo tanto, me olbigaba a aproximarme a ellos cuando fuese posible, a favor de la maleza y oculto detrás de los árboles.

En seguida, me puse a andar a gatas hacia ellos, muy cautelosamente, muy quedo, guiándome por las voces de los hombres y el vuelo de las asustadas aves; hasta que por fin, asomando la cabeza entre unas zarzas, descubrí un pequeño claro completamente rodeado de árboles, al borde mismo del pantano, y vi que John Silver y uno de los marineros estaban sentados en el césped, cara a cara y charlando.

El sol caía a plomo sobre sus cabezas. Silver se había sacado el sombrero, que yacía sobre la hierba, y su ancha faz lívida, chorreando sudor, se encaraba vivamente con el marinero.

–Créeme –le amonestaba–: lo digo por ti, porque te quiero sinceramente, muchacho; pues, de otro modo, ya puedes pensar que no iba a estarme aquí, contigo, gritando inútilmente. La suerte está echada: es imposible volverse atrás, y ni tu ni yo podemos impedir lo más mínimo. Y lo único que me interesa es salvarte el pellejo, Tom; pues si alguno de esos imbéciles se entera, créeme, estás perdido.

–Silver –replicó el marinero, congestionado por el sol y con una voz bronca que le temblaba en los labios–, vos sois viejo; sois honrado, o por lo menos gozáis fama de ello; tenéis dinero, cosa que nos falta a casi todos, y, o mucho me engaño, o además sois valiente. ¿Cómo es posible, pues, que os dejéis arrastrar por esa banda de asesinos? ¡No puedo creerlo! Yo, por mi parte, si faltase a mi deber...

Al decir esto, le interrumpió de pronto un ruido inesperado y alarmante. A lo lejos, en la soledad pantanosa, acababa de resonar un grito de cólera, un grito humano, seguido de otra fuerte voz; y luego oímos un largo alarido de dolor, cuyo espantoso eco retumbó varias veces en las abruptas hoquedades del «Catalejo». Las bandadas de patos silvestres se alzaron nuevamente despavoridos, con un vasto tumulto de alas que ensombreció el cielo. Y el grito de agonía me zumbaba todavía en el oído, cuando volvió a restablecerse el desolado silencio del páramo, sólo turbado por el revoloteo de las aves, al posarse en tierra otra vez, y el sordo fragor lejano de la resaca marina, reventando en la cálida languidez de la tarde. Apenas acababa yo de descubrir a uno de los pocos marineros honrados, y he aquí que los ecos me traían las trágicas huellas de otro.

Al oírlas, Tom y Silver se levantaron. Tom dio un salto brusco como un potro repentinamente espoleado; en el camino, Silver permanecía inmóvil, sin pestañear, apoyado ligeramente en su muleta, y clavando los ojos en su compañero.

–¡Silver! –exclamó éste, levantando los brazos.

–¡Abajo las manos! –le ordenó Silver rudamente, mientras retrocedía algunos pasos, con la agilidad y la precisión de un gimnasta.

–Como queráis, John –replicó el otro–. Mala debéis tener la conciencia cuando desconfiáis así... Pero, decirme, por Dios: ¿qué significa ese grito?

–¿Eso? –dijo Silver sonriendo, pero receloso en extremo, fijas en Tom sus contraídas pupilas que brillaban como puntas de diamante–. Supongo que habrá sido Alan.

–¡Pobre muchacho! –exclamó Tom, cuyos azorados ojos se arrasaron de lágrimas–. Era un hombre excelente, ¡un hombre honrado! Pero, basta ya: hasta aquí fuimos amigos, John; de ahora en adelante, no podemos serlo. Quizá moriré como un perro, pero moriré cumpliendo mi deber... Decidme la verdad, Silver: ¿sois vos quien ha mandado asesinar a Alan? ¡Vamos, hombre, vamos! ¡Pues, matadme a mí, si os atrevéis a hacerlo!

Diciendo esto, el bravo joven volvió lentamente la espalda a Silver, encaminándose hacia la orilla; pero sólo pudo dar algunos pasos. Agarrándose con la mano izquierda a una gruesa rama de encina, Silver tomó con la diestra su muleta, la levantó horizontalmente y la arrojó con una furia indecible contra la espalda de Tom. La recia punta del palo le dio de lleno en la mitad del espizano, que retumbó sordamente; el pobre muchacho levantó los brazos, lanzó un vago suspiro, y arqueándose dolorosamente, se desplomó de espaldas.

No sabría decir si el golpe era mortal: lo cierto es que Silver se le echó encima inmediatamente y hundió dos veces su chuchillo, hasta el mango, en el pobre cuerpo indefenso. Desde mi escondrijo pude oír claramente, con indecible horror, el bestial jadeo del pirata al asestar sus dos tremendos golpes.

No sé todavía lo que es desmayarse de veras; pero recuerdo que en ese instante mis ojos se nublaron y todo comenzó a dar vueltas a mi alrededor: Silver, las bandadas de pájaros, la silueta del «Catalejo», la tierra y el cielo, rodaban confusamente; y en mis oídos había como un gran estruendo de campanas y voces.

Cuando pude recobrarme, vi que el asesino se apoyaba otra vez en su muleta y se estaba poniendo tranquilamente el sombrero. Tom yacía extendido a sus pies; y sin hacer el menor caso de él, Silver enjugaba la sangre de su cuchillo con un puñado de hierba. Nada había cambiado: el sol reverberaba impasiblemente en la superficie neblinosa del pantano y en los picos abruptos. Y me parecía mentira que se acabase de cometer un crimen, allí mismo, y una vida humana hubiese sido truncada ante mis propios ojos.

Silver sacó de su bolsillo un silbato, y dio con él varios toques que resonaron agria y extrañamente en la soledad. Yo ignoraba el significado de semejantes señales; pero inmediatamente me llenaron de angustia. Sin duda iban a comparecer varios hombres, y a su llegada yo podía ser descubierto. Habían ya sucumbido dos marineros fieles, Tom y Alan. ¿Qué no harían, pues, con el grumete? ¿Qué iba a ser de mí?

Sin perder un segundo me desenredé de las zarzas y me arrastré hacia atrás, tan rápida y sigilosamente como me fue posible. Oía claramente las voces que se daban unos a otros, el viejo bandido y sus secuaces, y la proximidad del peligro me infundía aliento. Apenas logré salir de la maleza eché a correr como nunca he corrido en mi vida, sin importarme en lo más mínimo la dirección que tomaba, pues lo único urgente para mí era escapar. El terror que sentía llegó a ser tal, que, mientras iba corriendo, los pelos se me ponían de punta.

Me consideraba irremisiblemente perdido. Cuando sonase el cañonazo anunciando el momento de regresar a bordo, ¿cómo me atrevería yo a volver al bote y presentarme entre aquellos asesinos manchados de sangre todavía caliente. El primero que me echase mano, iba seguramente a retorcerme el pescuezo, como a un gorrión. Mi misteriosa ausencia, en plena isla, era suficiente para comprometerme sin remedio. ¡Todo estaba perdido! ¡Adiós, *Hispaniola*; adiós, hidalgo, capitán y doctor: adiós, regreso a mi patria! Sólo me quedaba la alternativa de elegir entre morir de hambre o a manos de los forajidos.

Mientras tanto, como ya he dicho, iba corriendo desalentadoramente, y sin darme cuenta había llegado al pie de aquella colina que terminaba en dos altos y pedregosos picos, situada en un paraje donde las encinas crecían ya más espaciadas, más robustas, como en una selva. Esos árboles aparecían mezclados con enormes pinos, cuyas densas copas llegaban a alturas de cincuenta y hasta setenta pies. El aire era allí más fresco y puro que en la proximidad del pantano, y estaba cargado de aromas silvestres.

Pero he aquí que, de pronto, un nuevo e inesperado sobresalto me dejó clavado en el sitio, con el corazón palpitando de fatiga y de miedo.

# CAPÍTULO XV

## EL HABITANTE DE LA ISLA

Por la ladera del monte, que era escarpada y pedregosa, oí resbalar de pronto una avalancha de pequeños guijarros, rebotando hasta caer a mis plantas. Levanté los ojos en esa dirección, y divisé un raro bulto que se ocultaba detrás de un tronco de pino. ¿Qué podría ser? ¿Sería un oso salvaje, un mono? No podía decirlo; sólo me daba cuenta de que era una forma negra, poderosa y velluda. El terror me dejó como clavado en el suelo.

Entonces me sentí completamente perdido: a mis espaldas tenía la cuadrilla de asesinos, y enfrente, el animal misterioso que me acechaba detrás de aquel tronco. ¿Qué hacer? Al primer instante me pareció que el peligro conocido era preferible al incierto e ignorado, pues ni el mismo Silver resultaba tan espantoso como aquel ser salvaje y desconocido. Di media vuelta y retrocedí hasta la orilla, echando de cuando en cuando una ojeada a mi espalda.

La extraña figura reapareció en seguida, y se puso a dar un gran rodeo en mi derredor como si quisiera cortarme la retirada. Yo estaba rendido, exhausto; pero aunque hubiese sido todo lo contrario, al punto me di cuenta de que era imposible competir en ligereza con semejante rival.

El bulto parecía volar entre los árboles, con la rapidez de un ciervo; pero corría con sus dos piernas nada más, exactamente como un ser humano, aunque encorvado y agachado como jamás lo había visto yo en mi vida. Sin embargo, ya no me cupo la menor duda: era un hombre.

Entonces me acordé de lo que había oído contar sobre los caníbales y se me segaron las piernas. Estuve a punto de gritar, pidiendo auxilio; por el hecho de que mi perseguidor fuese un hombre –un salvaje, sin duda, pero hombre al fin–, me tranquilizó un tanto y hacía que mi horror por Silver renaciera paulatinamente. Y así andaba, corriendo y dudando, cuando me asaltó el recuerdo de la pistola que llevaba conmigo.

Al sentir que no estaba por completo indefenso, se me reanimó el corazón: detuve la carrera, di la cara al misterioso habitante de la isla y me dirigí resueltamente a su encuentro.

Se había ocultado detrás de otro árbol, y me estaba observando. Pero, al ver que iba hacia él, se mostró en seguida, adelantó un paso luego vaciló y volvió hacia atrás, y por fin, con gran asombro mío, cayó de rodillas y vino arrastrándose casi hacia mí, con las manos juntas en actitud suplicante.

–¿Quién eres? –le dije.

–Soy Ben Gunn –me contestó con voz agria, apagada y torpe–. Soy el desdichado Ben Gunn, y hace tres años que no he hablado con alma viviente.

Entonces vi que era un hombre blanco, como yo, y de correctas facciones. Las partes visibles de su cuerpo estaban quemadas por el sol; tenía negros los labios y sus ojos azules brillaban de un modo sorprendente en aquel rostro atezado y reseco. Iba cubierto de harapos, de retazos de tela carcomida y viejos trozos de hule, sujetos unos a otros con la más extraordinaria e inverosímil contextura: por medio de botones de cobre, palitos de madera, juncos secos y argollas embreadas. Y, cruzado por el pecho y espaldas, llevaba colgando un viejo tahalí de cuero, con hebillas de cobre, que era la única cosa sólida de su estrambótico disfraz.

–¡Tres años! –exclamé–. Pero, ¿naufragaste, acaso?

–No es eso, sino que me «soltaron».

Comprendí en el acto esta rara expresión, pues ya sabía que en jerga pirata significaba un horrible castigo, usado entre filibusteros, que consiste en abandonar al culpable en una isla desierta, con un saquito de pólvora y un puñado de balas.

–Me «soltaron» hace tres años –continuó el infeliz–, y desde entonces he vivido alimentándome de carne de cabra montés, bayas y ostras. Cuando la dura necesidad aprieta, un hombre pasa por todo, antes que morir; pero tengo unas ansias locas de comer algo de lo que se come en el mundo de donde tú vienes... Di, muchacho: ¿no tendrías un pedazo de queso, un pedacito así, nada más? ¡Hace una infinidad de noches que ando soñando tras él! Pero luego me despierto... y ¡nada! ¡Es horrible, horrible!

–Si puedo regresar a bordo –le dijo–, te prometo traerte un queso entero.

Mientras tanto, el pobre hombre me tentaba las ropas, me acariciaba las manos contemplando mis gruesos zapatos, y así iba expresando vivamente la infantil alegría que experimentaba al encontrarse en presencia de otro ser humano. Pero, al oír mi respuesta, alzó los ojos y se quedó inmóvil, mirándome con extrañeza:

–¿Si puedes regresar a bordo, has dicho? –repitió–. ¿Quién es capaz de impedirlo?

–Tú no, seguramente.

–¡Claro que no...! Y dime, ¿cómo te llamas, muchacho?

–Me llamo Jim.

–¡Jim, Jim! –exclamaba alborozado, como si mi nombre fuese para él una revelación–. Pues, mira, Jim: he llevado una vida tan desastrosa, tan mala, que te avergonzarías de oírla. Y sin embargo, mi pobre madre era una santa, una verdadera santa, muchacho: ¿no te parece mentira, al verme así?

–Algo raro parece, ciertamente...

–Pues, a pesar de todo, es cierto. Yo era un buen muchacho, así, como tú, piadoso y honrado, capaz de recitar el catecismo de cabo a rabo, sin descuidarme una letra. ¡Y ya ves en qué paró todo eso! ¡Ah! Comencé bromeando, y he acabado en serio. Mi madre, la pobre, me lo estaba diciendo y prediciendo siempre: «¡Ben, mira que acabarás mal!... ¡Ben, que perderás el alma!...» Pero, ¡qué quieres! ¡Así tenía que ser! La Providencia quiso mandarme aquí, para que meditara y volviera sobre mí mismo en la soledad de esta isla. Ahora estoy arrepentido; créeme, muchacho: sinceramente arrepentido. Me he propuesto ser bueno. No jugaré jamás, ni beberé más en mi vida... a no ser un traguito de ron, así, una miseria, que tú me darás en cuanto puedas, ¿verdad muchacho?... Y, además –añadió bajando la voz y echando en torno una recelosa mirada –has de saber que soy rico.

Al oír esto, me quedé convencido de que el pobre solitario estaba loco de remate; y algo de mi pensamiento debió traducirse en la expresión de mi rostro, porque él siguió diciendo con vehemencia:

–¡Te digo que soy rico, riquísimo¡ Luego sabrás cómo es eso; y te juro que has de dar gracias a Dios, de haber sido el primero en encontrarme.

De pronto, su rostro se ensombreció; y tomándome fuertemente de un brazo, con el índice levantado, en señal de amenaza, me dijo:

–Oye, muchacho: ¿es ése el barco de Flint?

Entonces se me ocurrió una idea feliz. Y convencido de que el pobre isleño podría ayudarme, le respondí en el acto:

–No, no es suyo el barco, y además Flint ha muerto. Pero debo advertirte que a bordo llevamos muchos de los secuaces de Flint, para desgracia de todos.

–Dime: ¿hay uno, acaso, con una pierna de palo? –inquirió anhelante.

–¿Te refieres a Silver?

–¡Eso es: Silver!

–Lo llevamos de cocinero y de cabecilla de motín, todo a un tiempo. Al oír esto, me retorció bruscamente la muñeca.

–Si vienes de parte de Silver –murmuró con espanto–, estoy perdido: ¡lo sé!

Entonces resolví contarle toda la historia de nuestro viaje y la crítica situación en la que nos encontrábamos. Me escuchó con indecible interés, sin interrumpirme un momento; y al terminar el relato, me dio en el hombro unas palmadas, diciendo:

–Eres un buen muchacho, Jim, y veo que la cosa está que arde. ¡Pero, no temáis: confiad en mí! Ben Gunn es, precisamente, el hombre único que necesitáis. Pero dime: ese señor, el hidalgo, como tú le llamas, ¿acaso crees que se mostraría generoso conmigo, si le sacase de apuros?

Le di la palabra de que el hidalgo era el caballero más bueno y liberal del mundo.

–Bien, está bien –me interrumpió el isleño–; pero el caso es que no quisiera que luego me premiasen con una librea de lacayo, como si se tratase de un criado. No; eso no es para mí. En una palabra: ¿crees que ese señor sería capaz de darme... pongamos un millar de libras, del tesoro encontrado?

–¡Qué duda cabe! Incluso estaba convencido que todos los marineros tendrían su parte.

–¿Y el viaje de vuelta? –agregó mirándome fijamente.

–¡Vamos, hombre! El hidalgo es un perfecto caballero. Y, a parte de eso: es evidente que, si logramos reducir a los amotinados, a bordo nos harías mucha falta para ayudarnos a maniobrar.

–¡Es verdad, chico, es verdad!... –(Y desde aquí pareció completamente convencido y tranquilo)–. Pero óyeme: voy a contártelo todo. Yo iba en el navío de Flint cuando éste desembarcó con seis hombres, seis de confianza, a enterrar el tesoro. Estuvieron en tierra cosa de una semana, mientras los demás les aguardábamos a bordo del viejo «Walrus». Un día, por fin, sonó la señal de regreso, y he aquí que Flint se nos presentó solo, en un bote pequeño y con la cabeza envuelta en una gran venda azul. Era al amanecer, y al resplandor de la aurora que iluminaba de lleno, Flint se nos apareció mortalmente pálido. ¿Qué había ocurrido? Nadie pudo averiguarlo. Lucha o asesinato, el caso fue que eran seis contra uno; y lo cierto es que Flint volvió solo, y los seis restantes quedaron muertos en la isla, muertos y enterrados. Billy Bones venía de piloto, John Silver era el contramaestre de a bordo, y ambos le preguntaron a Flint dónde estaba el tesoro. «Si queréis ir a tierra a buscarlo –respondió Flint–, podéis hacerlo; e incluso sois libres de quedaros, si os place. En cuanto a mí, voy a largarme ahora mismo. ¡Ea muchachos! ¡Izad las velas! ¡De prisa!» Y no dijo más... Pasados tres años, yendo yo en otro navío, llegamos a esta isla. Y entonces les dije a mis compañeros: «Aquí está escondido el tesoro de Flint. Deberíamos desembarcar y buscarlo.» El capitán torció el gesto, pero todos mis compañeros asintieron y desembarcaron. Estuvimos doce días buscando inútilmente, y cada vez su desilusión les llevaba a tratarme peor; hasta que, una mañana, resolvieron regresar todos a bordo. «Ahí tienes –me dijeron entonces– una carabina, un azadón y un pico. Con esto puedes quedarte buscando el tesoro de Flint...» Y aquí me tienes, Jim, desde hace tres años mortales, sin haber probado un bocado sabroso, ni un mendrugo de pan. Y ahora, ven acá; mírame bien, muchacho: ¿te parece que tengo cara de marinero? No, ¿verdad? Pues, es porque ni lo soy ni lo he sido.

Diciendo esto, guiñó maliciosamente un ojo y me soltó un amistoso pellizco.

–Vamos, Jim –prosiguió–; has de repetirle al señor ese, al hidalgo, estas mismas palabras: «No lo es, ni lo ha sido». Y, además, dile también, textualmente: «Ese pobre hombre fue el único habitante de la isla, durante tres años mortales, con sus días y noches, sus soles y lluvias: unas veces rezando (le dirás tú); otras acordándose de su vieja y santa madre, que quizá vive aún (no te olvides de eso); pero la mayor parte del tiempo (¡fíjate bien!), la mayor parte del tiempo, ocupado en otra cosa muy distinta». Y al decirle esto (¿me oyes?), al decirle esto le das un pellizco, ¡así!

Y volvió a pellizcarme, con otro guiño confidencial y jocoso.

–Luego –prosiguió diciendo–, te pones muy serio y le dices, tal como lo digo yo: «Gunn es un buen hombre (¡fíjate!), y tiene muchísima más confianza –(no te equivoques): muchísima más confianza– en un caballero de raza, que en esos caballeros de fortuna a quienes tanto conoce, pues fue uno de ellos.»

–Perfectamente –respondí–. Lo diré así, aunque no haya entendido ni una sola palabra. Pero esto no tiene ninguna importancia: lo importante es saber cómo arreglármelas para regresar a bordo.

–¡Ahí está la casa!... Sin embargo, yo dispongo de un bote. Lo hice con mis propias manos, y lo tengo escondido debajo de la roca blanca. En todo caso, podremos probar fortuna con él, en cuanto cierre la noche... Pero ¿qué ruido es ése?

En ese instante, y aunque faltaban todavía unas dos horas hasta la puesta del sol, todos los ecos de la isla retumbaron con el estruendo de un cañonazo.

–¡Dios mío! –exclamé con espanto–. La lucha debe haber comenzado. ¡Sígueme, Ben!

Y eché a correr hacia el fondeadero, olvidando todos mis demás temores, mientras el solitario, con sus harapos colgando, me seguía sin el menor esfuerzo.

–¡A la izquierda, a la izquierda! –me dijo–. Sigue por ahí, debajo de esos árboles... Aquí maté mi primera cabra montés. Ahora no bajan ya al llano; prefieren refugiarse en las alturas, porque me tienen miedo... Mira, allí está el cementerio, en esos montículos; de tarde en tarde, cuando me parece que debe ser domingo, poco más o menos, vengo a rezar aquí un rato...

Y así continuaba, hablando y corriendo a mi lado, si recibir respuesta ni demostrar la más leve fatiga.

Pasado un rato, resonó otra descarga de fusilería. Seguíamos corriendo; el silencio se restableció otra vez, angustioso y profundo. Y de pronto, a menos de trescientos pasos de nosotros, vi tremolar en el aire, sobre las frondas del bosque, la bandera inglesa.

Apenas la vio Ben Gunn, se paró en seco, me detuvo, agarrándome fuertemente de un brazo, se sentó en el suelo y me dijo:

–¡Bueno: ya tenemos ahí a tus amigos!

–¡Qué van a ser! –le respondí azorado, en voz baja–. Ésos serán los piratas, seguramente, pues todos mis amigos quedaron a bordo.

–¡No, hombre, no! –replicó Ben–. En un sitio como éste, sólo frecuentado por piratas, Silver enarbolaría, en todo caso, la bandera pirata, la bandera negra. No hay duda: ésos son tus amigos, que se han refugiado en la estacada[1] construida, hace años, por el capitán Flint.

–¡Ojalá!... Pero, entonces, ¿porque no corremos a juntarnos con ellos?

–¡Ah, eso no, amigo mío! ¡De ninguna manera! –me contestó Ben–. Tú eres un muchacho excelente: no hay duda; pero, después de todo, eres todavía un niño... Mira, Jim: ahora yo voy a marcharme... ¡Es inútil! No me harías ir contigo, ni que me prometieses una cuba de ron... Yo no iré con vosotros hasta que tu amo, el caballero, me haya dado su palabra de honor. Si queréis encontrarme, ya sabes tú dónde; pero el que salga a mi encuentro, ha de venir con un pañuelo blanco en la mano, y completamente solo además. Tú puedes decirles (¡fíjate bien!) que «Ben Gunn tiene sus razones, sobradas razones, para ello».

–Bueno; como quieras, pero yo me voy.

–Espera un poco, y no te olvides de nada, ¿eh? –me encargó ansiosamente–. Les dirás que «Ben Gunn tiene sus...»

El estampido de otro cañonazo le interrumpió bruscamente; un proyectil rasgó el aire, atravesó las copas de los árboles y fue a incrustrarse en el arenal, a unos doscientos pasos del lugar en que estábamos. Ben se incorporó en el acto, y un instante después los dos huíamos en direcciones opuestas.

Me encontré solo y azorado. ¿Qué hacer? En mi febril incertidumbre

1. Pequeño fortín usado en América por los conquistadores españoles, y compuesto de una alta estacada, con almenas o no, construida en torno de un refugio. En el siglo XVIII era todavía muy frecuente esa clase de reductos coloniales.

anduve vagando más de una hora, sumamente perplejo, mientras a cada paso las detonaciones sacudían el aire y los proyectiles tronchaban las ramas. Iba yo zozobrando de uno en otro escondite, pues me parecía que las granadas andaban persiguiéndome y buscándome entre la maleza. Pero, cuando amainó el bombardeo, y sin osar todavía aventurarme en dirección a la estacada, a cuyo alrededor estallaban todos los proyectiles, comencé a recobrar el ánimo, di un gran rodeo y me escondí entre los árboles que poblaban la orilla del mar.

Anochecía; el sol se había hundido tras la negra silueta del «Catalejo». La brisa marina comenzaba a soplar, moviendo las frondas y rizando las lívidas aguas del fondeadero. La marea se había retirado en gran parte, dejando en seco tristes manchas de arena grisácea. El aire vivo de la noche, enfriado repentinamente, después del insoportable calor de la tarde, me hacía tiritar bajo mi pobre chaqueta de marinero.

La «Hispaniola» continuaba inmóvil en el mismo sitio donde echamos el ancla; pero la bandera negra, el terrible pabellón pirata, flotaba en la puerta de un mástil. ¿Qué había ocurrido? Yo estaba completamente desorientado, sin acertar a explicarme tan extaños sucesos. Y mientras miraba el navío, brilló de pronto un nuevo fogonazo, un estampido alborotó la noche y otra granada desgarró agriamente los aires.

Estuve escuchando con indecible angustia el ataque que siguió a la explosión. Un grupo de hombres, de los bandidos de Silver, estaban despedazando algo, a hachazos, en la orilla y junto a la estacada. Observé con cuidado y vi que los rudos golpes aniquilaban la gran canoa de a bordo. Más lejos, junto a la desembocadura del riachuelo, brillaba entre los árboles una enorme hoguera; y entre esa parte de la costa y la «Hispaniola», uno de los botes iba y venía sin cesar, lleno de marineros que cantaban desaforadamente, borrachos perdidos.

Por fin, me resolví a acercame a la estacada. ¿Quiénes serían, a punto fijo, los que estaban dentro? El corazón me latía con gran violencia. Me hallaba escondido bastante lejos de la estacada, en la faja de tierra arenosa que se extiende al Este del fondeadero y comunica, en horas de baja mar, con la Isla del Esqueleto. Me puse en marcha, y a cierta distancia vi una alta roca aislada, extraordinariamente blanca, destacando por encima de los juncares marinos. Entonces me acordé de Ben Gunn y me dije que esa debía ser la roca blanca de que había hablado. Allí estaba escondido su bote; y si un día llegaba a faltarme, ya sabía dónde buscarlo.

–Rodeando el bosque cautelosamente, llegué cerca de la estacada, por su parte que mira a la orilla. Me detuve un momento, para tomar aliento; me persigné dos o tres veces, encomendándome a Dios; y de pronto, echando a correr con toda mi alma hacia la empalizada, comencé a dar grandes voces llamando al doctor y al hidalgo.

Por encima de las estacas asomó una frente, luego unos ojos, después toda la cabeza de Hunter, el fiel criado, mientras yo corría hacia ella y la miraba anhelante, con más alivio que si viera salir el sol. Di un salto extraordinario, escalé la estacada, me eché de cabeza al otro lado, y caí en brazos de mis buenos señores y amigos.

# CAPÍTULO XVI

## EL ABANDONO DE LA «HISPANIOLA»

Apenas les hube contado mi aventura, supliqué al doctor Livesey que, a su vez, me refiriese lo ocurrido durante mi ausencia. ¿Por qué habían abandonado la «Hispaniola»? ¿Qué hacían en la estacada? ¿Qué había sucedido?... Y mientras los demás andaban atareados, de un lado para otro, limpiando armas y poniendo en orden un montón de bultos que yacían en el suelo, en la sombra, el doctor me llevó aparte, me hizo sentar y después de imitarme, comenzó su relato, que ahora yo he completado con numerosos detalles recogidos posteriormente:

–A eso de la una y media de la tarde, cuando los dos botes en que iban Silver y los suyos llegaron a tierra, el hidalgo, el capitán y yo nos reunimos en la cámara, para deliberar. Si hubiésemos podido contar siquiera con un soplo de aire, lo mejor hubiera sido echarnos sobre los rebeldes que quedaban a bordo, y después de sujetarles hacernos inmediatamente a la mar. Pero la calma era absoluta, y para mayor contratiempo, Hunter vino a decirnos que tú habías saltado a uno de los botes y estabas en tierra con esos bandidos.

»Ni un momento dudamos de tí, pero estábamos muy alarmados por la suerte que podías correr, pues, tratándose de gente de tal clase, casi te dábamos por irremisiblemente perdido. Subimos en seguida a cubierta: la brea parecía hervir en las ensambladuras del navío, bajo el sol ardiente, y las aguas exhalaban un hedor pestilente. En mi vida he visto una charca más asquerosa que ese fondeadero. Los seis bribones que aún quedaban a bordo, se entretenían murmurando al pie del trinquete, sentados a la sombra de la vela. Nuestra situación se iba haciendo insoportable.

»Entonces decidimos que Hunter y yo iríamos a tierra, en la canoa grande para explorar el terreno. Los dos botes de la marinería estaban atracados junto a la desembocadura del riachuelo, y en cada uno de ellos estaba de guardia un hombre. Por eso Hunter y yo nos dirigimos a la izquierda, exactamente en la dirección en que la estacada aparecía marcada en el mapa. Los dos guardianes, al vernos llegar, parecieron sorprenderse, y uno de ellos, que estaba silbando alegremente una antigua canción marinera, enmudeció al momento y se puso a cuchichear con su compañero. Temí que fuesen a avisar a Silver, con lo que nuestra situación habría cambiado de aspecto; pero debían de tener órdenes claras y rigurosas, pues no se movieron de su lugar y la canción volvió a resonar en el silencio de la costa desierta.

»Ésta presentaba un gran saliente rocoso, y yo maniobré en seguida para interponerlo entre los bandidos y nuestra canoa, de manera que, aún antes de desembarcar, nos perdieron de vista. Salté a tierra y eché a andar a toda prisa con un gran pañuelo puesto bajo el sombrero para resguardarme del sol, y un par de pistolas cargadas, a punto de disparar.

»A unos doscientos metros divisé la estacada. Al acercarme descubrí que en lo alto del cerro manaba una clara fuente, y que era precisamente en derredor de ella donde habían construido el sólido reducto hecho con troncos de árboles. Era capaz de servir de refugio hasta a cincuenta hombres, y estaba provisto de numerosas aspilleras en todos sus lados, por los cuales se podía disparar a escondidas, desde el interior, y dominar el terreno circundante. En torno del fortín quedaba un ancho espacio libre; y el conjunto se completaba con una valla o empalizada, de unos seis pies de altura, sin puerta ni abertura alguna, demasiado recia para que pudiera ser derribada con poco tiempo y esfuerzo y demasiado al descubierto para dar abrigo a quienes pretendieran ganarla por asalto, pues desde el interior del fortín sería fácil cazarles tranquilamente, como si fueran conejos. Lo único necesario a la estacada era un buen centinela y abundancia de víveres; pero, contando con esto, incluso podía resistir un regimiento en masa.

»Lo que más me sedujo fue el manantial; pues, a pesar de que en la «Hispaniola» llevábamos casi de todo, armas y municiones, conservas espléndidas y excelentes vinos, nos habíamos olvidado de una cosa más simple, pero esencial: el agua. Y estaba meditando sobre ello, cuando resonó por toda la isla un alarido de violenta agonía. No era yo un novato en esa clase de emociones –pues he servido a las órdenes de su Alteza, el duque de Cumberland y estuve en la batalla de Fontenoy, donde incluso me hirieron–; pero confieso que la sangre se me heló en las venas. Y lo primero que se me ocurrió fue esto: «¡Han asesinado a Jim!

»En seguida volví precipitadamente a la orilla, y saltamos a la canoa. Hunter, por fortuna, es un remero excelente: íbamos volando por encima del agua, llegamos a la «Hispaniola» y subimos a bordo.

»Todos estaban consternados y con gran sobresalto. El hidalgo se hallaba sentado sobre un rollo de cuerdas, pálido como un difunto, pensando en la terrible aventura que por su culpa corríamos; y uno de los seis facinerosos de a bordo, no parecía mucho mejor.

–Ese –me dijo el capitán, señalándomelo con disimulo–, es un novato en el oficio; al oír el grito, ha estado a punto de desvanecerse, y me parece que para atraerlo a nosotros bastaría quererlo.

»El capitán y yo convenimos en seguida un plan. El viejo Redruth se apostó en el estrecho callejón de combate, entre la cámara y el castillo de proa provisto de tres o cuatro mosquetes cargados y un colchón con que parapetarse. Hunter condujo la canoa debajo del mismo portalón de popa, y Joyce y yo comenzamos a cargarla de botes de pólvora, mosquetes, cajas de galleta, tocino en conserva, un barril de coñac y mi inapreciable botiquín de campaña.

»Entretanto, el hidalgo y el capitán permanecieron sobre cubierta y mandaron llamar al patrón de la chalupa, que era el principal de los amotinados que se encontraban a bordo de la goleta.

–Hands –le dijo fríamente el capitán, apenas se presentó el marinero–: aquí estamos un par de hombres con un par de pistolas cada uno. El primero de vosotros seis que haga la menor señal a los que están en tierra, puede darse por muerto.

»Los rebeldes se quedaron muy sorprendidos y desorientados: y después de cuchichear un instante entre ellos, todos bajaron a la sentina de proa, con el evidente propósito de sorprendernos por la espalda. Pero, al dar con el viejo Redruth, que les aguardaba muy poco amistosamente en el callejón de combate, retrocedieron en seguida, y uno de ellos asomó la cabeza sobre cubierta.

–¡Abajo en seguida! –gritó el capitán apuntándole.

»La cabeza desapareció en el acto, y por entonces no volvió a hablarse más de aquellos seis desalmados cobardes.

»En esto, la canoa ya estaba cargada hasta rebosar; de manera que Joyce y yo nos descolgamos por el portalón de popa y nos dirigimos con Hunter a tierra, lo más rapidamente posible, a fuerza de remos y de brazos.

»Este segundo viaje despertó ya las sospechas de los dos centinelas apostados junto a la orilla. El que estaba silbando se detuvo en seco, otra vez; y cuando ya íbamos a perderles de vista, tras el saliente rocoso, vi que saltaba rápidamente a tierra y echaba a correr hacia el bosque. Entonces me entraron ganas de cambiar de plan y dirigirme resueltamente a destruir los dos botes; pero temí que Silver y los suyos estuviesen muy cerca, y me dije que iba a perderlo todo por pretender demasiado.

»Saltamos a tierra en el mismo sitio de antes y, en seguida, llevamos la carga al fortín. Los tres hicimos dos viajes, cargados como contrabandistas, y arrojamos los pertrechos y provisiones por encima de la estacada, al interior de la valla. Luego, al hacer el segundo viaje, dejamos de guardia a Joyce– solo, pero con media docena de mosquetes amartillados–, y Hunter y yo volvimos a cargar la canoa. Y así continuamos sin descanso, hasta que todo se halló en la estacada. Entonces, los dos criados se parapetaron en el fortín, y yo regresé, remando con todas mis fuerzas, a la "Hispaniola".

»Este tercer viaje, en realidad, era menos arriesgado de lo que parecía a primera vista; pues, aunque los rebeldes contaban indudablemente con la superioridad numérica, en cambio, nosotros teníamos la del armamento. Ninguno de los marineros podía disponer de armas largas; y antes que cualquiera de ellos llegase a acercársenos a tiro de pistola, nosotros podíamos descerrajarle cómodamente media docena de mosquetazos certeros.

»El hidalgo me estaba esperando en el portalón, recobrado ya por completo de su pasado abatimiento. Tomó la amarra que le arrojé, atóla a bordo, y me ayudó a cargar nuevamente, a toda prisa, la canoa salvadora. Nos llevamos algunos jamones, más pólvora y balas, bramante, yesca en abundancia, y solamente un mosquete y un cuchillo para cada uno de nosotros: el hidalgo, el capitán, yo y Redruth. Las armas y pólvora restantes las arrojamos al agua, a unas dos brazas y pico de profundidad, de manera que vimos culebrear abajo, sobre el lecho de arena, los largos cañones de los mosquetes.

»La marea empezaba a bajar y el navío, con el reflujo, derivaba hacia el ancla. A lo lejos, en dirección a los botes, junto a la orilla, oíamos grandes voces que se llamaban y respondían unas a otras. Y aunque no estábamos intranquilos por Hunter y Joyce, que se encontraban apartados de allí, apresuramos la marcha.

»Redruth abandonó la guardia que montaba en el callejón de combate, saltó a la canona, y ambos la pusimos debajo de la escalerita, a babor, para tomar al capitán con nosotros.

–¡Hola! –gritó entonces éste, dirigiéndose a los rebeldes ocultos en la sentina de proa–. ¡Salid a cubierta!

Nadie contestó.

–¡Vamos a ver: Gray! ¿Dónde estás?

Silencio absoluto.

–¡Gray! –repitió el capitán, esforzando la voz–. Me dirijo a ti solo. Tu capitán va a abandonar el navío y te manda que le sigas. Sé que eres un hombre honrado, en el fondo, y por eso te hablo. Te doy de tiempo medio minuto, reloj en mano, para decidirte.

»Hubo una pausa y un profundo silencio.

–¡Vamos, Gray! –insistió el capitán–. Mira que estoy arriesgando mi vida y la de mis compañeros, a cada segundo que pasa. ¡Ánimo! ¡Ven!

»Se oyó un choque brusco, un gran alboroto de pisadas y golpes, en el fondo del navío. Una voz angustiada dijo: «¡Allá voy!» Y luego Gray, saliendo de pronto a cubierta, con una gran cuchillada que le cruzaba la cara, corrió a juntarse con el capitán, como un perro que acude sumido al silbido de su amo.

»Un instante después, el capitán y su fiel marinero saltaban a la canoa, y nos alejábamos a toda prisa de la "Hispaniola".

»Por fin habíamos logrado huir del siniestro; pero aún nos faltaba poder refugiarnos en el interior del fortín.

# CAPÍTULO XVII

## EL ÚLTIMO VIAJE DE LA CANOA

–Esta vez –continuó diciendo el doctor Livesey– el viaje a tierra fue completamente distinto. La frágil embarcación, ligera como una cáscara, iba excesivamente cargada. Cinco hombres maduros, tres de los cuales –el hidalgo, Redruth y el capitán– eran más que altos, representaban por sí solos un peso superior al que buenamente podía llevar la canoa; y a él debía sumarse los jamones, botes, cajas y armas. La borda de popa estaba hundida hasta el nivel del agua, cuyos chapotazos nos empaparon totalmente antes de haber nosotros avanzado unas cincuenta brazas, el calzón y los faldones de la levita.

»El capitán nos distribuyó con más acierto en la canoa, y así pudimos conservar mejor el equilibrio; pero casi no osábamos ni respirar.

–»Además, el reflujo de la marea formaba una poderosa y alborotada corriente que nos arrastraba hacia el Oeste del fondeadero, y luego nos empujaba al Sur, en dirección al estrecho paso por donde llegamos a la isla. La más leve ola nos ponía a punto de zozobrar. Y lo peor era, sobre todo, que nos sentíamos arrastrados fuera de la dirección que nos convenía, pues, de seguir la corriente, habríamos ido a parar, no al desembarcadero de la estacada, sino precisamente al sitio donde estaban los botes de los amotinados, quienes podían aparecer de un momento a otro en la orilla.

–Me es imposible mantener el rumbo, capitán –le dije (yo llevaba el timón, mientras él y Redruth, que estaban menos fatigados, empuñaban los remos)–). La marea nos está arrastrando. ¿No podríais remar con más fuerza?

–Sí, pero nos iremos a pique –replicó el capitán–. Lo mejor será que no soltéis el timón y lo sostengais firme, hasta ver lo que pasa.

–Así, no vamos a llegar nunca a tierra –murmuré apenado.

–Pero, ¡si no podemos hacer nada más, señor mío! –replicó el capitán–. No tenemos más remedio que seguir contra la corriente, pues de otra manera, Dios sabe adónde iríamos a parar... Y, por otra parte, esto no puede seguir así mucho tiempo: la corriente ha de ceder pronto, por fuerza, y...

–¡Ya empieza a ceder! –exclamó entonces Gray, queiba encaramado en la proa y estaba observando atentamente el agua–. El señor doctor puede aflojar algo el timón.

–Gracias muchacho –le dije, como si nada hubiese ocurrido entre él y nosotros (porque, en efecto, habíamos acordado tratarle con benevolencia).

»De pronto, el capitán cesó de remar un instante, y con voz grave que, en aquellas circunstancias me pareció alterada, exclamó:

–¡El cañón!

»Yo creí que estaba pensando en la posibilidad de que los piratas bombardearan la estacada.

–Es verdad –respondí– que pueden servirse de él; pero jamás lograrán desembarcarlo y mucho menos llevarlo a través del bosque.

–Mirad a popa, doctor –replicó el capitán, secamente.

»A bordo de la «Hispaniola», los cinco forajidos restantes se encontraban agrupados en torno del único y larguirucho cañón que llevaba la goleta, le estaban quitando rápidamente la gruesa funda de tela embreada que de ordinario lo cubría y que los marineros solían llamar «la camisa». Al instante recordé de que nos habíamos olvidado de las granadas y de la pólvora del cañón, y comprendí que los bandidos sólo precisarían dar unos cuantos hachazos para apoderarse de todo.

–Hands sirvió de artillero con el capitán Flint –murmuró Gray, absorto y como atemorizado.

»Seguimos adelante, puesta la proa en el desembarcadero. Habíamos ya dejado atrás el grueso de la corriente marina, y podíamos dirigirnos derechamente a la orilla, aunque con mucha lentitud; pero lo malo era que ese rumbo, visto desde la "Hispaniola", en lugar de mostrarnos de popa, nos presentaba completamente de lado, de manera que ofrecíamos un blanco magnífico.

»No sólo veíamos a los bandidos, sino que incluso oíamos claramente que Hands hacía rodar sobre cubierta una gruesa granada y la empujaba hacia el cañón.

–¿Quién de nosotros tira mejor? –preguntó el capitán.

–El hidalgo, indiscutiblemente –contesté al punto.

–Pues hacedme el favor de quitarnos de en medio –le dijo el capitán– a uno de esos bandidos, y si es posible a Hands.

»El hidalgo empuñó tranquilamente un mosquete y examinó el fulminante.

–¡Mucho cuidado! –exclamó el capitán–. No vayáis a echarnos a pique con ese trasto. Y que todo el mundo esté quieto cuando apunte el señor.

»El hidalgo se echó al hombro el fusil, y los demás, abandonando los remos, nos inclinamos ligeramente hacia la borda contraria, para conservar el equilibrio. Y lo hicimos con tal cautela y fortuna, que no embarcamos ni una gota de agua.

»Entretanto, los de la «Hispaniola» habían hecho girar el cañón sobre cubierta, y Hands, que lo estaba limpiando por dentro con un escobillón de artillero, era el que más se destacaba del grupo. Pero no hubo suerte: en el mismo instante de disparar el hidalgo, Hands se agachó en su faena; la bala pasó por encima de sus hombros, y alcanzando a otro de los piratas lo derribó en el acto.

»Al grito que lanzó el herido, contestaron en seguida grandes y furiosas voces, no sólo de sus compañeros, sino también de los que se hallaban en tierra. Y al dirigir la mirada hacia la orilla, vimos que los piratas salían corriendo del bosque y se lanzaban a ocupar los botes.

–¡Ya están ahí! –exclamé.

–¡Ánimo! ¡De prisa! –gritó el capitán–. ¡A tierra en seguida, aunque se hunda todo! Si no logramos desembarcar, estamos perdidos.

–Sólo han armado uno de los botes, capitán –le dije–. Sin duda la gente del otro correrá por la orilla, para cortarnos el paso.

–¡Trabajo les doy! –respondió el capitán–. Esa gente de mar va muy pesada por tierra. Y lo que temo no es a ellos, sino al cañonazo, que se está acercando. Porque ¡cuidado que ofrecemos blanco, señor! Esto es más sencillo que un juego de bolos; hasta un chiquillo sabría apuntarnos... Conque, señor de Trelawney: ¡ojo alerta! Y en cuanto se vea que van a aplicar la mecha, nos avisáis y haremos alto al instante.

»Mientras tanto habíamos corrido una distancia considerable, teniendo en cuenta lo cargados que íbamos, y estábamos ya muy cerca de la orilla. Treinta o cuarenta golpes de remo nos bastarían para atracar en la arena, pues la bajamar había dejado al descubierto un gran trozo de playa, junto a un grupo de árboles. No teníamos que temer al bote, oculto todavía por el saliente rocoso; y la marea, que tanto nos había contrariado al principio, nos favorecía retrasando a nuestros perseguidores. El único peligro era el cañón, pero ese se presentaba grave e inminente.

–Me están entrando ganas de retrasarnos un poco más –dijo el capitán–, para despachar a otro de esos granujas.

»Pero era evidente que los de la "Hispaniola" se preparaban a disparar cuanto antes, porque ni siquiera habían hecho el menor caso de su compañero herido, que a su lado se arrastraba penosamente sobre cubierta.

–¡Cuidado! –gritó de pronto el hidalgo.

–¡Aguantad la canoa! –ordenó el capitán en el acto.

»Haciendo un supremo y poderoso esfuerzo, él y Redruth clavaron los remos en el agua, y yo di un brusco viraje en el timón. El cañonazo retumbó al instante. Nadie supo por dónde pasó el proyectil; pero debió ser por encima de nuestras cabezas, porque la violenta ráfaga de aire con que nos sacudió a todos, contribuyó no poco a nuestro inmediato desastre.

»En un abrir y cerrar de ojos, la canoa hizo agua por la popa, y se hundió suavemente, a una braza de profundidad. El capitán y yo nos quedamos de pie, frente a frente, mirándonos atontados. Los demás volcaron por completo y sufrieron un remojón total; pero al punto asomaron otra vez, chorreando y escupiendo agua con tal furia, que parecían focas.

»Todo se había perdido, menos lo esencial, que es la vida, y aún podíamos encaminarnos a tierra sin grandes esfuerzos. Pero las provisiones se habían ido a pique, y lo peor era que de los cinco mosquetes sólo quedaban dos útiles: el mío, que yo por instinto o por casualidad había mantenido levantado en el aire, y el del capitán, que lo llevaba en bandolera y con la culata en alto. Los tres restantes se fueron al fondo, con la canoa y sus trastos.

»Para mayor desgracia, oíamos un ruido de voces alborotadas que se aproximaban por entre la arboleda costeña. ¿Acaso iban a cortarnos el camino de la estacada? ¿Habrían sitiado ya a Hunter y Joyce, en el interior del fortín? ¿Sabrían éstos defenderse o se amilanarían ante media docena de piratas? De Hunter no cabía duda, pues era hombre para habérselas con medio mundo; pero Joyce, en cambio, era tan sólo un criado listo y servicial, excelente para cepillarnos la ropa, pero no precisamente apto para entrar en descomunales batallas.

»Amargados por estas precauciones y por el remojón fatal, vadeamos lo que nos faltaba para llegar a la orilla, dejando hundida detrás de nosotros, a la pobre canoa, y con ella una buena parte de pólvora y otras provisiones.

## CAPÍTULO XVIII

### EL PRIMER DÍA DE COMBATE

–Atravesamos a todo correr –prosiguió el doctor– el bosquecillo que nos separaba de la estacada, oyendo a cada paso aproximarse las voces de los malditos piratas; y muy pronto pudimos oír ya, claramente, el crujir de la maleza y un atropellado rumor de pisadas. Comprendiendo, por fin, que íbamos a tener una seria pelea, de un momento a otro, preparé el mosquete.

–Capitán –dije entonces–: el hidalgo es, sin duda, un tirador infalible. Lo mejor sería que le cediérais el arma, pues la suya más bien parece un bacalao en remojo.

»Trocaron sus mosquetes, y el hidalgo mudo e impasible, tal como estaba desde que empezó la aventura, se detuvo un instante para inspeccionar el arma. Entonces advertí que Gray estaba indefenso, y le alcancé mi cuchillo de monte. Repasó varias veces la hoja en la palma de la mano, frunció las cejas y dio dos o tres terribles cuchilladas al aire. Esta esgrima espontánea y elocuente nos tranquilizó enormemente, porque daba a entender que nuestro neófito persistía en sus nuevas creencias.

»Después de unos cuarenta pasos, llegamos al lindero del bosque y en seguida se nos apareció la estacada. Nos acercamos a la empalizada, corriendo; y, casi al mismo tiempo, seis de los bandidos, con Job Andersen, el contramaestre, a la cabeza, se presentaron a nuestra derercha, saliendo del bosque entre espantosos gritos y horrendas maldiciones.

»Al vernos se detuvieron y callaron, como desconcertados; y antes de que pudieran recobrasrse, no solamente el hidalgo y yo, sino también Hunter y Joyce, desde la estacada, les descerrajamos una descarga cerrada. Uno de los bandidos cayó al suelo; y los restantes, sin vacilar un momento, volvieron la espalda y se internaron a toda prisa en el bosque.

»Después de cargar nuevamente las armas, nos acercamos al caído. Había muerto en el acto, de una bala que le partió el corazón. Y ya comenzábamos a respirar con holgura, encantados de nuestra fácil victoria, cuando, de pronto, brotó un pistoletazo, de entre la maleza, una bala pasó rozándome la frente, y a mi lado el pobre Tom Redruth dio un quejido, se tambaleó y cayó de bruces al suelo. El hidalgo y yo replicamos en el acto con nuestros mosquetes; pero como debíamos tirar a ciegas, porque no se veía a nadie, probablemente perdimos la pólvora en salvas. Luego cargamos en seguida las armas y fuimos a levantar al pobre Tom. El capitán y Gray estaban ya examinándole; al acercarme, comprendí en seguida que no tenía remedio: el infeliz Redruth había recibido una herida mortal. La rapidez con que respondimos a la traidora agresión, debió dispersar nuevamente a los infames bribones, pues nos dejaron recoger tranquilamente al anciano guardabosque, que se desangraba y gemía, y llevarlo a la estacada, izándolo con gran cautela por encima de la empalizada exterior.

»El pobre viejo no había proferido ni una sola palabra desde que empezó la enojosa aventura, hasta que le depositamos en el interior de la estacada, para morir allí. Se había mantenido firme como una estatua, parapetado detrás de un colchón, mientras estuvimos a bordo de la "Hispaniola"; había obedecido todas las órdenes, sin chistar, como un viejo perro fiel, resignado y sufrido; era el más anciano de todos nosotros, pues al que menos, le llevaba veinte años; y ahora, triste, agotado, lejos de su patria, paciente y sumiso, le tocaba morir.

»El hidalgo cayó de hinojos junto a su fiel criado, y le besó la mano seca y callosa, llorando como un niño.

–¡Qué! ¿No hay remedio, doctor? –me preguntó melancólicamente el anciano, al darse cuenta de la actitud de su amo.

–Tom, amigo mío –le dije–. Dios quiere premiarte con sus propias manos.

–Me sabe mal –murmuró–, porque antes hubiera deseado ayudaros un poco a salir de este apuro.

–Dime, Tom –sollozó el hidalgo–: ¿me perdonas? Di, ¿me perdonas?

–¡Perdonaros! ¡Yo, a vos, señor! –replicó el pobre anciano, asustado–. Pero, en fin; vos lo mandáis: ¡así sea! Y que Dios tenga piedad de mí.

»Después de un largo silencio, el anciano expresó el deseo de que alguien rezara una oración en voz alta.

–¡Es la costumbre, señor! –murmuró débilmente a su amo excusándose–. Así murieron todos los míos que yo he visto morir.

»Y poco después, sin pronunciar ni una palabra más, expiró dulcemente...

»Entretanto, el capitán, que tenía el pecho y los bolsillos extrañamente abultados, empezó a sacar de ellos una serie de objetos diversos y para mí imprevistos: una bandera inglesa, una Biblia, un rodillo de cuerda, pluma y tinta, el diario de a bordo y un montón de tabaco. En el interior de la estacada, entre ésta y el fortín, había hallado un gran pino seco y tendido en el suelo; levantándolo con ayuda de Hunter, lo irguió en uno de los ángulos del edificio, y luego, encaramándose en el tejado, puso en lo alto del tronco la bandera y la desplegó al viento.

»Esto pareció reanimarle en extremo. Al regresar al interior del fortín, en seguida se puso a hacer el inventario de nuestras provisiones, como si nada hubiese ocurrido. Pero, al darse cuenta de la agonía de Tom, se descubrió al momento, permaneció quieto hasta la muerte del pobre criado, sacó luego otra bandera, y con ella cubrió piadosamente el cadáver.

–No os apenéis demasiado –le dijo al hidalgo, estrechándole cordialmente la mano–, pues nada hay que temer por un marinero muerto en defensa de su capitán y su amo. Quizá lo que digo sea poco teológico; pero, en fin, es un hecho.

»Y luego, llevándome aparte:

–Decidme, doctor –me preguntó–: ¿cuántas semanas tardará en llegar el barco de socorro?

»Le contesté que no era cuestión de semanas, sino de meses, pues únicamente a fines de agosto, si por entonces no habíamos regresado aún, Blandly se encargaría de enviar un navío a buscarnos. Antes, no había que pensar siquiera en ello.

–Vos mismo podéis calcular el tiempo que falta –agregué.

–Pues entonces –y el capitán al decir esto, se iba rascando la cabeza–, hay que reconocer que, a pesar del auxilio que nos ha dispensado la Providencia, puede decirse que andamos bastante mal.

–Y, ¿por qué?

–Porque es una verdadera lástima que los víveres se nos hayan quedado en el agua: ¡ni más, ni menos! En cuanto a la pólvora y municiones, ¡pase todavía! Pero los comestibles son muy escasos, doctor; tan escasos, que quizás esa boca de menos nos será de gran alivio.

»Y al decir esto señaló al cuerpo cubierto por la bandera.

»En el mismo instante, una granada pasó silbando torvamente por encima del tejado, y fue a caer mucho más lejos, en pleno bosque.

–¡Adelante, adelante! –exclamó el capitán–. Que sigan gastando la pólvora en salvas, pues poca les queda.

»Un segundo cañonazo, mejor apuntado, vino a caer en el interior de la valla, levantando una tromba de arena, pero sin causar daño alguno.

–Como el fortín es invisible desde la goleta –dijo entonces el hidalgo–, para fijar la puntería deben servirse de la bandera que descuella por encima del bosque. ¿No os parece que sería mejor arriarla, capitán?

–¿Arriar la bandera? –exclamó el marino–. ¡Eso yo no lo hago por nada del mundo!

»Y al instante todos convinimos en ello; porque no se trataba únicamente de un gesto de pundonor, por parte del capitán, sino también de dar al enemigo una prueba evidente de que despreciábamos su bombardeo.

»Siguieron disparando durante toda la tarde. Los proyectiles iban cayendo uno tras otro, a veces lejos, a veces muy cerca de la estacada; pero los bandidos debían apuntar tan alto para intentar alcanzarnos, que sus granadas llegaban a nosotros medio desmayadas y se enterraban blanda y sordamente en la arena. Abrigados tras los espesos troncos del fortín, no debíamos temer que los cascos nos hirieran de rechazo; y a pesar de que uno de los tiros penetró por el tejado y vino a hundirse en el suelo, pronto nos acostumbramos de tal suerte a su molesto fragor, que no le hacíamos más caso que si se tratara de un juego de bolos.

–Se me ocurre una idea –dijo repentinamente el capitán–; pues me parece que podríamos sacar partido de ese vano estruendo. La marea está muy baja, y por lo tanto nuestras provisiones deben haber quedado al descubierto. ¿Hay algunos voluntarios que me acompañen a buscar los jamones?

»Gray y Hunter se ofrecieron en el acto y, una vez bien armados, los tres salieron de la estacada. Pero su empeño fue inútil: los rebeldes eran más listos y atrevidos de lo que suponíamos, o quizá tenían entera confianza en la puntería de Hands, porque cuatro o cinco de ellos estaban ya ocupados en recoger nuestras provisiones y llevarlas, con agua hasta las rodillas, a uno de los botes que, a fuerza de remos, se mantenía cerca de la orilla, en mitad de la corriente. Silver estaba a popa de la embarcación y dirigía el trabajo, y cada uno de los piratas iba ahora provisto de un mosquete, indudablemente sacado de algún secreto escondrijo.

»El capitán y sus dos hombres regresaron, pues, en seguida. Y aquél, sentándose sobre un tronco horizontal, comenzó a escribir en su diario de a bordo, hablando alto y como si pasara lista:

«Alejandro Smollet, capitán; David Livesey, médico de a bordo; Abraham Gray, calafate; John Trelawney, armador; John Hunter y Ricardo Joyce, domésticos del señor armador, los únicos que han permanecido fieles entre la tripulación del navío; todos ellos, con víveres para una semana, a media ración diaria, han desembarcado e izado la bandera británica, el día de hoy, en el fortín de la "Isla del Tesoro". Tom Redruth, otro criado del señor armador, ha sido muerto por los rebeldes, Jim Hawkins, el grumete...»

»Y al mismo tiempo que yo, al oír ese nombre –prosiguió diciéndome el doctor Livesey–, me estaba preguntando con tristeza qué habría sido de ti, sonaron voces por la parte de tierra.

–Alguien nos llama –vino a decirnos Hunter, que estaba de centinela.

»La voz seguía gritando, cada vez más cerca:

–¡Doctor, doctor!... ¡Capitán!... ¡Señor Hidalgo!... ¡Hunter!... ¿Estáis aquí?... ¡Eh!... ¿Estáis ahí dentro?...

»Corrí a la puerta, Jim, y llegué a tiempo para verte saltar, sano y salvo, pero de cabeza, por encima de la empalizada y recibirte finalmente en mis brazos.

# CAPÍTULO XIX

## LA VIDA EN EL FORTÍN

Cuando el doctor me hubo contado sus azarosas peripecias miré en derredor. El edificio del fortín estaba construido con troncos de pino desmochados; el suelo, los muros y el techo eran de lo mismo. En algunas partes el primero se alzaba a uno o dos pies sobre el nivel de la arena. A la puerta de la casa había un pequeño porche debajo del cual manaba una clara fuente, y el agua caía en una pila en extremo original, puesto que no era sino un gran caldero de hierro, abollado, sin fondo y hundido en la arena hasta la borda, como solía decir el capitán.

De la casa o fortín no quedaba más que su esqueleto; pero en uno de sus rincones había una ancha losa de piedra, a guisa de hogar, y un viejo brasero de hierro mohoso, para contener los tizones.

En las laderas del cerro vecino y en todo el recinto de la estacada los árboles habían sido cortados para construir la casa, y la robustez de los troncos demostraba cuán alta y hermosa había sido la selva destruida. Casi toda la gleba había sido barrida por las lluvias o enterrada bajo el arenal, una vez arrancados los árboles. Sólo a lo largo del reguero acuoso que se derramaba del viejo barreño, una espesa orla de musgo, algunos helechos, hiedras salvajes verdeaban y crecían en la aridez del paraje. En torno de la estacada y muy cerca de ella –demasiado cerca, al parecer, para su buena defensa– el bosque se desarrollaba aún, alto y robusto, exclusivamente compuesto de pinos, hacia la parte de tierra y entremezclado de encinas en las proximidades del mar.

La fresca brisa nocturna pasaba silbando a través de las innumerables grietas del fortín, y salpicaba el suelo con una continua y menuda llovizna de arena finísima, que se nos entraba por los ojos, los labios, las narices y oídos, nos crujía entre los dientes, nos salpimentaba la cena, como una capa salina, y hasta en la fuente se arremolinaba en el fondo del viejo barreño, que parecía un inmenso caldero cuando está a punto de hervir. No había más chimenea que un boquete cuadrado en el techo. Sólo una parte del humo lograba salir por él, y el resto se difundía a torbellinos por toda la casa, sofocándonos y escociéndonos vivamente los ojos.

Añádase a esto que Gray, el recién convertido, llevaba vendada la cabeza a causa de la herida que recibió en la mejilla al huir del navío; y que el pobre Tom Redruth, o sus tristes despojos, no enterrados todavía, yacían a lo largo del muro, yertos, fríos y envueltos en la bandera inglesa.

De haber quedado allí con los brazos cruzados, nos habría entrado a todos una melancolía deprimente e infinita; pero el capitán no era hombre para dejarse embotar: nos reunió en seguida a sus órdenes y nos repartió en ternas. El doctor, Gray y yo formamos una; el hidalgo, Hunter y Joyce, otra. A pesar de que estábamos extenuados de cansancio, dos de nosotros fuimos enviados a buscar leña para el fuego y los restantes debimos cavar una fosa para enterrar a Redruth. El doctor quedó nombrado cocinero del fortín, y a mí me pusieron de centinela en la puerta.

El capitán iba continuamente de uno a otro, animándonos a todos y ayudándonos, si era necesario, en nuestras tareas.

De tanto en tanto el doctor se asomaba a la puerta para espiar un poco y desenturbiarse la vista casi cegada por el humo, y cada vez me dirigía algunas breves palabras. Por ejemplo:

–Ese capitán, muchacho –me dijo en cierto momento, en tono de misterio–, vale más que todos juntos. ¡Y mira que cuando yo digo eso!...

Otra vez me preguntó:

–Pero ¿qué clase de hombre es ese Ben Gunn que tú encontraste, hijo mío?

–No sé, doctor; aún no he sacado en limpio si está cuerdo o loco.

–Cuerdo más bien, muchacho. Lo que hay es que después de pasarse tres años en una isla desierta, royéndose las uñas, cualquiera parece loco, ¡por fuerza! Y dime: ¿estás seguro de que era queso lo que te pidió?

–¡Segurísimo!

–Pues bien, ¿te has fijado en que aún no he abierto la caja grande de rapé que traje conmigo? ¿Sabes por qué no lo hice?... Pues porque allí no hay tales polvos, sino un magnífico queso parmesano que pensaba comerme al encontrar el tesoro. Pero ahora, muchacho, ¡ese queso de Italia será para Gunn!

Antes de cenar enterramos al viejo Tom en la arena y permanecimos en silencio unos instantes, junto a la sepultura, descubiertos bajo las frías ráfagas de la brisa nocturna.

Teníamos ya una buena provisión de leña para encender fuego, pero era menor de lo que habría deseado el capitán, de manera que al verla movió la cabeza con aire de desagrado y nos dijo secamente que «debíamos trabajar con más brío». Luego, después de cenar una lonja de tocino en conserva y haber bebido cada uno un vaso de coñac mezclado con agua del manantial, los tres jefes se retiraron a un rincón para deliberar a solas.

Aparentemente juzgaban gravísima la situación, porque las provisiones eran tan escasas, que únicamente su falta nos obligaría a capitular por hambre mucho antes de que llegase el navío de socorro. Nuestra única esperanza de poder salvarnos consistía, según ellos, en ir matando el mayor número de piratas posibles, pues así se rendirían o acabarían por largarse con la «Hispaniola». De los diecinueve, quedaban actualmente quince; de esos había dos heridos, y uno de ellos –el que cayó mientras cargaba el cañón– debía estar muy grave a aquellas horas y hasta quizá había muerto. Siempre que se presentaba una ocasión debíamos, pues, aprovecharla para tirar a bulto, pero comportándonos siempre con extremada cautela. Y además de esto contábamos con dos aliados excelentes, que eran el clima y el ron.

En cuanto a éste, ya andaba en danza, pues desde la estacada, a pesar de la distancia que nos separaba, oímos perfectamente cantar y vociferar a los piratas hasta altas horas de la noche; y, en lo tocante al clima, el doctor Livesey aseguraba –apostando su peluca, como era su costumbre en los casos supremos– que, acampados como estaban en pleno pantano y careciendo totalmente de botiquín, no pasaría una semana sin que la mitad de aquellos bandidos y borrachos perdidos estuviesen mortalmente atacados de fiebres.

–De modo –terminó el doctor– que si no logran matarnos antes, se darán por muy satisfechos de poder embarcarse nuevamente en el navío que, después de todo, es excelente para continuar sus hazañas de piratería.

–¡Será el primero que habré perdido en mi vida! –suspiró el capitán.

Yo me caía materialmente de sueño; apenas me acosté, o me tendí en el suelo (que esto más bien es lo que hice después de tanta emoción y de tanto ajetreo), me dormí como un tronco.

Hacía ya mucho tiempo que los demás estaban levantados, habían tomado el desayuno y traído más leña cuando me despertó con gran sobresalto un extraño tumulto que se desencadenaba en torno mío. Todos daban voces, gritando:

–¡Una bandera!... ¡Por ahí, entre los árboles!... ¡Venid, venid!...

Y luego un grito de sorpresa:

–¡Es Silver! ¡Silver en persona!

Me levanté de un salto, y restregándome los ojos, corrí a mirar por la rendija de una de las aspilleras.

# CAPÍTULO XX

## LA EMBAJADA DE SILVER

En efecto, dos hombres aparecían delante de la estacada: uno de ellos agitaba un lienzo blanco, y el otro, que era el propio Silver, quedaba tranquilamente al lado de su acompañante.

Era muy temprano aún, y apenas empezaba la mañana, rigurosa y helada. El frío nos penetraba hasta los huesos; el cielo era claro y transparente, sin una sola nube, y las copas de los árboles se doraban al sol. Pero el lugar donde se encontraban Silver y su compañero permanecía acolchado en la sombra, y los dos hombres estaban como sumergidos hasta las rodillas en un denso y viscoso vapor de neblina, que había brotado del pantano durante la noche. El frío y la niebla a tales horas y en pleno verano, daban la medida del clima. La isla era, evidentemente, un paraje húmedo y malsano, infestado de fiebres.

–¡Adentro todo el mundo! –ordenó el capitán–. Apuesto cualquier cosa a que se trata de una trampa.

Y dirigiéndose en seguida a los bandidos, gritó:

–¡Alto... o hacemos fuego!

La voz de Silver respondió al instante, con mucha calma y desde lejos:

–¡Bandera de parlamento, mi capitán!

Éste, que se encontraba bajo el porche de entrada, cuidadosamente al abrigo, para prever cualquier traición, se volvió hacia nosotros:

–¡Eh! La terna del doctor: ¡ojo alerta! –nos dijo–. Hay que estar prevenidos. Vos, doctor, vigilad la parte norte; tú, Jim, la este, y Gray, la oeste. Que la otra terna se encargue de preparar los mosquetes.

Luego, volviéndose a los piratas:

–¿Qué queréis? –les gritó.

Esta vez dio la respuesta el que llevaba el lienzo blanco, diciendo:

–El capitán Silver desea hablar con vosotros.

–¿El capitán Silver, dices? Pues no le conozco. ¿Quién es ese famoso caudillo?

Y oímos que murmuraba en voz baja, entre dientes:

–¡Qué frescura! ¡Valiente capitán está hecho el granuja!

Silver replicó por su cuenta:

–Soy yo, caballero. Estos pobres muchachos me han elegido por capitán luego que vos abandonasteis el navío. (Y pronunciaba la palabra «abandonasteis» muy despacio, con énfasis.)

–Y he venido –continuó– porque si podemos ponernos de acuerdo en lo tocante a condiciones, estamos prontos a someternos. Sólo pido una cosa antes de entrar en la estacada para parlamentar: y es vuestra palabra de honor de que me dejaréis salir sano y salvo y, en caso de que no haya acuerdo, cuando me vuelva esperaréis antes de disparar.

–Mira, Silver –le contestó el capitán–: yo no tengo el menor deseo de charlar contigo. Si quieres hablarme, ven; y si no vete. Pues de haber aquí una traición, sólo puede ser de tu parte. Y no digo más.

–Esto basta, capitán –exclamó Silver con aire satisfecho–. Os conozco de sobra y sé que tenéis palabra de caballero.

Entonces vimos que el del lienzo blanco hacía vanos esfuerzos para retener a Silver, cosa muy comprensible después de la altiva respuesta del capitán. Pero Silver no le hizo el menor caso y hasta pareció burlarse de él, como si sus temores fuesen totalmente absurdos. Luego se acercó a la empalizada, arrojó la muleta por encima de ella, con gran vigor y agilidad se encaramó a las estacas y, por fin, saltó dentro, sin el menor tropiezo.

Yo debo confesar que estaba tan intrigado con lo que ocurría que terminé por abandonar mi puesto de centinela y deslizarme sigilosamente detrás del capitán. Éste estaba sentado en el umbral de la puerta, con los codos puestos sobre las rodillas y la cabeza apoyada en las manos, mirando ensimismado el agua que se escapaba del viejo barreño, barboteando en la arena.

A Silver le costó un esfuerzo extraordinario subir la cuesta del cerro desde la empalizada al fortín. El fuerte declive, los gruesos troncos cortados, que salían del suelo, y la resbaladiza arena que lo cubría le dejaban tan mal afianzado en su muleta que casi no podía sostenerse en pie. Pero penando y sudando, sin decir palabra, por fin logró aproximarse al capitán y saludarle lo mejor que pudo. Iba transformado de arriba abajo, con un inmenso levitón de paño azul, cargado de botones dorados, y un magnífico sombrero guarnecido de galones y blondas, echado sobre el cogote.

–Bueno –le dijo el capitán, levantando los ojos del suelo–. Ahora lo mejor que puedes hacer es sentarte.

–¿Y no me dejaréis entrar, capitán? –replicó el bandido en tono de amistoso reproche–. La mañana está muy fría para sentarse así, a la intemperie.

–Si te hubieses portado como un hombre de bien –le contestó nuestro jefe– a estas horas estarías sentado tranquilamente en la cocina de a bordo y al calor del hornillo. Pero tú mismo lo quisiste de otro modo. Cuando eras el cocinero de mi goleta se te trató como Dios manda; pero ahora, convertido en capitán Silver, no mereces más que la horca.

–¡Qué le vamos a hacer! –contestó el pirata, sentándose resignado en la arena–. Ya me ayudaréis a levantarme luego. En fin: esta casa es magnífica, y el sitio me agrada sinceramente. Pero ahí viene Jim si no me engaño. ¡Buenos días, muchacho!... ¡Se le saluda, doctor!... Vamos, ¡si estáis aquí como en familia!...

–Si tienes algo que decirme, apúrate –le atajó el capitán.

–A eso voy –replicó Silver–, porque lo primero es lo primero, en efecto. Pues como iba diciendo, la verdad es que la noche pasada nos jugasteis una mala pasada, capitán. Fue mala, en verdad, lo confieso; y hasta agregaré que no creía que los vuestros supiesen manejar tan hábilmente el espeque. Bien es verdad que los míos andaban un poco asustados y que yo mismo no las tenía todas conmigo, y quizás es por eso por lo que me he decidido a venir. Pero, sea lo que fuere, ¡os juro por treinta mil demonios, capitán, que eso no sucederá dos veces! Pondremos centinelas, y si es preciso cerraré por completo la espita del ron. Vos creeréis, seguramente, que estábamos todos como cubas; pues no: yo, por lo menos, no había probado ni una gota. Lo que hay es que estaba rendido como un mulo de carga, y, no obstante, si llego a despertarme un minuto antes, ¡vive Dios!, os sorprendo in fraganti. Tanto es así, que cuando yo me acerqué nadie había muerto todavía.

–Es posible –contestó el capitán con el mayor aplomo del mundo–. ¿Y qué más?

Todo lo que iba diciendo Silver era un verdadero enigma para el capitán, que ni remotamente sabía de qué se trataba; pero su actitud no lo dejó traslucir en lo más mínimo. En cuanto a mí, que estaba escuchando atentamente,me acordé en seguida de Ben Gunn y supuse que se trataba de algo suyo, de una jugarreta o de un golpe atrevido, dado a los piratas mientras dormían la espantosa borrachera que tomaron la víspera. Y por lo último que había dicho Silver colegí, con secreta alegría, que ya sólo eran catorce nuestros enemigos.

–¿Qué? –prosiguió Silver, contestando al capitán–. Pues muy sencillo: que queremos el tesoro y hemos de apoderarnos de él, pese a quien pese. Vosotros, en cambio, supongo que lo que deseáis es salvar el pellejo, ¿verdad? Pues bien: vos tenéis un mapa...

–Es posible.

–Sí, lo tenéis; me consta... y no veo que haya ni la menor necesidad de ocultarlo. Quiero decir que precisamos el mapa y que, aparte de esto, no deseamos ningún mal a nadie.

–¿A mí con esas? –preguntó el capitán–. Me sé al dedillo lo que pretendéis y, de paso, no me importa un comino, pues tú mismo puedes darte cuenta de que por ahora es imposible.

Y mirándole a los ojos, con mucha calma, se puso a llenar tranquilamente su pipa.

–Si Gray ha dicho... –insinuó Silver.

–¡Alto ahí! –le interrumpió el capitán en el acto–. Ni Gray me ha dicho nada, ni yo le he preguntado cosa alguna. ¿Tú crees que a mí me preocupa eso? Lo que yo quisiera es veros saltar en mil pedazos, a ti, a todos los tuyos y aun a la isla en masa. ¡Ya ves!

Esta brusca salida aplastó las agallas de Silver.

–Claro está –murmuró– que en realidad los verdaderos interesados son esos compañeros que os acompañan... En fin, puesto que vais a encender una pipa, me tomaré la libertad de imitaros.

Lo hizo, encendiendo su pipa lentamente, con los ojos bajos y concentrados en el hornillo. Los dos permanecieron largo tiempo fumando en silencio, mirándose de tanto en tanto, o inclinándose hacia un lado para escupir en el suelo. Era una verdadera comedia, y yo me divertía mirándoles.

–Bueno –dijo Silver al fin–. He aquí mis proposiciones. Nos entregáis el mapa para encontrar el tesoro; os abstenéis de disparar contra esos pobres muchachos que me acompañan y renunciáis definitivamente a romperles la crisma mientras están durmiendo. Aceptado esto, os daremos a elegir. Una de dos: o bien regresáis a bordo con nosotros, una vez embarcado el tesoro, y en este caso me comprometo firmemente, bajo mi palabra de honor, a conduciros hasta un lugar seguro; o, si no os agrada esto, por temor a los marineros que están resentidos con vosotros, a consecuencia de los tratos sufridos, podéis quedaros aquí, en la isla. Nos repartiremos las provisiones con toda equidad, uno por uno, y yo me comprometo también, igual que en el otro caso, a avisar al primer navío que encuentre para que venga a buscaros. Hay que reconocer, me parece, que esto es hablar en plata. Y espero –agregó elevando mucho la voz– que todos los marineros presentes en esta estacada apreciarán mis palabras como se merecen, pues lo que he dicho a uno lo digo a todos, sin distinción.

Entonces el capitán se puso en pie y sacudió en la palma de la mano las cenizas de su pipa.

–¿Y esto es todo? –preguntó a Silver.

–¡Ni una palabra más! –exclamó Silver gritando–. Si no aceptáis, de mí obtendréis en adelante una lluvia de balas.

–Perfectamente –dijo el capitán–. Y ahora óyeme. Si tú y todos los tuyos os presentáis desarmados y uno a uno, me comprometo a poneros a todos un grillete y devolveros sanos y salvos a Inglaterra para que os juzguen allí. Pero si rehusáis someteros, sabed que me llamo Alejandro Smollet, que he izado aquí, en esta casa, la bandera de mi soberano, y que he de mandaros a todos a esos mismos diablos que tan a menudo invocáis... Sois incapaces de hallar el tesoro; sois incapaces de gobernar el navío; sois incapaces de salir siquiera de este fondeadero; sois incapaces, en fin, hasta de luchar contra nosotros, pues Gray, sólo Gray, se impuso ayer a cinco de los vuestros. La goleta, tal como están el mar y el viento, no podrá salir de ahí hasta que yo la saque; y eso tú lo sabes tan bien como yo. En fin: que me quedo aquí en tierra, y que no digo más, porque en adelante te juro que he de enviarte un balazo en cuanto vuelva a verte. ¡Anda! ¡Pronto! ¡Largo de aquí antes que pierda la paciencia!

Silver tenía descompuesto por la ira el rostro, y sus ojos, inyectados de sangre, parecían saltarle de las órbitas. Sacudió también su pipa, se la guardó en un bolsillo y luego dijo con voz ronca:

–¡Dadme la mano para que me levante!

Nadie se movió en lo más mínimo. Entonces Silver empezó a lanzar juramentos; y arrastrándose por la arena se fue acercando con gran esfuerzo a la casa, hasta que consiguió agarrarse del porche y levantarse a plomo sobre su muleta. Y apenas estuvo en pie, arrojó un salivazo brutal al barreño de la fuente.

–¡Ni eso valéis vosotros! –gritó–. Pero os juro por mi cabeza que antes de una hora he de quemaros a todos, con el fortín encima... Sí; ¡ya podéis reíros tanto como queráis! ¡Voto a...! ¡A ver quién se reirá más dentro de un rato! Los más dichosos de vosotros han de ser los que mueran más pronto.

Y lanzando otra espantosa blasfemia que me hizo temblar se alejó tambaleándose sobre la blanca arena. Su compañero, el del lienzo blanco, le ayudó a franquear la empalizada, tras cinco o seis tentativas furiosas e inútiles. Y ambos desaparecieron luego entre los altos árboles.

# CAPÍTULO XXI

## EL ATAQUE

Apenas les perdimos de vista, el capitán, que había seguido con toda atención la retirada de los dos bandidos, volvió los ojos hacia el interior de la estacada y se apercibió de que ninguno de nosotros, exceptuando a Gray, se hallaba en su puesto de guardia. Entonces, por primera vez, se enojó seriamente.

–¡Todos a su sitio! –rugió indignado; y en cuanto le hubimos obedecido sin chistar, agregó, cambiando de tono–: Amigo Gray, tú eres el único que se ha portado como un verdadero marino... En cuanto a vos, señor de Trelawney, me extraña vuestra insensata conducta; y nada quiero decir del doctor, de quien tenía entendido que fue soldado hace años. Pero si en Fontenoy os comportasteis como aquí lo habéis hecho, francamente, mejor hubiera sido quedarse durmiendo en la cama.

La terna del doctor, de la que yo formaba parte, se había vuelto silenciosamente a sus puestos, y los demás se apuraban a cargar los mosquetes de reserva o a hacer algo útil: todos mudos, rojos y cabizbajos, avergonzados por la reprensión.

El capitán nos estuvo contemplando largo rato, sin soltar palabra, y finalmente nos dijo:

–Amigos míos, ya habréis visto cómo le he calentado las orejas a Silver. He querido dejarle hecho un polvorín, y lo hice intencionalmente. Pero ahora, y tal como él lo ha anunciado, antes de que pase mucho tiempo nos atacarán. Es inútil deciros que nos aventajan en número, pero nosotros, en cambio, pelearemos resguardados... y hasta hace un momento me hubiera atrevido a agregar: y con disciplina. Sea como sea, lo cierto es que, si me obedecéis, venceremos.

Dicho esto, dio una vuelta al fortín para inspeccionar todas las guardias, y pareció satisfecho.

En los dos lados secundarios del fortín, al este y al oeste, había tan sólo dos aspilleras; en la fachada sur, donde estaba el porche, otras dos, y cinco en la parte que miraba al norte. Contábamos con una veintena de mosquetes para siete hombres; la leña estaba repartida en cuatro pilas llanas, que más bien parecían tablados, una en el centro o parte media de cada fachada; y sobre cada una de esas pilas pusimos cuatro mosquetes cargados, con sus municiones, y varios cuchillos de monte, dispuesto todo para la defensa.

–Hay que apagar el fuego –dijo el capitán– porque ya no hace frío y es necesario evitar que el humo nos enturbie la vista.

El hidalgo sacó de la casa el brasero encendido y sepultó las brasas en la arena.

–Jim no se ha desayunado todavía –continuó el capitán, cuyo admirable temple le hacía atinar en todo–. Anda, hijo, sírvete pronto y vete a comer a tu puesto... Hunter, reparte un sorbo de coñac a todo el mundo.

Y mientras se cumplían sus órdenes, el capitán daba fin a los detalles de su plan defensivo.

–Vos, doctor, os apostaréis en la entrada. ¡Y cuidado con exponeros demasiado! Habéis de disparar desde el interior, parapetado en el porche. Tú, Hunter, te colocarás ahí, en el lado este; y tú, Joyce, en el lado opuesto, al oeste. El señor Trelawney, que es el mejor tirador de toda la isla, se encargará, secundado por Gray, de las cinco aspilleras que miran al Norte. Ahí es donde está el mayor peligro, pues si los bandidos lograran apoderarse de este lado y aprovechar nuestras propias aspilleras para disparar contra nosotros, la cosa se pondría muy grave... Tú, Jim, como ni tú ni yo valemos nada como tiradores, nos cuidaremos de tener bien cargadas las armas y ayudar donde sea preciso.

El frío había pasado por completo. Y apenas el sol hubo aparecido por sobre la masa de árboles que nos rodeaba, se desplomó sobre el claro de la estacada y en un instante absorbió la neblina. La arena se puso a arder casi al momento, y la resina de los troncos de que se componía el fortín comenzó a derretirse y a resbalar pegajosamente por los gruesos muros. Nos quitamos las chaquetas, nos desabrochamos las camisas, nos levantamos las mangas hasta más arriba del codo, y así quedamos esperando, cada cual en su puesto, poseídos por la fiebre que nos daba el calor y la angustia.

Transcurrió una hora larga, sofocante. Y el capitán comenzaba ya a impacientarse cuando, por fin, aparecieron los primeros indicios del próximo ataque.

–Señor capitán –preguntó Joyce–, ¿es que debo hacer fuego si se acerca alguien?

–¡Pues no te dije ya que sí!

–Gracias, señor capitán –contestó Joyce con la misma cortesía y sin desconcertarse.

Hubo una larga pausa silenciosa, tranquila. Todos estábamos alerta, con el oído atento, el ojo avizor y el mosquete en las manos. En el centro de la casa, solo, inmóvil, el capitán permanecía como una estatua, contraídos los labios y el entrecejo fruncido.

Pasaron algunos segundos más, y de pronto Joyce hizo fuego. Una descarga dispersa nos respondió desde fuera; varias balas vinieron a incrustrarse en el exterior del fortín, resonando secamente, pero sin que penetrara ninguna. Y luego el humo de los disparos se disipó y la empalizada y el bosque volvieron a aparecer tal como antes, silenciosos, desiertos. No se movía ni una hoja; entre las frondas no brillaba ni un solo mosquete.

–¿Has hecho blanco, Joyce? –preguntó el capitán.

–No, señor capitán; me parece que no.

–Está bien; hay que decir la verdad siempre. Vamos, Jim: cárgale otra vez el mosquete. ¿Cuántos enemigos habéis visto, doctor?

–Estoy seguro de que fueron tres, porque he visto tres fogonazos muy claros. Dos brillaron casi juntos, y el otro más a la izquierda.

–Bueno, pongamos tres. ¿Y vos, señor hidalgo, cuántos habéis visto?

La respuesta era ya más difícil, porque del lado norte los disparos fueron muchos más, seis o siete, según el hidalgo, y ocho o nueve, al parecer de Gray. Del Este y del Oeste, sólo habían sido dos, uno por cada lado; de manera que parecía evidente que el grueso del ataque vendría del Norte, y que en los lados restantes sólo seríamos molestados por un ligero simulacro. El capitán, sin embargo, mantuvo íntegramente las disposicicones adoptadas, convencido de que, si los asaltantes lograban apoderarse de todas las aspilleras, podrían fusilarnos a mansalva en nuestro mismo reducto, como en una ratonera.

Pero ni tiempo tuvimos para reflexionar. Resonó de pronto un clamoreo furioso, y un pelotón de piratas, brotando del bosque, por el lado norte, se acercó corriendo hacia nosotros. Las descargas recomenzaron al punto, entre los árboles, y una bala quebró el mosquete del doctor Livesey.

Los asaltantes se encaramaban como monos en la empalizada. El hidalgo y Gray dispararon dos veces seguidas; y tres hombres cayeron, uno en el interior de la valla y los otros dos fuera. Pero uno de éstos, que debía estar más atemorizado que herido, se levantó en un abrir y cerrar de ojos, echó a correr y desapareció entre los árboles.

Sin embargo, otros cuatro piratas habían conseguido saltar la valla, sostenidos por las descargas atronadoras, aunque ineficaces, que brotaban del bosque. Y apenas estuvieron en pie, después del tremendo salto que acababan de dar, los cuatro se lanzaron hacia el reducto, profiriendo espantosos gritos que sus compañeros ocultos enardecían con sus vociferaciones. Disparamos varias veces, tan de prisa, con tal azoramiento, que nadie hizo blanco. Y en un instante los cuatro piratas, escalando la cuesta arenosa, bajo la luz cegadora llegaron al pie del fortín.

La faz asquerosa de Andersen, el contramaestre, rugiendo con voz estentórea, apareció en la aspillera de en medio. Al instante mismo, otro de los piratas se agarró desde fuera al cañón del mosquete de Hunter, se lo arrancó de las manos con un brusco y formidable tirón, que el pobre hombre fue a dar de bruces contra el muro y cayó sin sentido, tendido en el suelo. Y otro de los cuatro, que andaba corriendo agazapado en derredor de la casa, apareció de pronto en la puerta y se echó, con el cuchillo en alto, sobre el capitán.

Todo había cambiado como por arte diabólico. Hacía sólo un momento que nosotros disparábamos bien protegidos, contra el enemigo descubierto; y ahora éramos nosotros los que estábamos descubiertos y sin poder contestar.

El humo de los disparos, que llenaba la casa, era lo único que nos protegía un poco. Andábamos locos, como sombras. Los gritos, aullidos, detonaciones, gemidos y pistoletazos resonaban estruendosamente, con un tumulto ensordecedor e infernal.

–¡Fuera, muchachos! –oí gritar al capitán–. ¡Salgamos todos fuera! ¡A cuchillada limpia!

Tomé un cuchillo del montón, y alguien que estaba arrancando otro al mismo tiempo, me dio un corte en los dedos: pero no sentí dolor alguno ni me di cuenta apenas. Sufrí un encontronazo brutal, no sé con quién, en la puerta, y salí a plena luz, en el preciso instante en que el capitán, persiguiendo a su enemigo que huía, le asestaba una cuchillada que le tumbó de espaldas.

–¡Rodead la casa! ¡Rodead la casa, muchachos! –gritó el capitán; y a pesar del indecible tumulto me pareció advertir que su voz se alteraba.

Obedecí en el acto, y corriendo como un sonámbulo, con el cuchillo levantado en el aire, doblé la primera esquina que hallaron mis ojos. En el mismo instante me encontré frente a frente, casi de bruces, con el espantoso Andersen. El pirata lanzó un rugido de cólera y levantó un hacha que empuñaba reciamente, fulgurando al sol. No puedo decir que me asusté, porque me faltó tiempo para ello. Di un salto inverosímil, de soslayo, antes de que se desplomara el arma, resbalé al caer en la arena, y fui rodando a grandes tumbos por la pendiente abajo...

En el instante de salir yo del fortín, los piratas restantes, que estaban en el bosque, se encontraban ya escalando la empalizada, para auxiliar a sus compañeros y acabar con nosotros. Uno de los piratas, que llevaba puesto un alto gorro encarnado y el cuchillo de abordaje entre dientes, se destacaba sobremanera, erguido en la punta de las estacas y en el preciso instante de pasar una pierna por encima de ellas. Pues bien: todo lo demás, mi correría, mi encuentro con Andersen, mi salto, mi resbalón y mis tumbos, fue tan rápido y vivo, tan indescriptible, que al encontrarme sin saber cómo nuevamente en pie, vi que las cosas seguían exactamente igual en mi derredor: el hombre del gorro encarnado continuaba a horcajadas sobre las estacas, y otro asomaba únicamente los ojos por encima de ellas. Sin embargo, en este tiempo tan corto, la lucha había terminado ya y la victoria era nuestra.

Gray, que al parecer debía seguirme de cerca, sin que yo le viera había derribado a Andersen de un mosquetazo a boca de jarro, en pleno pecho. Otro de los cuatro fue alcanzado por la espalda y pasado de parte a parte, mientras se hallaba apuntando por una aspillera; y ahora agonizaba sobre la arena hirviente, con su pistolón todavía humeando en la mano. Un tercer pirata había sido derribado, como ya he dicho, por el capitán. Y un cuarto, arrojando en tierra el cuchillo, estaba dando saltos de desesperación, junto a la empalizada, para escalarla y poder salvar el pellejo.

–¡Tíradle, tiradle! ¡Pronto! –gritaba el doctor desde la casa–. ¡Venid todos aquí!

Pronto sus voces se perdieron inútilmente: nadie acertó a disparar, y el bandido pudo escaparse al fin, saltando la valla y corriendo a refugiarse en el bosque. En un segundo no quedó ni rastro de los asaltantes, salvo los cinco que acababan de sucumbir, cuatro dentro y el otro fuera de la estancia.

Gray y yo corrimos en seguida a refugiarnos en el fortín, porque el enemigo, una vez recobrado, podía reiniciar de un momento a otro sus descargas.

Al llegar a la casa, el humo que la llenaba iba desvaneciéndose lentamente por la chimenea y la puerta. Y entonces, a la primera ojeada, comprendimos lo que nos costaba nuestra cara victoria. Hunter yacía sin sentido, al pie de la aspillera; a su lado, Joyce, con una bala en el cráneo, no debía levantarse más; en el centro de la estancia, el hidalgo sostenía al capitán, y ambos estaban lívidos como difuntos.

–El capitán está herido –murmuró el hidalgo.

–¿Han huido todos? –inquirió el capitán.

–Todos los que pudieron –respondió el doctor–; pero hay ahí cinco que no huirán nunca más: ¡es seguro!

–¡Cinco! –exclamó el capitán–. ¡Alabado sea Dios! ¡Esto ya es algo, amigos! Ellos, cinco y nosotros tres, quiere decir de momento quedamos cuatro contra nueve, cuando al principio éramos siete contra diecinueve. ¡A eso llamo yo hacer progresos con la ayuda de Dios![1].

1. En aquel instante, los piratas, en realidad, eran sólo ocho, pues el que fue herido por el señor de Trelawney, a bordo de la *Hispaniola*, murió aquella misma noche. Pero esto, naturalmente, los refugiados en la estacada no pudieron saberlo hasta más tarde.

# CAPÍTULO XXII

## LA FUGA

Los piratas no volvieron a presentarse en todo el día, y ni un disparo más turbó la soledad del bosque; de manera que, después de «haber dado a cada cual lo suyo», según decía el capitán, tuvimos tiempo y tranquilidad suficiente para ocuparnos de los heridos y comer luego. El hidalgo y yo preparamos la comida, fuera de la casa, para no volver a llenarla de humo; y entre el peligro que corríamos por estar así al descubierto, y los quejumbrosos ayes y lamentos que lanzaban los heridos mientras les asistía el doctor, andábamos azorados, sin saber lo que hacíamos.

De los ocho que cayeron durante el combate, sólo tres respiraban todavía: el piloto que fue alcanzado junto a la aspillera, Hunter y el capitán; y aún los dos primeros estaban peor que si estuvieran muertos. El pirata falleció a poco, mientras le examinaba el doctor; y Hunter, a pesar de todos nuestros cuidados, ni siquiera volvió a abrir los ojos. Estuvo agonizando durante el resto del día, respirando ronca y penosamente; se había fracturado el cráneo con el topetazo que pegó contra el muro y al llegar la noche, sin decir ni una palabra, sin el menor gesto entregó su alma al Creador.

Las heridas del capitán eran graves, pero no mortales, ya que felizmente no le interesaban ningún órgano vital. El disparo que le hizo Andersen (pues era él quien le hirió primero) le había fracturado el omoplato derecho y rozado ligeramente el pulmón; y otra herida sólo le había desgarrado los músculos del antebrazo izquierdo. El capitán, según dijo el doctor, podía sanar sin el menor peligro, a condición de que permaneciese algunas semanas casi completamente inmóvil, sin mover el brazo y hablando lo menos posible.

El corte que no sé quién me había hecho en los dedos, al levantar el cuchillo, era de poca monta; y así el doctor se limitó a aplicarme un emplasto en la mano y tirarme luego de las orejas, amistosamente.

Después de comer, en lugar de tomar la siesta, el hidalgo y el doctor celebraron una larga conferencia a la cabecera del capitán enfermo. Y cuando se hubieron dicho cuanto deseaban (pasado ya el mediodía), el doctor tomó el sombrero y un par de pistolas, llevó además un cuchillo, se puso el mapa del tesoro en la faltriquera de su levitón, y echándose al hombro un mosquete, salió de la estacada por el lado norte y desapareció entre los árboles.

Gray y yo estábamos, a la sazón, sentados uno al lado del otro a la puerta de la casa, para dejar en plena libertad al doctor y al hidalgo. Pero cuando el primero salió, como he dicho y sin hablarnos palabra, Gray quedó tan sorprendido, que se quitó la pipa de los labios, y la tuvo en suspenso en el aire con la boca abierta.

–¡Santo Dios! –murmuró luego–. ¿Estará loco ese hombre?

–No lo sé –dije–; pero me parece que, en todo caso, el doctor es el último de nosotros capaz de perder el juicio.

–Tal vez –me replicó Gray–; mas, si no está loco él, lo estoy yo, a buen seguro.

–¡Apostaría cualquier cosa a que el doctor va en busca de Ben Gunn! –contesté.

Y yo estaba en lo cierto, como más tarde supimos. Pero entretanto, como en la casa hacía un calor sofocante, y en el interior del cercado la arena quemaba bajo el sol del mediodía, empecé a dar vueltas en mi cabeza un plan mucho más temerario que el del doctor Livesey. La empresa de éste me causaba honda envidia; y me lo imaginaba caminando bajo la fresca sombra de los árboles, oyendo el plácido canto de las aves y respirando el fuerte aroma de los pinos, mientras yo seguía asándome materialmente, allí, encerrado en la estacada, con la camisa pringada de resina caliente, rodeado de charcos sangrientos y espantosos cadáveres. Y así se fue exaltando hasta tal punto mi imaginación, que el reducto, más que asco, llegó a infundirme verdadero miedo.

Todo el tiempo que estuve limpiando el fortín y lavando los platos de la pasada comida, la repugnancia y la envidia que sentía en secreto fueron aumentando por momentos. Y encontrándome, a la postre, junto a un saco de provisiones, y observando que nadie me veía, di el primer paso hacia mi fuga, llenándome atolondradamente de galletas todos los bolsillos.

Aquello era una verdadera locura, pues iba a cometer una acción temeraria e insensata; pero estaba decidido a llevarla a cabo con todas las precauciones posibles. Y me dije que aquellas galletas, si me sucedía algo grave, podían salvarme momentáneamente del hambre.

En seguida me apoderé de un buen par de pistolas, y como de antemano poseía ya un cuerno de pólvora y un saquito de balas, me consideré armado de pies a cabeza.

El plan que me proponía llevar a cabo, no es que fuese malo en sí mismo. Quería aventurarme a lo largo de la franja arenosa que separa la parte oriental del fondeadero, del mar abierto, hasta dar con la roca blanca que había visto a la víspera y cerciorarme de si era o no allí donde Gunn tenía escondido su bote; cosa que entonces me parecía (y aún sigo creyendo lo mismo) digna de ser puesta en claro. Pero como de antemano tenía por seguro que no me dejarían abandonar la estacada, el único medio de hacerlo debía consistir en «irme a la francesa», esto es, sin avisar a nadie, y largarme con sigilo a la primera ocasión. Es indudable que mi manera de proceder era tan mala, que por sí sola bastaba para condenar el resto de mi intentona; pero, en fin: yo no era más que un verdadero chiquillo y estaba resuelto a llevar adelante mi chiquillada.

La ocasión propicia se me ofreció muy pronto. El hidalgo y Gray estaban ocupados en mudar las vendas del capitán, y la costa estaba desierta. Salí del fortín a toda prisa, salté la empalizada y me metí por lo más denso del bosque. Y antes de que fuese notada mi ausencia, me encontraba ya muy lejos del alcance que mis compañeros podían dar a sus voces de alerta.

Así empezó mi segunda loca aventura, mucho peor que la primera, pues a mis espaldas sólo dejaba a dos hombres en condiciones de guardar y defender el fortín. Pero esta vez, como la otra, la Providencia quiso también que mis diabluras redundasen en favor de todos.

Me dirigí directamente hacia la punta oriental de la costa, pues estaba decidido a deslizarme a lo largo de la playa, para evitar que pudiese ser visto desde el fondeadero. Estaba ya muy avanzada la tarde, aunque el sol todavía era ardiente. Y mientras me escurría bajo las oquedades del monte, oí resonar a lo lejos el continuo y arrastrador tronar de la resaca, y en mi derredor un largo rumor de frondas, indicio cierto de que la brisa marina soplaba más fuerte que de ordinario. Pronto empezaron a llegar hasta mí frescas ráfagas de viento salobre; y pocos pasos después me encontré en el lindero del bosque y descubrí la llanura del mar inundada de sol y salpicada de arrecifes costeros cubiertos de espuma.

Jamás pude observar que en torno de la «Isla del Tesoro» las aguas estuviesen tranquilas. A pesar de que el sol brillase gloriosamente en el cenit, sin un hálito de aire, y aunque la superficie del mar estuviese por completo serena y tranquila, siempre, constantemente, había grandes y amenazadoras oleadas irguiéndose y estrellándose noche y día contra las rocas de la costa. Y no creo que en toda la isla existiese ni un solo lugar donde no se oyera a todas horas aquel profundo y tempestuoso estruendo.

Seguí avanzando a lo largo de los arrecifes; y cuando creí haberme adelantado lo suficiente en dirección Sur, me aproveché de algunos densos arbustos para deslizarme cautelosamente hacia la lengua de tierra arenosa.

El mar abierto quedó a mis espaldas, y a mi frente divisé el fondeadero. La brisa marina, como si su misma violencia desacostumbrada la hubiese agotado más pronto, comenzaba a amainar; y en vez de ella soplaban intermitentes ráfagas del Sur y Sudeste, arrastrando grandes masas de brumas. El fondeadero, puesto al abrigo de la Isla del Esqueleto, aparecía silencioso, encalmado y plomizo, como en el momento que llegamos a él. Y la imagen de la *Hispaniola*, invertida, se reproducía exactamente en aquel espejo sin mancha, desde la línea de flotación hasta las puntas de los mástiles, con su negra bandera pirata.

Al costado del navío se divisaba uno de los dos botes, y en él (le conocí de inmediato) estaba Silver arreglando el timón. A bordo de la goleta, sentados en la borda de popa, se divisaban dos hombres; uno de ellos llevaba puesto un gorro encarnado, y era el mismo pirata a quien, pocas horas antes, había visto encaramado sobre la valla del fortín. Los tres bandidos, desde cubierta dos de ellos y Silver desde el bote, hablaban entre sí animadamente y reían; pero a aquella distancia –más de una milla, sin duda– me era materialmente imposible comprender ni una sola palabra. De pronto resonaron los más horribles y estrambóticos alaridos que oí en mi vida; al principio tuve un gran sobresalto y hasta empecé a temblar; pero en seguida me di cuenta de que se trataba del loro de Silver, del capitán «Flint», y hasta un momento me pareció distinguir a lo lejos las brillantes plumas del pájaro, encaramado sobre el hombro de su amo.

Luego el bote se separó del navío, en dirección a la playa; y el del gorro encarnado y su compañero desaparecieron de cubierta por la escotilla de popa.

Casi en el mismo momento el sol se hundió tambián detrás del pico del «Catalejo»; y como la bruma se condensaba sin cesar en el fondeadero, muy pronto empezó a cerrar tenebrosamente la noche. Esto me indicó que debía darme prisa en descubrir el bote.

La roca blanca, que se destacaba perfectamente por encima de la maleza de la costa, hallábase todavía bastante lejos; de manera que para alcanzarla debía dar un largo rodeo y trepar a gatas entre los arbustos. Cuando llegué, era casi de noche. En la base misma de la peña se abría una angosta caverna cubierta de musgo; la entrada estaba oculta por densos matorrales que me llegaban hasta la cintura; y en el interior había instalada una pequeña tienda de pieles de cabra montés, a semejanza de las que en Inglaterra suelen emplear los gitanos, para acampar en despoblado.

Me deslicé por el agujero y levanté el cabo de una de las pieles: debajo estaba el bote de Ben Gunn. Era tan sólo un simple y grosero armazón de leños retorcidos, cubierto por una piel de cabra con su pelo vuelto hacia el interior. La embarcación era casi inverosímil por lo minúscula, incluso para un muchacho como yo, y dudo que hubiese podido soportar el peso de un hombre maduro. Tenía un banco estrechísimo y tan bajo, que casi tocaba al fondo; una especie de estay y rodrigón saliente, a ambos lados de proa, para mantener en equilibrio la embarcación al sacarla del agua; y a cada lado un pagay, es decir, un remo corto, para impulsarla y dirigirla en el mar.

Yo entonces no había visto todavía ninguno de esos botes primitivos y rudimentarios que los antiguos bretones llamaban «coracles». Pero luego he tenido ocasión de ver uno en cierto museo arqueológico; y no se me ocurre nada mejor, para daros una idea de lo que podía ser el bote de Ben Gunn, que compararlo al peor y más fementido «coracle» que haya podido existir jamás, con todos sus defectos y ventajas, entre éstas, por ejemplo, la de ser admirablemente ligero y fácil de transportar.

Parecerá lógico que, después de haber realizado este descubrimiento, debía haberme dado por satisfecho. Pero no fue así; sino que me sentí tan fascinado por un segundo proyecto, que, entretanto, me iba rodando por el cerebro, que incluso habría sido capaz de ejecutarlo ante las mismas narices del capitán Smollet. He aquí en qué consistía el plan: en aprovecharme de las tinieblas, para cortar la amarra de la *Hispaniola* y dejarla ir a la deriva, a la buena de Dios. Tenía yo el convencimiento de que los bandidos, en vista del fracaso que habían sufrido por la mañana, no deseaban sino levar anclas y hacerse a la mar cuento antes. Me dije que el impedírselo equivaldría a dar un golpe maestro, certero; y como acababa de ver que dejaban aislados a los guardianes del navío, sin bote alguno para comunicar con la tierra, me pareció que mi empresa sería la cosa más simple y fácil del mundo.

Me senté en la roca, para esperar que la oscuridad hubiese cerrado por completo, y me entretuve comiendo galletas. La noche no podía ser más favorable. El cielo estaba enteramente acolchado en la bruma; y al desvanecerse los últimos fulgores del crepúsculo, la «Isla del Tesoro» quedó sumergida en profundas tinieblas.

Cuando me eché a cuestas el ligero bote de Gunn y me puse en camino, tropezando y cayendo a cada paso, en la vasta y tenebrosa inmensidad solitaria del fondeadero, sólo había dos cosas visibles: una, la alta hoguera encendida junto a la orilla, en torno de la cual los piratas vencidos se calentaban por fuera y por dentro, con ayuda del ron; y otra, un simple punto luminoso melancólicamente inmóvil en las densas tinieblas, indicando el lugar donde anclaba el navío. La marea lo había hecho girar sobre sí mismo, de manera que ahora tenía vuelta la espalda hacia mí. Las únicas luces encendidas a bordo, eran las de la cámara; y lo que yo veía brillar pálidamente entre las brumas, no era más que el fulgor mortecino que se escapaba por el ancho ventanal de popa.

# CAPÍTULO XXIII

## A LA DERIVA

El bote de Gunn –tal como pude comprobarlo, apenas lo varé en la orilla– era una embarcación sumamente segura para un remero de mi talla y peso, pero muy difícil de manejar. En cuanto salté dentro y empuñé los pagays, inmediatamente se me fue a la deriva; y por más que hiciese no lograba enderezarle el rumbo, sino que se me ponía a dar vueltas sobre sí mismo, como un trompo loco. El propio Ben Gunn ya me había indicado que su bote resultaba un tanto estrambótico cuando no se le conocían «sus caprichos y querencias». Y era evidente que yo ignoraba todo ello por completo.

Empujado por los remos, iba tomando brusca y repentinamente todas las direcciones, menos la única que a mí me convenía. Casi siempre andaba de costado, dando la borda al agua; y a no haber sido por el reflujo de la marea, que nos llevaba más adentro, a buen seguro que jamás habría logrado abordar al navío.

Mientras yo remaba a ciegas, la *Hispaniola* se me apareció vagamente, de pronto, como una sombra más negra entre las negras tinieblas; luego comenzaron a dibujarse las siluetas del casco y del aparejo, y muy pronto (porque a medida que avanzaba el bote, el reflujo se iba haciendo más rápido) llegué rozando el escobén de proa y me sujeté a la maroma.

La *Hispaniola* tiraba con tal fuerza del ancla, que la amarra estaba tensa como la cuerda de un violín; y en torno al casco los continuos maretazos de la marea hervían y murmuraban en las tinieblas, como las aguas de un torrente montaraz al despeñarse por una quebrada. Un buen tajo a la maroma sería suficiente para lanzar el navío al capricho del mar.

Todo iba a pedir de boca; pero entonces me acordé de que una amarra tirante, al ser cortada de golpe, es casi tan peligrosa como un potro encabritado y salvaje; y todas las probabilidades me indicaban que, si cortaba bruscamente la amarra, yo y mi bote saldríamos volando del agua.

Ese riesgo me contuvo hasta el punto de que, si la buena suerte no me hubiera favorecido una vez más, no me habría quedado más remedio que abandonar el proyecto. Pero la ligera brisa que antes soplaba del Sur y del Sudeste, al cerrar la noche se cambió al Sudoeste, de manera que, estando yo en plena perplejidad, una ráfaga alcanzó de lleno en la popa de la *Hispaniola* y le hizo remontar la corriente. En seguida advertí, con gran júbilo, que la maroma se aflojaba, y hasta la mano con que me sujetaba a ella se me hundió por un momento en el agua.

Me decidí al instante; saqué mi cuchillo, lo abrí con los dientes, corté las trenzas de la maroma, una a una, hasta que sólo quedaron dos sujetando la nave, y luego esperé que el viento las aflojara un poco más todavía.

Durante todo este tiempo yo había estado oyendo, a pesar del hervor de las aguas, un gran ruido de voces en la cámara de la *Hispaniola*; pero estaba tan absorto en mi tarea, que no hice caso. Pero ahora, mientras esperaba que soplase el viento, como no tenía otra cosa que hacer, me puse a escuchar atentamente.

En seguida reconocí las voces, que eran dos: la del patrón de chalupa, Israel Hands, el que había sido artillero del capitán Flint, y la del pirata del gorro rojo. Ambos estaban indudablemente borrachos perdidos, y aún seguían bebiendo, pues uno de ellos, lanzando un grito que sonaba a ron, arrojó por la ventana de popa algo que me pareció una botella vacía. Estaban ebrios, y además rabiosos; sus blasfemias caían como una granizada infernal, y de tanto en tanto las voces estallaban tan recias y tan enmarañadas, que aquello, a mi juicio, iba a terminar seguramente a trompazos. Sin embargo, la disputa acababa siempre por apaciguarse; las voces se apagaban un instante, y luego volvía el escándalo a empezar de nuevo, para desvanecerse otra vez y sin resultado alguno.

A lo lejos, en la orilla, la hoguera de los piratas seguía brillando entre los árboles. Una voz cavernosa entonaba una lenta, arrastrada y antigua canción marinera, que se desgranaba interminablemente, como el cuento de nunca acabar. La había oído varias veces, durante la travesía, y aun recuerdo estos dos raros versos del refrán:

«Partieron setenta y cinco,
Y sólo volvió uno vivo...»

Y al escucharla resonar melancólicamente, a lo lejos, yo me decía que esa extraña cantinela cuadraba muy bien con el estado de aquella pandilla de asesinos, después del gran descalabro sufrido el mismo día; pero evidentemente ellos ni siquiera se daban cuenta de esa semejanza, tan insensibles como el mar que guardaba el secreto de sus horrendos crímenes.

Finalmente, la brisa volvió a soplar. El navío se movió muy despacio en la sombra, sentí que la amarra se aflojaba más y más, y entonces corté de un solo tajo los dos únicos cabos que aún quedaban.

Un ligero remolino me echó al momento contra el escobén de proa, en pleno hervor de reflujo, y en seguida la *Hispaniola* comenzó a virar poco a poco, hasta que quedó atravesada en mitad de la corriente marina.

Yo andaba forcejeando como un desesperado, para despegarme del navío, porque era indudable que me iba a pique de un momento a otro; y no pudiendo en modo alguno apartarme del casco, lo fui tentando y me ayudé con él para escurrirme hacia popa. Llegado allí, por fin pude verme libre del peligroso hervor de las aguas y en posición favorable para separarme del navío, que me tenía como imantado. Pero, en el preciso momento de dar el supremo empujón, mis manos encontraron en la oscuridad una cuerda que colgaba de la borda de popa, y me sujeté a ella en el acto.

No sé por qué lo hice, ni lo sabré nunca. Lo más probable es que fue un gesto instintivo; pero apenas me hube tomado de la cuerda, sentí una irresistible curiosidad de echar una mirada por la ventana de popa. Me izé a fuerza de brazos, sin perder el contacto de mis pies con el techo y así logré ver el techo de la cámara.

Entretanto, la goleta y el minúsculo bote arrastrado por ella, se deslizaban tan rápidamente sobre el agua, que ya íbamos pasando a la altura de la hoguera encendida en el campamento pirata. El navío «cantaba», como suelen decir los marineros, hendiendo las continuas y espumosas crestas de la corriente; y el rumor del agua era tal, que hasta después de asomar los ojos por el borde de la ventana no pude comprender cómo era posible que aún no se hubiesen alarmado los dos guardianes de a bordo. Pero una rápida ojeada, lo único que me era permitido hacer desde mi vacilante esquife, me ofreció la explicación: Hands y su compañero estaban enzarzados en una lucha mortal, tomándose rabiosamente por el cuello y rodando por la penumbra de la cámara.

A punto de perder mi embarcación, que se me iba de los pies, por momentos, me dejé caer en seguida sobre el estrecho banco del bote, y solté la cuerda. Estaba bañado en sudor y por espacio de algunos segudos no vi otra cosa, ante mis alucinados ojos, que los dos rudos cuerpos de los piratas rodando brutalmente bajo el turbio y humeante fulgor de una lámpara.

Cerré con fuerza los párpados, para habituarme a las tinieblas que me envolvían. A mi derecha, en la orilla, la interminable canción había cesado por fin, y ahora toda la pandilla de bandidos entonaban a coro, en torno de la hoguera, el famoso estribillo que tantas veces yo había oído cantar en el «Almirante Benbow»:

*Quince hombres sobre el cofre del muerto.*
*¡Ja, ja, ja!*
*¡Y un gran frasco de ron!*
*La bebida y el diablo nos llevaron a puerto.*
*¡Y un gran frasco de ron!*
*¡Ja, ja, ja!*

Ya estaba yo soñando en la horrible obra que la bebida y el diablo realizaban, en esos instantes, en la cámara de la *Hispaniola*, cuando una brusca sacudida del esquife vino a sacarme de mis pensamientos. El bote, dando unos saltos peligrosos, parecía cambiar de rumbo, y su velocidad aumentaba de una manera extraña y alarmante.

Al abrir los ojos vi que en mi derredor el mar estaba cuajado de una infinidad de crestas espumosas y fosforescentes. La *Hispaniola*, que a corta distancia seguía arrastrándome en su estela, parecía vacilar también, y hasta sus mástiles se balanceaban ligeramente en la oscuridad de la noche; pero, mirando más despacio, me convencí de que la goleta derivaba también hacia el Sur.

Entonces miré a mi espalda y el corazón me dio un salto: detrás de mí, lejos ya, brillaba la hoguera del campamento pirata; la corriente marina se había desviado en ángulo recto, arrastrando rápidamente consigo a la alta goleta y al minúsculo esquife detrás de ella; y cada vez con más furia, entre torbellinos de espuma y maretazos revueltos, que me ponían a punto de hundirme, las aguas se deslizaban a través del estrecho de la costa, atropelladamente, hacia alta mar.

De pronto, la goleta viró de rumbo, con un brusco bandazo que la sacudió como si fuera una cáscara. Se escucharon gritos a bordo, resonaron pasos precipitados en la toldilla de popa, y entonces comprendí que los dos guardianes borrachos, abandonando su lucha, acababan por fin de darse cuenta del espantoso desastre que se les venía encima.

Sin duda debí de quedar así varias horas zarandeado por las olas, calado hasta los huesos por los chorros de espuma y esperando la zambullida final. Pero, poco a poco, me venció la fatiga; un estupor, un embotamiento indecibles se apoderaron de mí, a pesar del peligro. Y por fin quedé profundamente dormido, agazapado en el fondo del bote, soñando en la vieja posada del «Almirante Benbow».

# CAPÍTULO XXIV

## LA EXPEDICIÓN EN EL BOTE

A la mañana siguiente, me desperté tarde y vi que me hallaba navegando por el estrecho sudoeste de la isla. El sol estaba ya muy alto, pero todavía permanecía oculto detrás de la mole del «Catalejo», que por esta parte descendía casi a pico hasta el mar, en acantilados imponentes y grises.

El cabo de la Escandalosa y la Colina de Mesana estaban muy cerca: negro y pelado el monte, y el promontorio ceñido por despeñaderos bruscos y montones de rocas que asomaban por encima del agua. Viéndome tan cerca de tierra –a poco menos de un cuarto de milla–, mi primera intención fue tomar los remos y desembarcar.

Pero pronto desistí de hacerlo, porque la resaca rugía y se estrellaba entre los montones de rocas, las olas levantaban continuamente enormes chorros de espuma, y en seguida comprendí que, de aproximarme a la costa, correría el inminente riesgo de romperme los huesos contra el acantilado o de agotarme en vanos esfuerzos por escalar las peñas. Pero, hubo más todavía: y es que al punto divisé, arrastrándose en masas por las rocas planas, o dejándose caer con gran estruendo en el agua, un sinnúmero de ciertos raros y viscosos monstruos –semejantes a babosas enormes–, que pululaban por la orilla y llenaban los aires con sus fieros rugidos.

Más tarde supe que eran focas inofensivas; pero entonces su repugnante aspecto, unido al peligro de acercarme a tierra y a la desatada violencia de la resaca, fue suficiente para disuadirme, pues me parecía preferible morir solitariamente en alta mar que entre tantos escollos y tantos misterios.

Por otra parte, aún me quedaba una seria esperanza de poder salvarme. Al norte del Cabo de la Escandalosa y a lo largo de la costa, la marea menguante deja siempre al descubierto una larga faja de arena; y al término de ella destaca y se adelanta otro promontorio menor –designado en el mapa con el nombre de Cabo Frondoso–, y realmente cubierto de altos pinos silvestres que descienden hasta el borde mismo del agua.

Entonces me acordé que la corriente, según dijo Silver, se dirigía hacia el Norte, a todo lo largo de la costa occidental; y viendo por mi posición que el esquife comenzaba a encontrarse ya bajo la influencia de aquélla, preferí dejar a mi espalda el Cabo de la Escandalosa y reservar mis fuerzas para dirigirme luego al Frondoso, cuyo aspecto era mucho más apacible y risueño.

El mar se extendía en largas y tranquilas oleadas. El viento soplaba suavemente del Sur, de suerte que iba de consuno con la dirección de la corriente marina; y las aguas se hinchaban y decrecían sin desatarse nunca, meciéndose en la inmensidad.

De otro modo yo habría ya perecido muchas horas antes; pero, dado la calma del mar, la seguridad y ligereza de mi pobre esquife me llenaban de asombro. De cuando en cuando, mientras permanecía agazapado en el fondo, me aventuraba a asomar un ojo por encima de la barca, y entonces veía una fresca, rumorosa e inmensa voluta azul casi suspendida sobre mi cabeza; y no obstante, el esquife no hacía más que levantar un poco la proa, para escalar resbalando la ola, rodaba un momento sobre la cresta, como una cáscara leve, y en seguida se despeñaba suavemente por el otro lado del abismo, como si le llevaran alas.

Ello me envalentonó poco a poco, hasta el punto de que me incorporé para sentarme en el barco y adiestrarme en remar con los cortos pagays.Pero el más leve cambio en la distribución de la carga producía violentos sobresaltos en el extraño bajel. Apenas me hube abalanzado un poco hacia proa, el esquife, abandonando en el acto su templada marcha, se precipitó con tal furia por una vertiente espumosa tan escarpada y abrupta, que toda la sangre se me heló en las venas; y entre chorros de agua fuimos a dar de cabeza y desaparecimos un segundo en el flanco de la ola siguiente.

Me quedé calado, temblando de arriba abajo. Volví en seguida a agazaparme en el fondo, y esto pareció tranquilizar al espiritado bajel, que continuó como antes resbalando con indecible finura por encima del agua. Era evidente que no admitía consejos ni lecciones de nadie. Mas, a ese paso, dejándole hacer a sus anchas, acurrucado y sumiso, ¿cómo iba a arreglármelas para desembarcar?

Entonces volví a asustarme de veras, pero sin llegar a perder la serenidad. Con gran cautela y echando mano a mi gorro marino, comencé por sacar el agua que había entrado en el bote; y luego, sacando otra vez un solo ojo por encima de la borda, me puse a observar cómo se las arreglaba el esquife para deslizarse con tanta suavidad entre las olas.

Inmediatamente noté que cada una de ellas, en vez de ser a manera de ingentes, lisas y brillantes montañas de agua, tal como parecen vistas desde la costa o desde la cubierta de un navío, semejaban en realidad una hilera de pequeñas colinas con sus picos, planicies y valles. Y así el esquife, cuando se le dejaba libre, y mediante una complicada serie de movimientos danzantes, se iba abriendo paso, por decirlo así, entre las partes más bajas, evitando siempre las escarpadas y altas.

«Evidentemente –me dije– que debes estarte ahí, quietecito, sin perturbar para nada el extraordinario equilibrio del bote; pero también es cierto que quizá podrías pasar los pagays por encima de la borda y, de cuando en cuando, en los momentos de más calma, intentar dar dos o tres golpes de remo hacia tierra.» Dicho y hecho: me incorporé en seguida, sosteniéndome con los codos, y en esa posición molesta me puse a dar, de tarde en tarde, dos o tres vigorosas paletadas.

Fue un trabajo de condenados; pero lo cierto es que iba ganando espacio, visiblemente, y aun cuando al llegar cerca del Cabo Frondoso me di perfecta cuenta de que no podría tocar tierra allí, no obstante había avanzado un centenar de brazas en dirección a la costa. Desde mi esquife divisaba ya las copas de los pinos, sacudidas por las ráfagas del viento marino; y estaba seguro de poder desembarcar en cuanto llegase al promontorio siguiente.

Y en verdad que era tiempo de hacerlo, porque la sed comenzaba a torturarme de veras. El reflejo solar en la inmensidad de las aguas, y el rocío salobre que me inundaba de continuo, evaporándose sobre mi cuerpo, se concertaban para secarme la garganta y cubrirme de un polvillo amargo los labios. Mis sienes ardían y la verde visión de los árboles ribereños me alucinaban como un sueño de inasequible frescura. Pero la corriente me empujó muy pronto más allá del promontorio; se escondieron de mi vista las costas frondosas; otro inmenso desierto de agua se abrió ante mí, y entonces se me apareció algo que hizo cambiar por completo todos mis pensamientos.

A mi frente, a menos de media milla de distancia, alta y esbelta, la *Hispaniola* vagaba con las velas desplegadas al viento. Enseguida tuve la certidumbre de que iba a caer en manos de los piratas; pero estaba tan desesperado por la abrasadora sed que sentí, que de pronto no supe si entristecerme o alegrarme por ello. Y mucho antes de salir de dudas una gran sorpresa se apoderó de mi espíritu, y desde entonces ya no pude pensar en otra cosa que en ir contemplando con extraordinaria atención el raro espectáculo que se ofrecía a mis ojos.

La goleta tenía desplegados dos foques y la vela mayor. La lona, blanca y tensa, brillaba al sol con un fulgor níveo y plateado. Las tres velas estaban henchidas y sus cables tirantes como cuerdas de acero; la goleta navegaba con rumbo al Noroeste, y en el acto presumí que sus dos tripulantes iban a dar la vuelta a la isla, para regresar al fondeadero. De pronto, la nave torció hacia el Oeste, y esto me dio a sospechar que me habían visto y se preparaban para darme caza. Pero luego la goleta se puso contra viento y, retrocedió un poco, con las velas palpitando como alas caídas.

–¡Qué torpes son! –exclamé–. A buen seguro que estarán todavía borrachos como cubas.

Sin embargo, la *Hispaniola* viró muy despacio, se le hincharon de nuevo las velas y volvió a alejarse con gran rapidez, durante uno o dos minutos, para detenerse luego, sin viento; y la misma operación se repitió varias veces. La *Hispaniola* iba de aquí para allí, de Norte a Sur, y de Este a Oeste, a bordadas bruscas y locas; pero siempre acababa por quedarse inmóvil, con las velas colgantes y palpitando furiosamente. Era indudable que nadie se cuidaba del timón y que la nave iba abandonada a sí misma. Pero, entonces, ¿dónde estarían sus guardianes? Sólo cabían dos suposiciones: o que estuviesen ebrios o que hubiesen saltado a tierra en cualquier parte. Y en ambos casos –me dije– si tú consiguieses llegar a bordo, quizá podrías devolver el navío a nuestro capitán.

El agua arrastraba con la misma velocidad a la goleta y a mi ligero esquife; pero las bordadas aquellas eran tan espaciadas e incoherentes, y la nave permanecía tanto tiempo atascada, que en realidad avanzaba muy poco. Si yo me atreviese a sentarme en el banco y empuñar los pagays, era indudable que la alcanzaría pronto. Esta idea me fue tentando poco a poco, y por fin me venció, enardecido como estaba por la esperanza de apagar la sed en el tonel de agua dulce que se encontraba a bordo.

Inmediatamente me incorporé; y apenas saqué la cabeza por encima de la borda, recibí en pleno rostro una rociada amarga que me dejó atontado. Pero me senté en el banco, y con todas mis fuerzas, unidas a la más cautelosa prudencia, puño firme y ojo avizor, me puse a remar en pos de la *Hispaniola*. De pronto, me entró en el bote una oleada tan fuerte, que debí detenerme para achicar a toda prisa el agua, con el corazón en un puño; mas poco a poco logré encontrar la manera de conducir el fantástico esquife entre las olas revueltas, y proseguí adelante sin otro contratiempo que algún fuerte maretazo en la proa y, de cuando en cuando, un repentino chubasco que me ponía como si saliera del baño.

No obstante, iba alcanzando rápidamente a la goleta, y cuando ésta se balanceaba, veía brillar las placas metálicas de la cubierta. Pero a bordo no aparecía ni un alma viviente; era indudable que el navío había sido abandonado por los dos piratas, o que éstos yacían ebrios e indefensos, en algún rincón. En todo caso, yo podría disponer de la goleta a mi antojo.

Mientras tanto, la *Hispaniola* había hecho lo peor que podía ocurrírsele respecto a mí, que era encalmarse. Tenía la proa casi por completo puesta hacia el Sur, cabeceando a intervalos; y cada vez que se ladeaba un poco, sus fláccidas velas se hinchaban en parte y la empujaban momentáneamente. Esto era, como he dicho, lo peor que podía ocurrirme, porque abandonada a sí misma, con los furiosos aletazos de sus velas, que retumbaban como estampidos de cañón, y las poleas chocando a ciegas contra la cubierta, la goleta seguía alejándose de mí, a la deriva y arrastrada por la corriente, como un barco fantasma.

Por fin la suerte me favoreció. La brisa comenzaba a amainar hasta el punto de que, por espacio de algunos segundos, estuvo por completo apagada; y entonces, impelida tan sólo por la intensa corriente, la *Hispaniola* dio muy despacio vuelta sobre sí misma, y por último se me apareció plenamente de popa, con la ventana de la cámara abierta todavía de par en par y la lámpara mortecina que continuaba encendida. La vela mayor colgaba como un ala muerta.

Teniendo en cuenta que la distancia que me separaba de la goleta había ido aumentando últimamente, redoblé mis esfuerzos; y sólo me faltaban unas veinte brazas para alcanzarla, cuando se desató una furiosa ráfaga de vientos. Las amuras cambiaron por sí solas, repentinamente, y la *Hispaniola* se me escapó de las manos, rauda como una golondrina.

Mi primer impulso fue de desesperación, pero el segundo de loca alegría: la goleta dio media vuelta, de pronto, y regresó velozmente hacia mí, acercándoseme como una paloma blanca y con las alas tendidas. La distancia que nos separaba disminuía por segundos. La tajante proa levantaba altos chorros de deslumbradora espuma; y vista desde mi pequeñez, a ras de agua, la goleta se me venía encima con su altura imponente.

En seguida, con la rapidez de un relámpago me decidí. Apenas tuve tiempo de pensar y ponerme a salvo. Me hallaba levantado en la cresta de una inmensa ola, cuando la goleta se echó sobre mí, surgiendo del fondo de la ola siguiente. La punta de su bauprés pasó como una lanza gigantesca sobre mi cabeza. Me puse en pie y di un salto supremo, con tanto ímpetu que mi esquife se hundió bajo el agua. Agarréme a un cabo suelto que colgaba del foque, e izándome a fuerza de brazos pasé un pie entre el estay y la verga; y así estaba todavía, casi con la cabeza abajo, los dedos crispados y el corazón palpitante, cuando un golpe sordo me indicó que la proa acababa de abordar y partir en dos el miserable esquife, y por tanto, yo, sin retirada posible, sólo podía unir mi suerte a la de la *Hispaniola*.

# CAPÍTULO XXV

## LA BANDERA NEGRA

Tan pronto como me hube encaramado sobre el bauprés, a horcajadas, el foque menor se hinchó con una ráfaga de aire tan brusca que lo hizo sonar secamente como un cañonazo. La *Hispaniola* retembló hasta la quilla; pero como las restantes velas siguieron aguantando, impasibles, el petifoque se deshinchó lentamente quedando fláccido y desmayado.

Faltó muy poco para que el rudo choque me arrojase al mar; de suerte que sin perder un instante, me deslicé a lo largo del bauprés y me eché de cabeza sobre cubierta.

Al incorporarme me hallé a sotavento del castillo de proa. La vela mayor, todavía hinchada, me ocultaba por completo la popa. En la cubierta no se veía un alma, y en la soledad de sus tablas, que no habían sido lavadas ni barridas desde que estalló el motín, se destacaban numerosas huellas de plantas humanas. Una botella vacía, con el cuello roto, iba rodando sobre cubierta, entre los imbornales, como una cosa viviente en la soledad de la nave.

De repente, la *Hispaniola* tomó viento y los foques chasquearon con furia; el timón resonó como la puerta de una casa abandonada; el navío entero fue sacudido por un temblor siniestro, y en el mismo momento el botalón de mesana se inclinó hacia el lado, y la vela, rechinando sobre sus drizas, le descubrió la popa.

¡Allí estaban, por fin, los dos guardianes! El del gorro encarnado estaba extendido de espaldas, rígido como un tronco, con los brazos en cruz y los labios entreabiertos, enseñando los dientes. Hands, el patrón de chalupa y ex artillero del capitán Flint, aparecía sentado sobre cubierta, respaldándose contra el baluarte, caída la cabeza sobre el pecho, con los brazos y piernas extendidos, abiertas las manos, para sostenerse, y su curtido rostro pálido como cera amarilla.

El barco estuvo unos momentos cabeceando como un potro vicioso; las velas daban fuertes tirones aquí y allá, y el botalón de mesana, balanceándose como un péndulo, hacía chirriar agriamente las poleas del mástil que lo sostenía. De tanto en tanto, un chorro de rocío, asaltando la borda, venía a espolvorear la cubierta; el navío se hundía entonces violentamente de proa en el agua. Y, en resumidas cuentas, el magnífico velero se portaba mucho peor que mi rústico y fementido esquife recién hundido en las olas.

A cada bandazo, el del gorro encarnado rodaba de un lado para otro; pero lo horrible era que ni su envarada actitud, ni siquiera la mueca de sus labios cambiaban en lo más mínimo con aquellos zarandeos brutales. A cada cabeceo del navío, parecía también que Hands iba encogiéndose más y más, inclinándose sobre la cubierta: las piernas se abrían acompasadamente y el tronco se agachaba por momentos; de manera que, poco a poco, el rostro desapareció casi por completo a mi vista, dejando ver solamente una parte de la mejilla y una oreja tan lívida que parecía de yeso.

Entonces descubrí en torno de ellos algunas manchas de sangre, y empecé a sospechar que los dos bandidos, víctimas de su espantosa borrachera, habían acabado por asesinarse mutuamente.

En tanto que yo miraba todo eso con indecible estupor, se produjo un momento de profunda calma, y el navío permaneció como si estuviera anclado en medio del mar. Entonces Israel Hands hizo un ligero movimiento, como si fuera a ladearse, y exhalando un sordo gemido volvió a recobrar su primera actitud. Aquel suspiro, que revelaba un dolor y una flaqueza mortales, y la triste faz del pirata, con la boca abierta y el labio colgante, me llegaron al alma; acordéme en seguida de la conversación que oí desde el fondo del tonel de manzanas, y mi primer impulso de lástima se desvaneció.

Di algunos pasos, hasta el palo mayor.

–¡Hola, Hands! –grité irónicamente–. ¡Vamos, hombre, aproximaos!

El pirata entreabrió vagamente los párpados; pero estaba demasiado embrutecido y exhausto para sorprenderse de nada, y sólo pudo murmurar con voz sorda esta palabra:

–¡Ron...!

No había tiempo que perder. Y esquivando el botalón, que seguía oscilando y barriendo a grandes golpes la cubierta, me deslicé hasta la escalerilla de popa y descendí a la cámara.

En la estancia reinaba un desorden espantoso. Todo lo que estaba cerrado con llave había sido abierto violentamente y esparcido por el suelo, en busca sin duda del famoso mapa. Las tablas se hallaban cubiertas de una capa de barro, en todos los rincones, donde los piratas se habían sentado a beber o deliberar, después de haber chapoteado por el pantano contiguo a su campamento, en la orilla del fondeadero. Los tabiques, pintados de esmalte blanco y con molduras doradas, conservaban numerosas huellas de manos toscas y sucias. En los rincones andaban estrechándose, con un ruido vidrioso y a compás del balanceo, docenas de botellas vacías. Uno de los prontuarios de medicina que trajo el doctor estaba abierto en mitad de la mesa, y tenía arrancadas muchas de sus hojas, que sirvieron, seguramente, para encender las pipas de los rebeldes. Y sobre tanto desorden, la lámpara mortecina seguía esparciendo un turbio y vacilante fulgor, como una triste penumbra organizada en la sombra.

En seguida pasé a la bodega: todos los barriles y un sinnúmero de botellas habían desaparecido, y era indudable que, desde el comienzo de la rebelión a bordo, los bandidos estaban continuamente borrachos. Rebuscando entre los restos de la despensa, encontré una botella que aún contenía cuatro dedos de coñac, y la cogí pensando en el patrón de chalupa; y para mí pude encontrar y llevarme algunas galletas, frutas en conserva, un puñado de pasas y un pedazo de queso. Cargado con estas provisiones salí de nuevo a cubierta, las escondí junto a la barra del timón, y evitando pasar cerca de Hands, me dirigí a la cisterna y me di un largo y delicioso atracón de agua potable.

Entonces, sólo entonces, me fui hacia el patrón de chalupa y le alargué el coñac. El pirata se bebió un buen trago sin apartar la botella de los labios.

–¡Acabáramos! –murmuró al fin, regodeándose–. ¡Eso era justamente lo que necesitaba!

Yo estaba sentado en un rincón y empezaba a comer con gran apetito.

–¿Es grave la herida? –le interrogué, dando por supuesto lo que mi pregunta implicaba.

Hands gruñó, o más bien ladró, con voz bronca:

–¡Psé! Si ese maldito doctor estuviese a bordo, en poco tiempo me pondría bueno; pero, ¡maldita sea...! yo nunca tengo suerte, muchacho... En cuanto a ése –agregó señalando con indiferencia al del gorro encarnado–, ése está muerto del todo. ¡Qué más da...! Pero, ¿y tú de dónde sales, muchacho?

–He venido a bordo –le contesté– para tomar posesión del navío; de manera que, en adelante y hasta nuevo aviso, habréis de considerarme como si fuera vuestro capitán.

El pirata me miró con expresión torva, sin decir palabra. Su rostro lívido se había coloreado en los pómulos, a pesar de que el hombre parecía completamente extenuado y seguía vacilando a merced de los bandazos del buque.

–Y, a propósito –proseguí–, no me gusta la bandera que habéis izado allí arriba. Voy a arriarla ahora mismo, porque vale más no llevar pabellón que navegar con ése. ¿No es verdad?

Y dirigiéndome rápidamente al palo mayor, tiré de la cuerda, y la bandera pirata se desplomó sobre cubierta, negra, siniestra y fláccida, como un inmenso murciélago abatido.

–¡Se terminó el capitán Silver! –exclamé con hondo júbilo; y quitándome respetuosamente el gorro, añadí la antigua salutación de lealtad británica–: ¡Dios salve al Rey!

Hands estaba mirándome atenta y socarronamente, sin despegar su cabeza del pecho.

–Ahora –me dijo al fin– supongo que mi capitán querrá ir a tierra:: ¿no es eso? Pero antes creo que deberíamos hablar un poco.

–¿Y por qué no? ¡De mil amores, amigo! Vamos: ya podéis empezar.

Y me puse a comer otra vez, tranquilamente, mi puñado de pasas con queso y galleta.

–Ése –murmuró Hands, señalando con una leve inclinación de cabeza al cadáver–, que se llamaba O'Brien y era irlandés por más señas... ése y yo, digo, largamos velas con el propósito de conducir a puerto el navío. Pero ahora resulta que él ha muerto, muerto del todo, muchacho; y no veo quién va a poder encargarse de la maniobra. Tú, si yo no te ayudo, eres absolutamente incapaz de hacerlo, ¿verdad? Pues bien; todo puede arreglarse; tú me das de comer y beber, y un pañuelo o un pedazo de trapo cualquiera con que vendar mi herida, y, en cambio, yo te iré indicando lo que deba hacerse. Me parece que la proposición está clara.

–Sí –le dije–, pero os he de advertir una cosa; y es que no quiero en modo alguno volver al fondeadero de antes, sino dirigirme a la Bahía del Norte y anclar allí tranquilamente.

–¡Ya lo sospechaba! –exclamó–. Pero, en fin: no soy tan idiota que no me haga cargo de todo, muchacho. A mí me ha fallado el golpe, y ahora, no hay más remedio: quien manda aquí eres tú. ¿Quieres fondear en la Bahía del Norte? ¡Como tú quieras! ¡Allá tú! Yo te ayudaré en todo, ¡maldita sea...!, aunque fuese a conducirnos en barco hasta el pie del patíbulo.

Parecióme conveniente el pacto y lo acepté en seguida.

Tres minutos después la *Hispaniola* navegaba viento en popa a lo largo de la costa. Yo abrigaba la esperanza de doblar el cabo septentrional a primera hora de la tarde, y poder luego dirigirme a la Bahía del Norte, antes de que llegase la pleamar con la intención de atracar el navío, lo más seguramente posible, en espera de que la marea menguante nos permitiese saltar a tierra.

Até la barra del timón, para que no oscilase, y bajé a la cámara en busca de un trapo con que vendar a Hands la ancha y profunda cuchillada que tenía en el muslo derecho. Encontré por casualidad, en el fondo de mi cofre, un pañuelo de seda que me había dado mi madre, y con él me volví a cubierta. Cuando el pirata hubo envuelto su herida, comido un bocado y bebido un buen sorbo de coñac se reanimó rápidamente, se incorporó con más firmeza, habló más fuerte y pareció tomar energías por momentos.

La brisa nos ayudaba a las mil maravillas; e impelida por ella como un ave ligera, la *Hispaniola* volaba sobre las aguas y hacía desfilar ante nuestros ojos la costa, con tal rapidez, que el aspecto del panorama cambiaba casi de continuo. Pronto dejamos atrás las tierras altas y montaraces y comenzamos a navegar velozmente a lo largo de una baja y arenosa región, salpicada de pinos raquíticos; y al extremo de ella doblamos, por fin, un ancho promontorio de colinas rocosas, que formaban la extremidad septentrional de la isla.

Yo estaba entusiasmado con mi nuevo cargo y distraído por el claro sol de la tarde, que lo inundaba todo, y por la cambiante amenidad de la costa. Tenía ahora a mano agua en abundancia y variados y excelentes víveres; y mi conciencia, amargamente alborotada a causa de mi vergonzosa deserción, se había apaciguado con la estupenda conquista que acababa de realizar. Y hasta sospecho que no hubiera deseado nada más de lo que tenía en aquellos momentos, a no ser por los ojos socarrones del patrón de chalupa, que me seguían a todas partes, y por la inquietante sonrisa que se dibujaba de continuo en sus labios.

Era una sonrisa extraña, indefinible, mezcla de sufrimiento contenido y de debilidad maliciosa: una sonrisa huraña, de viejo lobo de mar. Pero contenía, además, yo no sé qué rara y sarcástica expresión de mofa, una sombra traidora y sutil. Y aquellos ojos marchitos y tristes me espiaban astutamente, de continuo, mientras andaba yo sobre cubierta.

# CAPÍTULO XXVI

## ISRAEL HANDS

Como si soplara con el único fin de servir mis planes, el viento se mudó al Oeste; y así pudimos seguir navegando a todo trapo, desde la punta noroeste de la isla hasta la Bahía del Norte. La sola dificultad era que no podíamos echar el ancla, porque pesaba demasiado; y como, por otra parte, no queríamos atracar la goleta antes de que la marea hubiese subido más, debimos esperar mucho tiempo. El patrón me enseñó a poner al pairo el navío; lo conseguí después de varias tentativas infructuosas; luego me senté junto al pirata herido, y los dos nos dispusimos a comer en silencio.

–Capitán –dijo él por fin, sin perder su inquietante sonrisa–, ved que ahí está mi pobre camarada O'Brien, y sería conveniente que le arrojárais de una vez por la borda. No es que yo sea muy aprensivo, ni que me arrepienta de haber saldado con él; pero, en verdad, me parece que un hombre muerto es un adorno muy poco favorable para una comida. ¿No te parece, muchacho?

–Sí... –le dije–; pero no tengo fuerzas para levantarle, ni me gustan esa clase de trabajos. Para mí, que se quede donde está; no me importa.

–Este barco –continuó el pirata, en tono más lento y más grave–, tiene mala sombra, muchacho. Porque ¡mira tú que aquí ha habido muertes desde que salimos de Bristol! ¡Yo no había visto nunca nada semejante! Una serie de pobres marineros, buenos muchachos, decentes, y... ¡Toma: ahí tienes a ese mismo O'Brien! Pues, aquí está, ¡muerto, muerto del todo, muchacho...! En fin, yo soy un ignorante, pero tú sabes leer y escribir. Y dime con franqueza: ¿tú crees que los muertos se mueren de veras, ¡del todo, vamos!, como digo yo, o bien crees que vuelven?

–El cuerpo muere, pero no el alma, Hands, y eso debéis ya saberlo –le respondí–. El alma de O'Brien no ha muerto, sino que se halla en otro mundo..., y quizá nos está ahora mirando.

–¡Ah! –exclamó quejumbrosamente el pirata–. ¡Es una verdadera lástima! Así viene a resultar que cuando uno mata a alguien, es como si perdiera el tiempo. Pero en todo caso, por lo que yo entiendo, muchacho, los espíritus valen muy poco; yo mismo, por ejemplo, sería capaz de luchar con ellos, como si tal cosa... Y, en fin, dejemos esto, pues quisiera pedirte el favor de que bajaras a la cámara, a buscarme una... una, ¡maldita sea!, no acierto a decirlo..., ¡vamos!: una botella de vino; porque ese coñac, amigo Jim, me sube a la cabeza.

La vacilación del pirata, al nombrar la botella, no me pareció natural, y en cuanto a lo que prefiriese el vino al coñac, no creí ni una palabra de ello. Toda esa comedia no era más que un pretexto para sacarme de cubierta. No cabía duda; pero, ¿con qué fin? Y esto sí que me fue imposible averiguarlo. Los ojos del bandido evitaban los míos, errando incesantemente de arriba abajo y de un lado a otro, tan pronto fijos en el cielo, como echando una furtiva mirada de soslayo al cadáver de O'Brien. Y entretanto, sonreía con aire misterioso, sacando la lengua, de tal manera que hasta un niño habría adivinado que estaba tramando algo malo. Sin embargo, le respondí sin vacilar, en seguida, seguro de que, con un ser tan embrutecido y estúpido, no me sería difícil jugar con ventaja.

–¡Pues, naturalmente! –le dije–. El vino es siempre preferible. ¿Y de qué clase lo queréis: blanco o tinto?

–Lo mismo da, muchacho –respondió sonriendo torcidamente–. La cuestión es que sea fuerte y abundante, y lo demás no importa.

–Bueno; pues, entonces, os traeré una botella de Oporto. Pero no os llame la atención si tardo un poco, porque tendré que buscarla.

Diciendo esto, bajé la escalera de la cámara con el mayor ruido posible, me quité en seguida los zapatos, me deslicé descalzo por el callejón de combate, subí la escala de proa y asomé la cabeza por encima de cubierta. Estaba seguro de que Hands no sospecharía ni remotamente que le estuviese espiando desde allí; pero no obstante, adopté todas las precauciones posibles, y en seguida vi confirmado con creces cuanto presumía.

El pirata se había levantado penosamente, apoyándose en las manos y en las rodillas; y, a pesar de que la pierna debía dolerle mucho a cada paso –pues de lejos oí ahogar un lamento–, cruzó con indecible rapidez la cubierta, se agachó junto a los imbornales de babor, y de entre un rollo de cuerdas sacó un largo cuchillo, que más bien parecía un corto puñal, teñido en sangre hasta la empuñadura. Lo estuvo examinando un momento, con gran atención, probó la punta en la palma de una mano, y en seguida, escondiéndolo precipitadamente debajo de su chaqueta marinera, volvió a sentarse, a toda prisa, de espaldas contra el baluarte.

Eso era todo cuanto yo deseaba saber. Hands podía moverse, estaba armado, y el trabajo que se tomó para alejarme me indicaba claramente que yo era la víctima que se proponía sacrificar con su largo cuchillo. ¿Qué pensaría hacer luego? ¿Intentaría atravesar la isla desde la Bahía del Norte hasta el campamento de sus compañeros, o dispararía un cañonazo con la esperanza de recibir auxilio? No sé, no podía ni me importaba saberlo en aquellos momentos.

Sin embargo, no había duda de que yo podía fiarme de Hands respecto a un solo punto, en el cual andábamos ambos mutuamente interesados: la maniobra de la *Hispaniola*. Tanto él como yo deseábamos encallarla en la arena de un rincón abrigado y seguro, de manera que, al volver la marea, la goleta pudiese ser sacada a flote sin gran pena y riesgo. Y hasta que esa maniobra estuviese terminada, no habría de temer por mi vida.

Mientras iba revolviendo en mi cabeza esos pensamientos, volví a la cámara, me calcé de nuevo y tomé la primera botella de vino que encontré a mano. Y luego, llevando en alto eso que para mí era también un pretexto, volví en seguida a cubierta.

Hands yacía tal como le dejé, inmóvil, acurrucado y con los párpados caídos, como si se encontrase demasiado débil para soportar el fulgor de la luz. Al aproximarse a él levantó, sin embargo, los ojos, rompió el cuello de la botella, con la maquinal habilidad de un hombre habituado a hacerlo, y se echó un buen trago, murmurando antes estas sacramentales palabras: «¡Buena suerte!» Después permaneció tranquilo un momento, y sacando un cartucho de tabaco para mascar, me pidió que le cortase un chicote.

–¡Anda, hijo! –exclamó– ¡córtamelo, que no tengo cuchillo! Y aunque tuviese, no me serviría de nada. ¡Ah, muchacho! ¡Qué mal va eso, qué mal! Ese chicote será el último de mi vida, hijo mío, pues ya me siento con un pie en el sepulcro. ¡No hay duda, no hay duda!

–Bueno, os cortaré el tabaco –le dije–. Pero yo, en vuestro lugar, lo que haría, si me sintiese tan mal, sería rezar un poco, como un buen cristiano.

–¿Y por qué? Vamos a ver; di, ¿y por qué?

–¿Por qué? Pues, simplemente: porque os habéis pasado la vida entre maldades horrendas, blasfemias y crímenes. Vuestra última víctima yace todavía a vuestros pies. ¿Y me preguntáis por qué? ¡Santo Dios! ¡Pero si aquí lo tenéis, a la vista!

Hablaba yo con cierto ardor, recordando el ensangrentado puñal que el miserable se había escondido con el exclusivo fin de asesinarme. Pero de momento Hands se limitó a beber otro trago copioso, y en seguida alzó la voz con un tono extraordinario y solemne.

–Treinta años –dijo– he pasado cruzando los mares del mundo. He visto de todo: bueno y malo, mejor y peor, calmas y tempestades, hombres, reyertas, cuchilladas y cuanto hay que ver. Pues bien; si he de ser franco, te diré que lo único que nunca he visto, ni por casualidad, es que el ser bueno reportase el menor beneficio. Yo estoy por los que pegan, y pegan primero, porque los muertos no dañan; ésta es mi divisa, y ésta es la pura verdad: antes, ahora y por los siglos de los siglos, ¡amén...! Pero, basta ya de tonterías –agregó cambiando de tono–; y ahora: óyeme, la marea ha subido ya lo suficiente, de manera que voy a decir al capitán Jim lo que debe hacerse en el acto, y así acabaremos pronto. ¿No es eso...?

Sólo nos faltaba recorrer un par de millas; pero la navegación se hacía muy peligrosa en aquellos parajes, porque la Bahía del Norte no solamente era angosta y poco profunda, sino que además estaba orientada de Este a Oeste, de manera que, para que el navío pasase, se necesitaba llevarlo con gran habilidad. Pero yo era, al parecer, un buen ayudante, y Hands, sin duda alguna, un excelente piloto, porque lo cierto es que sorteamos los escollos y nos metimos por el estrecho canal, rozando nada más el banco de arena que había en el fondo, con tal precisión y elegancia que daba gozo mirarlo.

Apenas cruzamos la embocadura, la tierra nos rodeó por todas partes. Las orillas de la Bahía del Norte, parecían tan frondosas y densas como las del fondeadero sur; pero la bahía era más larga y angosta que la otra, y más bien semejaba el estuario de un río como en efecto lo era. Delante de nosotros, en el extremo meridional de la ensenada, se destacaban los restos de un viejo navío abandonado. Era una goleta grande, con tres palos; y debía hacer mucho tiempo que permanecía expuesta a la intemperie, pues las algas marinas colgaban de sus costados, como telarañas inmensas, y los matojos de la orilla se habían propagado ya a bordo mismo del navío, cubriendo de campanillas silvestres la desolada cubierta. Esta aparición, tan llena de melancolía, nos demostraba, por otra parte, que el paraje era un fondeadero abrigado y seguro.

–He aquí muchacho –me dijo el pirata–, un lugar magnífico para encallar: arena fina, aguas tranquilas, mucho árbol en torno, y las flores brotando sobre ese viejo navío, como en la terraza de un jardín.

–Sí... –le pregunté con astucia–, ¿y cómo volverlo a flote, una vez encallado?

–Muy sencillo: en cuanto empieza a bajar la marea, echas una amarra en la costa, allá, del otro lado de esa piedra; le das una vuelta por el tronco de uno de esos grandes pinos, hacia la parte opuesta; luego recoges el cabo, lo traes, lo arrollas al cabestrante, y esperas la pleamar. Al subir el agua, el barco tira de la amarra enderezándose suavemente, hasta quedar a flote sin la menor sacudida. ¡Y nada más...! Pero, mucho cuidado ahora, pues ya estamos llegando. ¡Orza a estribor...! Bien; así, poco a poco... ¡A babor, ahora...! ¡Quieto, quieto! ¡Un poco más...! ¡Ahí...!

El pirata iba lanzando sus órdenes y yo obedecía sin pronunciar palabra. Finalmente, gritó:

–¡Suelta! ¡Ya está!

Puse la barra del timón en línea recta con la proa, la *Hispaniola* viró rápidamente y se dirigió como una flecha hacia la orilla cubierta de bosque.

La excitación que estas últimas maniobras me producían me hizo descuidar la vigilante cautela con que hasta entonces había estado observando a Israel Hands. Absorto en la espera del momento supremo en que el navío iba a encallar, casi tenía olvidado por completo el inminente peligro que me amenazaba; e, inclinado sobre la amura de proa, contemplando las ondulaciones del agua que se ensanchaban por momentos ante el rompeolas, a buen seguro que habría sucumbido por sorpresa, ensimismado e indefenso, si una extraña inquietud que se apoderó de mí de repente, misteriosamente, no me hubiese inducido a volver la cabeza. Quizás oí un leve crujir de pasos a mi espalda, o divisé de reojo una sombra sigilosa que se me aproximaba, o tal vez no fue más que un puro presentimiento instintivo: lo cierto es que, al volver la mirada atrás, vi que Hands avanzaba hacia mí con el puñal en la mano.

Los dos, al mirarnos en los ojos, lanzamos un grito de sorpresa; pero así como el mío fue un alarido de terror, el del pirata más bien pareció el bramido furioso de un toro que embiste. Se lanzó sobre mí, yo salté de soslayo, hacia la serviola abandonando la barra del timón, que se disparó a babor. Y esto fue, sin duda, lo que me salvó; porque, al soltarla instintivamente, la barra fue a dar con tal ímpetu contra el pecho de Hands, que le detuvo y le hizo tambalear un instante. Y antes de que se hubiera repuesto del inesperado golpe, huí de aquel rincón y eché a correr por la cubierta.

Al llegar junto al palo mayor, me detuve, saqué de la cintura una de mis pistolas y apunté con calma, a pesar de que el bandido se me estaba echando otra vez encima. Encogí el índice, cayó el gatillo suavemente, y el tiro falló: el fulminante se había echado a perder con los remojones que sufrí en el esquife. Al ver mi descuido en reparar y recargar las pistolas, estuve a punto de desesperarme, porque me encontraba de pronto indefenso y estúpido como una res ante la cuchilla implacable del matarife.

A pesar de su herida, era notable la ligereza del maldito pirata, con sus mechones de cabellos grisáceos cayéndole sobre la frente, y el rostro encendido de impaciencia y de cólera. No tuve tiempo ni ganas de probar mi segunda pistola, pues me parecía inútil. Lo único que veía claro era la necesidad de no limitarme solamente a retroceder ante su embestida, porque, de hacerlo así, pronto me habría acorralado otra vez a proa, tal como lo hizo a popa; y en este caso, la hoja del horrible y asqueroso puñal tinto en sangre, pasándome de parte a parte, sería la última sensación que yo podría llevarme de este mundo. Me quedé, pues, junto al palo mayor, que era harto grueso, y esperé con los brazos agarrados a él y los nervios en tensión.

El pirata adivinó mi intención, refrenó el paso y se dispuso a apoderarse de mí. Pero el burlarle era para mí cosa fácil, pues mi agilidad de muchacho era capaz de hacerlo, no sólo con él, que estaba herido y cargado de años, sino con cualquier otro hombre maduro. Sin embargo, mis piernas no me sacaban del atolladero, porque, aunque lograba esquivar sus pesadas embestidas y hacerle dar vueltas al palo mayor, en definitiva siempre volvía a estar frente al mismo problema.

Así nos encontrábamos, corriendo y burlando como si jugáramos al ratón y al gato, cuando de improviso la *Hispaniola* encalló, estuvo vacilando un instante, atracada en la arena, y de pronto se inclinó bruscamente por el lado de babor, hasta el punto de que la cubierta quedó convertida en una pendiente vertiginosa e imposible. Una tromba de agua penetró en seguida por los imbornales, y la cubierta quedó por aquel lado convertida en un charco.

Inmediatamente, los dos perdimos el equilibrio y rodamos juntos por el suelo, hacia la mura inundada, donde el cadáver de O'Brien, con los rígidos brazos en cruz, se enredó entre nosotros. Fui lanzado tan cerca de Hands, que mi cabeza chocó con sus pies con un golpe tan fuerte, que me castañearon los dientes. Pero, a pesar de ello, fui el primero en levantarme, pues Hands quedó apresado entre las piernas del cadáver. Pero como la súbita inclinación del navío no permitía que siguiera corriendo por la cubierta, tuve que buscar una nueva escapatoria, y eso muy de prisa, porque Hands no estaba para perder tiempo. Vivo como un rayo salté a los obenques de mesana, y subí palo arriba, sin detenerme, hasta que me pude encaramar a horcajadas sobre la cruceta.

Mi rapidez fue la que me salvó; la puñalada salvaje que me tiró el pirata se incrustó en el palo a un palmo por debajo de mi talón, mientras yo seguía trepando sin volver la cara. Y cuando estuve arriba, vi que Hands permanecía como atontado, inmóvil al pie del mástil, con la boca abierta y la cabeza levantada, mirándome fijamente con un aire de sorpresa y de embrutecimiento.

Aprovechando aquellos segundos de calma, cambié de inmediato el fulminante de la pistola; y apenas estuvo lista, para mayor seguridad me puse a vaciar la otra y a cargarla enteramente de nuevo.

Hands seguía estupefacto, contemplando mis manejos, como si se diese cuenta de que la suerte se estaba volviendo a mi favor; y después de vacilar un buen rato, se sujetó a su vez a los obenques y, con el puñal atravesado en la boca, empezó a subir lenta y penosamente. Puso mucho tiempo e infinitos suspiros en ir izando, casi a rastras, su pierna maltrecha; y antes de que hubiera escalado una tercera parte, yo estaba listo en mis preparativos. Entonces, con una pistola cargada en cada mano, le grité desde arriba:

–¡Alto ahí! ¡Si dais un paso más, os destapo los sesos...! Acordaos de que hace poco quedamos en que los muertos no dañan –agregué en tono de mofa.

Hands se detuvo en el acto y se puso a reflexionar; pero sus esfuerzos eran, a juzgar por la estupidez de su rostro, tan laboriosos, tan cómicos, que no pude menos de soltar una sonora carcajada. Por fin, después de tragar saliva en silencio, por dos o tres veces, el pirata se resolvió a hablarme, pero conservando todavía en su cara embotada una mueca de honda perplejidad. Para poder hablar tuvo que quitarse el puñal de la boca; pero, salvo esto, no hizo el menor movimiento.

–Jim –me dijo–: ya veo que hemos enfocado mal la cosa, muchacho; es necesario que hagamos las paces. A no ser por ese maldito bandazo, no hay duda de que te habría alcanzado; pero ya ves, muchacho, que no tengo suerte... ¡Qué le vamos a hacer! Y ahora no me queda otro recurso que aflojar un poco; lo cual, tratándose de un patrón como yo y de un mocoso como tú, la verdad, es muy duro... ¡Maldita sea...!

Yo me reía con toda el alma al oírle hablar así, y estaba más orgulloso que un gallo sobre las bardas del corral. Pero, de pronto, al lanzar el pirata su última blasfemia, vi que echaba la diestra hacia atrás, como en señal de amenaza. En el mismo instante oí silbar el aire, como si pasara una flecha, sentí un golpe y un horrible dolor en el hombro izquierdo, y me encontré de pronto clavado por la espalda en el mástil. Entre el insoportable escozor y el espanto que de súbito me helaron la sangre, sin saber lo que hacía, ni apuntar siquiera, las dos pistolas se me dispararon a la vez y me cayeron de las manos. Y en lugar de caer solas, vi que también el patrón, lanzando un sordo lamento, soltaba las cuerdas y se desplomaba de cabeza hacia el mar.

# CAPÍTULO XXVII

## «¡GUINEAS...! ¡GUINEAS...! ¡GUINEAS...!»

A consecuencia de la fuerte inclinación del navío, los mástiles se ladeaban oblicuamente, y yo, colgado en la verga, me encontraba como suspendido sobre la superficie del mar. Como Hands se hallaba más abajo, y su inclinación era por lo tanto menor, cayó en el vacío abierto entre el lugar que yo ocupaba y la borda, levantando una tromba de agua. Luego reapareció a flote, entre un remolino de espuma y de sangre, y volvió a hundirse definitivamente. Al tranquilizarse el agua, le apercibí confusamente aplastado sobre la arena amarillenta del fondo en la faja de sombra que proyectaba el flanco de la *Hispaniola*. Uno o dos peces se escurrían a lo largo del cadáver. De tanto en tanto, gracias a la temblorosa ondulación de las aguas, parecía moverse levemente, como si procurara levantarse. Pero, en realidad había «muerto del todo», ahogado y acribillado de balas, e iba a ser pasto de los peces en el mismo lugar en que pensó asesinarme.

Cuando me hube cercionado de ello, comencé a sentir, a un tiempo, malestar y angustia. La sangre caliente se derramaba por mi pecho y mi espalda. El puñal, que me conservaba clavado en el mástil, me quemaba como un hierro candente; y, a pesar de ello, no era el sufrimiento físico lo que más me torturaba, porque estaba soportándolo sin murmurar siquiera, sino el horror que me inundaba el alma, el espantoso miedo de perder el sentido y caer desplomado desde lo alto de la verga en aquel fondo verde e inmóvil, junto al cadáver de Israel Hands.

Me agarré desesperadamente, con ambas manos, al mástil, hasta que me sangraron las uñas, cerrando los ojos para no ver el peligro y evitar el vértigo. Poco a poco fui recobrando la serenidad, el pulso amainó su violencia, y logré dominar mis pobres nervios.

Lo primero que se me ocurrió entonces fue arrancarme el puñal; pero, ya fuese porque estaba muy engastado, o bien por falta de temple en mis esfuerzos, debí renunciar a ello, estremecido por un escalofrío que me sacudió de pies a cabeza. Y –¡cosa rara!– esto fue, precisamente, lo que me sacó del trance. Había faltado muy poco para que el pirata errara por completo el golpe: la hoja del cuchillo me tenía clavado tan sólo por la piel del hombro; de manera que, al estremecerme, se desgarró en el acto. La sangre manó con más abundancia, pero en cambio me sentí aliviado, y me quedé sujeto al mástil únicamente por la chaqueta y la camisa.

Me arranqué de un tirón, y de inmediato bajé a cubierta por los obenques de estribor, porque, con la honda emoción que sentía, por nada del mundo hubiera querido aventurarme a bajar por babor, por el mismo lugar de donde Hands se había desplomado poco antes.

Vendé mi herida lo mejor que pude; me hacía sufrir mucho y echaba abundante sangre, pero no era profunda ni peligrosa, ni me impedía para nada servirme del brazo. Luego miré en mi derredor; y como la *Hispaniola* se había convertido, hasta cierto punto, en cosa de mi propiedad, pensé en la conveniencia de desembarazarla de su último pasajero: el cadáver de O'Brien.

Había quedado, como ya he dicho, tendido junto al baluarte de popa. Dada la posición del cadáver, pude salir del paso con facilidad; y como la frecuencia de nuestras trágicas aventuras había harto embotado mi terror por los difuntos, me lo eché a cuestas, como un saco de harina, y de un empujón lo arrojé por la borda. Se hundió en el agua con gran estruendo; el gorro encarnado quedó flotando sobre la superficie; y apenas ésta se hubo calmado, vi que O'Brien yacía junto al cadáver de Hands, y ambos parecían agitarse, como si se pelearan, a través del temblor ondulado del agua. O'Brien, a pesar de su juventud, era completamente calvo (de ahí el extraño gorro que usaba, hundido hasta las orejas). Allí quedó, con la calva apoyada en las rodillas de su propio asesino.

Y los peces ligeros pululaban rápidamente, silenciosos y ágiles, en torno a ambos...

Me sentí solo, completamente solo, a bordo del navío encallado. La marea volvía a subir. El sol estaba tan próximo a su ocaso, que ya la sombra de los altos pinos se extendía hasta la mitad del fondeadero, temblando en las aguas, y se proyectaba inmóvil, a grandes franjas grises, sobre la cubierta del navío. La brisa nocturna comenzaba a soplar, y aunque la *Hispaniola* estuviese al abrigo de la colina que se alzaba al Oeste, con sus dos altos picachos, el aparejo silbaba en la penumbra y las flácidas velas palpitaban escandalosamente, a intervalos.

Entonces me di cuenta del peligro que corría el navío, y me apresuré a arriar los foques y amontonarlos sobre la cubierta; pero con la cangreja o vela de mesana, ya no fue cosa tan fácil.

Cuando la goleta se inclinó de costado, el botalón de mesana saltó violentamente por encima de la borda, e incluso su extremo y una parte de la vela se hundieron en el agua. Era evidente que esto venía a complicar aún más el peligro; pero la tensión del trapo era tal, que tuve miedo de tocarlo. Por fin tomé mi cuchillo y corté las drizas: la cangreja cayó a plomo, en el acto, y quedó flotando en el agua como un inmenso globo de lona; pero luego, por más esfuerzos que hice, me fue imposible maniobrar la cargadera para recoger la vela. Había hecho buenamente cuanto podía hacer, y en lo restante, la *Hispaniola* debía abandonarse a su suerte, como yo a la mía.

Mientras tanto, las sombras habían invadido todo el fondeadero. Recuerdo que los últimos rayos de luz se filtraron por un claro del bosque, brillando como ascuas sobre el manto florido del navío náufrago. Comenzaba a hacer frío; la marea refluía rápidamente hacia el mar, y cada vez la *Hispaniola* se hundía más de costado.

A duras penas pude llegar hasta la proa, y me asomé por la borda. El agua parecía allí poco profunda; de manera que, sujetándome a la amarra, para mayor seguridad, me descolgué suavemente. El agua me llegaba hasta el pecho, la arena era firme, limpia y ondulada; me fui vadeando hacia la orilla, y abandoné la *Hispaniola* con su ancha cangreja flotando por encima del agua. Casi en seguida desapareció el sol, y la brisa nocturna empezó a murmurar en el crepúsculo, entre los pinos sombríos.

Por fin había logrado poner término a mi aventura marina, y por cierto no con las manos vacías porque allí quedaba la goleta, limpia ya de piratas, pronta a recibir a los nuestros y hacerse a la mar. Sentía yo verdadera impaciencia por regresar a la estacada y contar mis hazañas. Seguramente censurarían un tanto mi fuga; pero el haber rescatado la *Hispaniola* era una proeza capaz de cerrar la boca aun al más disconforme, y estaba seguro de que el mismo capitan Smollet se vería obligado a reconocer que yo no había perdido el tiempo.

Animado con estos pensamientos, me dispuse a regresar al fortín. Me acordé de que uno de los riachuelos que desembocan en el fondeadero sur, procedía de aquella colina con dos altos picachos que se alzaba a mi izquierda. Dirigíme, pues, a ese lado, para llegar al riachuelo a mi izquierda. El bosque era fácil de atravesar; siguiendo la base de la colina, pronto le hube dado la vuelta, encontré la pequeña corriente, que murmuraba en la sombra, y la pasé con agua hasta el tobillo.

Hecho esto, me encontré muy cerca del lugar donde había encontrado a Ben Gunn, el solitario isleño; y desde allí empecé a avanzar con mucha más cautela, mirando en torno mío. Entretanto, la noche había cerrado por completo, y al salir de una angosta cañada por cuyo fondo se deslizaba el riachuelo, vi a mi izquierda una luz mortecina oscilando en el aire. Pensé que allí, en lo alto de algún cerro, el solitario Ben Gunn debería estar aderezando su cena frugal. Y me sorprendió, en realidad, que demostrase tan poca prudencia; pues, si yo divisé la lucecita, Silver, que se hallaba acampado en la orilla, en mitad del pantano, ¿no podía percibirla también?

La oscuridad se iba convirtiendo en tinieblas, y ya casi no podía orientar mis pasos: las siluetas de la doble colina, a mi espalda, y del *Catalejo,* a mi derecha, cada vez se hacían más borrosas y vagas; las estrellas eran mortecinas y escasas, y como no veía el terreno que iba pisando, a cada momento tropezaba con troncos o raíces, y daba tumbos en hoyos de arena.

De repente, un ligero fulgor se esparció en torno mío. Me detuve en el acto y levanté la mirada: una pálida fosforescencia nimbaba la cresta del *Catalejo;* luego noté que un largo, silencioso y frío resplandor se arrastraba por el suelo, como una mágica serpiente entre los árboles del bosque; y entonces comprendí que acababa de salir la luna.

Favorecido por su claridad, recorrí con rapidez el camino restante, y de trecho en trecho, llevado por mi impaciencia por llegar a la estacada, echaba a correr. Sin embargo, al penetrar en el bosque que precedía al fortín, supe dominarme y contener mis ansias, para seguir avanzando cautelosamente, porque me hubiese parecido muy mal terminar mi aventura recibiendo, gracias a mi atolondramiento, un balazo de mis propios amigos.

La luna escalaba el cielo; su fulgor se derramaba en grandes y melancólicos charcos de luz que inundaban los claros del bosque. Y de repente vi aparecer ante mí otra claridad muy distinta, entre las ramas de los árboles: un resplandor rojo ardiente, que se oscurecía a intervalos, como el rescoldo de una hoguera. A pesar de observarlo con todos mis sentidos, me fue imposible adivinar lo que podía ser.

Por fin llegué al pie del calvero en cuyo centro se alzaba el fortín. Su parte accidental se hallaba ya inundada por el claro de la luna, pero la casa de madera y el resto de la fortificación estaban todavía sumidos en una densa penumbra surcada de largos y plateados destellos. Al otro lado de la casa, una hoguera enorme iba quedando reducida a sus brasas, cuya inmovilidad rojiza formaba un brusco contraste con la apacible palidez de la luna. No se veía alma viviente ni sonaba otro ruido que el vago murmurar de la brisa.

Me detuve asombrado, con un ligero escalofrío en la nuca. Nosotros, en efecto, no teníamos la costumbre de encender hogueras, pues las órdenes rigurosas del capitán nos imponían ahorrar la leña. Temía, pues, que hubiese sucedido algo muy grave durante mi ausencia.

Di la vuelta a la estacada por su parte oriental, escondido en la sombra, y en un momento dado que creía favorable, cuando las tinieblas me parecieron más densas, escalé la valla.

Para mayor seguridad, seguí avanzando a gatas, con el mayor sigilo, hacia el ángulo norte de la casa, y al aproximarme, sentí un ruido que me produjo, de pronto, un hondo alivio. No es que se tratase de un ruido agradable en sí, sino más bien molesto y del cual yo mismo me quejé varias veces; pero en esos instantes me pareció la música más delicada y armoniosa que he oído en mi vida: mis compañeros roncaban a pierna suelta en la quietud de la casa adormecida bajo el fulgor de la luna. El grito tradicional de los vigías marinos, en alta mar: «¡Sin novedad...! ¡Sin novedad!», jamás sonó tan dulcemente en mi corazón inquieto.

No obstante, en seguida me dije que, en todo caso, demostraban una confianza (yo pensé una «frescura») excesiva. De haberles atacado Silver en aquellos momentos, ni uno de ellos habría visto salir el próximo sol. Eso, me dije yo, era la consecuencia inevitable de estar herido el capitán; y nuevamente me reproché con viveza el haberles abandonado en semejante trance, cuando apenas eran los indispensables para montar la guardia.

Mientras tanto, llegué delante de la puerta y me detuve. Todo eran tinieblas, en el interior, hasta el punto de que mis ojos no distinguían absolutamente nada. Y en cuanto a rumores, sólo sonaban las poderosas trompas de los que roncaban, y, además, cierto ruido raro, intermitente, como de picoteos y aletazos, que no llegaba a explicarme.

Entré de puntillas, con los brazos estirados, a tientas. «Te irás a dormir a tu sitio (me decía yo, riéndome en las tinieblas, sin hacer ruido), y mañana va a haber unas caras estupendas, cuando al amanecer te descubran roncando a su lado».

Tropecé con algo blando, que cedió a mi impulso: era la pierna de uno de los durmientes, que refunfuñó entre sueños, volvióse del otro lado y siguió roncando. «Ese debe ser Gray», me dije.

Y, de pronto, como si se disparara mediante un resorte diabólico, una voz escandalosa, agria y chillona, empezó a gritar en las tinieblas:

–¡Guineas! ¡Guineas! ¡Guineas!... –Y así sucesivamente, sin cambio ni freno, como si estuviese dispuesta a proseguir hasta el día del juicio final.

¡Era el loro de Silver, el *capitán Flint*! ¡Nadie, sino él, podía haber sido el autor de aquellos misteriosos picoteos y aletazos que tanto me intrigaron; y él era el inhumano y extraordinario centinela, superior a todos los piratas juntos, que denunciaba mi llegada con extraordinario escándalo!

Ni tiempo tuve de recobrarme. A los estridentes y ensordecedores chillidos del loro, los que dormían se despertaron sobresaltados; y en seguida, lanzando una horrible blasfemia, la voz todavía ensoñada de Silver gritó rudamente:

–¿Quién anda por ahí?

Procuré escaparme; choqué violentamente con alguien, retrocedí, eché a correr en la sombra, y fui a parar entre unos brazos invisibles, que se cerraron al instante a mi espalda.

–¡Trae una antorcha, Dick! –dijo Silver, al traerme preso.

Uno de los piratas salió de la casa, para regresar al momento llevando una tea encendida.

# CAPÍTULO XXVIII

## EN EL CAMPO ENEMIGO

La luz de la tea, iluminando el interior del fortín, me reveló el espantoso desastre. Los piratas estaban en posesión de la casa y los víveres. Allí se hallaban el barril de coñac, los jamones y las cajas de galleta, lo mismo que antes; pero lo que centuplicaba mi horror era no ver en ninguna parte ni la más leve huella de prisioneros. Me convencí de que todos los míos habían sucumbido, y me reproché amargamente no haber estado allí, para morir a su lado.

Los piratas eran seis; los demás habían muerto. Cinco de ellos estaban de pie, congestionados y broncos, súbitammente arrancados al primer sueño de su borrachera nocturna. El sexto se limitó a incorporarse sobre el codo; su palidez mortal y el tramo manchado de sangre que rodeaba sus sienes, indicaba que había sido herido y recientemente vendado. Entonces me acordé del pirata que fue alcanzado por una bala y huyó a ocultarse en el bosque, durante el ataque en masa; y no me cupo la menor duda de que era él.

El loro, ya sosegado, se aliñaba tranquilamente las plumas, sobre el hombro de Silver, cuyo aspecto me pareció más pálido y concentrado que de costumbre. Llevaba puesto todavía el pomposo levitón de paño azul, que utilizara en su famosa embajada; pero ahora, como en lamentable contraste, aparecía manchado de barro y desgarrado por los duros matojos del bosque.

–Conque, ¿eres tú, amigo Jim! –exclamó Silver, mirándome de pies a cabeza–. Supongo que vendrás de visita; ¿no es cierto? Por mi parte, no tengo inconveniente en recibirte a las buenas.

Se sentó en el barril de coñac y se puso a cargar su pipa.

–¡Dame esa tea, Dick! –prosiguió; y, después de haberla encendido muy despacio manifestó–: ¡Ea, ya está! Toma Dick, ponle fuego a esa pila de leña. Y vosotros –agregó dirigiéndose a sus compañeros– podéis seguir roncando a pierna suelta: Jim es un chico que se hace cargo de todo.

Bajó la cabeza, estuvo un rato arreglando el tabaco de la pipa, con su grueso pulgar, y luego, levantó los ojos:

–¿De modo –me dijo– que has venido a ver al viejo John? ¡Vamos, me alegro, muchacho! Ya comprendí desde el primer día, que eras un chico listo; pero lo de ahora, no acabo de verlo claro en verdad.

A todo esto ya puede suponerse que yo no respondía una palabra. Me habían colocado de espaldas al muro; y así permanecía inmóvil, mirando a Silver cara a cara, con bastante dignidad, creo yo, pero con la desesperación en el alma.

Silver echó dos o tres bocanadas calmosas, y prosiguió diciendo:

–Puesto que estás aquí, amigo Jim, bueno será que te diga dos palabas de lo que yo pienso. Ya sabes que siempre me fuiste simpático, no sólo por tu viveza, sino también porque eres mi verdadero retrato de cuando era joven y apuesto. ¡Eso es la pura verdad! Además: yo siempre he querido verte con nosotros, para darte participación en el tesoro y educarte como un buen caballero. Y ahora resulta que tú mismo has venido a mi encuentro. Pues bien: nunca he negado que el capitán Smollet fuese un marino excelente, al contrario, pero está demasiado chiflado en su disciplina. Él siempre anda diciendo que «el deber es el deber»; y por lo tanto, no te conviene por ahora aproximarte a ese hombre. Porque has de saber Jim, que hasta el mismo doctor está indignado contigo. «¡Es un mocoso ingrato!», ha dicho hablando de ti. Y, en resumidas cuentas, tu situación es la siguiente: no puedes volver con los tuyos, porque no quieren ni verte; y al menos, pues, que te propongas formar un grupo aparte, solo, lo cual sería en verdad muy poco agradable, no te queda más remedio que juntarte con el capitán Silver.

Hasta aquí, todo iba muy bien. Mis amigos vivían aún; y aunque yo creyese en parte las noticias que Silver me daba acerca de la actitud en que los míos se encontraban con respecto a mí, en el fondo al oírle me sentía más abatido que reconfortado.

–En cuanto al hecho de estar en nuestro poder –continuó Silver–, es tan evidente que ni vale la pena de comentarlo siquiera. A mí me gustan los métodos persuasivos, porque nunca he visto salir nada bueno de las amenazas. Si te conviene el trato, Jim, te quedas con nosotros; y si no, pues eres libre de contestarme negativamente, ¡qué demonio! ¡Y que él me lleve si es posible hablar con más franqueza!

–¿He de responder en seguida? –pregunté con la voz vacilante. (Porque, a través de esta palabrería Silver, había presentido claramente la amenaza de la muerte, suspendida sobre mi cabeza. Mis sienes ardían y el corazón me palpitaba dolorosamente en el pecho.)

–¡No, hombre! –replicó Silver–. ¡No hay prisa alguna! Toma el tiempo que quieras, y ten la seguridad de que aquí nadie ha de molestarte en lo más mínimo. ¡Un rato se pasa admirablemente contigo!

–Pues bien –le dije, algo más animado–; si debo tomar una decisión, antes tengo el derecho de saber cómo están las cosas, por qué os hallo aquí, y qué ha sido de mis compañeros.

–¿Cómo están las cosas? –refunfuñó malhumorado uno de los piratas–. ¡Cualquiera es capaz de saberlo!

–¿Y a ti quién te manda hablar? ¡Cierra la boca! –gritó rudamente Silver a su compañero.

Y luego, recobrando su tono amable y falso, prosiguió diciéndome:

–Ayer, por la mañana, el doctor Livesey se presentó en nuestro campamento, con bandera de parlamento, y me dijo: «Os han vendido, capitán Silver. Mirad: se ha evaporado el navío...» Volvimos los ojos hacia el fondeadero, y ¡maldita sea...!, la *Hispaniola* en efecto, no se veía por ninguna parte. Yo no me atrevo a negar que habíamos bebido y cantado un poco durante la noche. Pero, en fin; en mi vida había visto una pandilla de imbéciles como la nuestra: nadie se apercibió en lo más mínimo de que se escapase el navío. «Pues bien –añadió el doctor–: lo mejor será que hagamos un pacto.» Lo hicimos, en efecto, él y yo, y aquí estamos, muchacho, con las provisiones, el coñac y las estibas de leña que vosotros tuvisteis la exquisita amabilidad de almacenar. En cuanto a tus amigos, todo lo que puedo decirte de ellos, es que se fueron. ¿A dónde? No lo sé.

Y se puso a chupar tranquilamente su pipa.

–¡Ah! –exclamó de pronto–. Y para que no te quepa la menor duda de que tú no entraste para nada en el pacto, he aquí las últimas palabras que el doctor me dijo referente a ti: «¿Cuántos sois en la estacada?», le pregunté. «Cuatro –me dijo–; uno de ellos está herido. Y en cuanto al muchacho, no sé dónde está ni me importa saberlo. Estamos tan cansados de él, que ya puede irse adonde quiera, aunque sea al diablo»: palabras textuales.

–¿Y eso es todo?

–Eso es todo lo que te importa saber.

–Y ahora, qué: ¿debo elegir partido?

–No hay duda, hijo mío.

–Pues bien; aunque me tenéis por muy tonto, sé perfectamente lo que puedo esperar de vosotros. No me importa un comino lo que hagáis conmigo, pues ya me voy acostumbrando a mirar cara a cara a la muerte. Sin embargo –añadí con exaltación creciente–, antes quiero cantaros cuatro cosas bien claras. En primer lugar, he de deciros que estáis completamente perdidos: os falta el navío, os falta el tesoro, os faltan hombres y os falta todo. Y si queréis saber a quién se debe vuestra absoluta ruina, os lo diré en dos palabras: ¡a mí!... Yo estaba escondido en el tonel de manzanas la noche que abordamos la isla; yo fui quien sorprendió vuestras infames palabras, John, y las de Dick, y las de

Hands, que a estas horas yace para siempre en el fondo del mar; y yo, nadie más que yo, fue quien se encargó de repetirlas inmediatamente a los jefes de a bordo... En cuanto a la goleta... soy yo quien le cortó la amarra, quien dio muerte a los dos guardianes que teníais a bordo, y quien ha llevado el navío a cierto sitio donde no lo veréis nunca más. La fortuna está, pues, de mi parte, y lo ha estado siempre, desde que comenzó la aventura. No os temo por nada, ni me asustáis en lo más mínimo. Matadme o perdonarme la vida: me es igual. Pero, una cosa he de deciros: si no me maltratáis, os prometo ayudaros con todas mis fuerzas. A vosotros os toca elegir. Podéis asesinar a uno más, sin provecho alguno; pero si no lo hacéis, aquí está un buen testigo que os puede salvar de la horca.

Dicho esto, me callé, porque casi me faltaba el aliento; y con la honda sorpresa vi que ninguno de los bandidos se movía siquiera, sino que, por el contrario, todos ellos, cabizbajos como un rebaño abatido, permanecían mirándome fijamente, en silencio.

Entonces proseguí:

–Y ahora, Silver, he de pediros un favor. Vos sois el que más vale entre los aquí presentes. Si esto acabase mal para mí, os ruego que hagáis saber al doctor Livesey cuál ha sido mi comportamiento.

–Lo tendré en cuenta –dijo Silver; y me lo dijo en un tono tan raro, que aún en el caso de que mi vida hubiese dependido de ello, no me habría sido posible afirmar si se burlaba de mí o si estaba sinceramente admirado de mi valentía.

–Y yo agregaré algo todavía –exclamó entonces Morgan, el viejo marinero de color de bronce, a quien conocí en Bristol, en la taberna de Silver–, y es que fue ese muchacho el que reconoció al «Perro Negro».

—¿Y quién, sino él, voto a... –rugió Silver– fue el que sustrajo a Billy Bones el precioso mapa? ¡De un cabo a otro de esta maldita aventura, nos estrellamos siempre contra ese mocoso!

–¡Basta, pues! –gritó Morgan, lanzando una espantosa blasfemia.

Y dando un salto hacia mí, desenvainó su cuchillo.

–¡Alto! ¿Qué es eso, Morgan? ¿Quién eres tú...? –gritó Silver atajándole–. Aquí no manda nadie más que yo, ¡maldita sea...!; y al que pretenda lo contrario, se lo demostraré en el acto. Hace veinte años que estoy despachando gente para el otro mundo, unos colgados de una antena, otros echados por la borda, y todos a entretener a los peces. ¡A vosotros y a veinte mil diablos juntos, os pondré a raya! Conque, ¡mucho cuidado, Morgan! El que me mira a mí a los ojos, cara a cara, se queda ciego, hijo mío.

Morgan se contuvo, pero un ronco murmullo brotó del grupo de sus compañeros.

–Morgan tiene razón –balbució uno.

–¡Y a mi me fastidia ya tanta murga! –dijo otro, descarándose en alta voz–. ¡Que me ahorquen, si me dejo dominar más por Silver!

–¡Cómo! –rugió éste, inclinándose sobre el barril, con el brazo extendido y la pipa ardiendo en el puño–. ¿Acaso alguno de vosotros quiere medirse conmigo? ¡Que salga uno, uno cualquiera, vamos¡... ¡Maldita sea!...! ¡Haber vivido honradamente durante tantos años, para que a la postre un tiñoso cualquiera se os venga a pasear por las narices!... Pero harto debéis saber lo que hace al caso, ya que presumís tanto. ¡Aquí os espero! El que se atreva, que salga; y que el infierno en masa me lleve, si no le saco las entrañas antes mismo de que se apague esta pipa. ¡Vamos: a ver ese guapo!

Nadie salió, nadie hizo el menor movimiento.

–¡Así me gustan los valientes! –agregó Silver en tono sarcástico, llevándose calmosamente la pipa a los labios–. ¡Vamos, que hay para morirse de risa! Pero, si no estáis dispuestos a jugaros el alma, ¡maldita sea...!, por lo menos obedeced, ¡gallinas! Yo soy vuestro capitán, porque me elegisteis vosotros mismos y porque valgo más que todos juntos, ¿no es cierto? Pues entonces, ¡chitón y callando! Ese muchacho es de lo mejor que he visto en mi vida, y más valiente que todos los cobardes juntos que me están oyendo. Creo que él me estima en algo; pero yo aún le quiero más a él. Con que, ojo alerta: ¡al primero que le toque, le rompo la crisma!

Se hizo un largo silencio. Yo me hallaba de pie, arrimado al muro, con el corazón que me saltaba del pecho; pero esas palabras últimas de Silver, dichas en un tono inequívoco, me reanimaron un poco. El jefe pirata se arrió de espaldas contra la pared, y se cruzó de brazos, con la pipa en los labios, tan tranquilo como si estuviese fumando en su casa; pero sus pupilas acechaban continuamente al grupo de los descontentos. Poco a poco, éstos fueron agrupándose en el rincón opuesto y sus murmuraciones persistentes resonaban en mis oídos como el rumor de un arroyo embravecido saltando entre guijarros. Uno tras otro iban alzando torvamente los ojos para contemplar a Silver y a mí; y el rojo resplandor de la tea iluminaba de lleno, durante algunos segundos, sus rostros, contraídos y adustos. Pero todo el rencor de esas miradas parecía concentrarse en el jefe pirata.

–¿Va para algo el sermón? –preguntó finalmente, Silver, escupiendo a distancia–. ¡Basta ya! O me decís de qué se trata, en seguida, u os cierro la boca.

–Con perdón sea dicho –balbuceó entonces uno de los murmuradores–, me parece que si aquí alguien falta a lo convenido, sois vos, Silver... Porque el caso es que esta tripulación está descontenta; y esta tripulación, me parece a mí, tiene sus derechos como otra cualquiera. Y sin faltar en nada a lo pactado con vos mismo, Silver, creo que podemos hablar y discutir. Yo no niego que seáis nuestro capitán; pero, por eso mismo, reclamo el derecho que tengo de consultar a solas con mis compañeros.

Y diciendo esto, el marinero, que era un hombre de unos treinta y cinco años, alto y delgado, de rostro enfermizo y ojos amarillentos, tristes, hizo un conato de saludo a su jefe, se dirigió fríamente hacia la puerta y desapareció. Los demás imitaron en seguida su ejemplo: uno tras otro, al pasar, saludaban y decían algunas tímadas palabras de excusa: «Lo pactado, pactado...», exclamaba uno. «¡Qué le vamos a hacer!», murmuró otro. Y así fueron saliendo todos y nos dejaron solos, a Silver y a mí, con la tea encendida.

El pirata se quitó de los labios la pipa.

–Ya ves, hijo mío –me dijo con voz apenas perceptible–: estás a un paso de la muerte y, lo que es peor, del tormento, pues has de saber que esos hombres van a destituirme en el acto. Pero ¡fíjate bien!, yo permaneceré a tu lado, a toda costa. No tenía, en verdad, la menor intención de hacerlo, hasta que hablaste. Estaba yo casi desesperado de perder el tesoro y de morir en la horca, por añadidura. Pero al oírte en seguida he comprendido que eras de los míos. «Ayuda a Jim, me he dicho, y Jim te ayudará a ti. Tú eres su último recurso, y él, ¡vive Dios!, es el tuyo.» ¡Conque, codo con codo, Jim! No hay más sino que hemos de vivir o perecer juntos.

Yo, entonces empecé a comprenderle vagamente.

–Pero, ¿es decir que está todo perdido? –le pregunté.

–¡Sin remedio, muchacho! Perdido todo: el navío y la cabeza, esta es la pura verdad. Bien sabes tú que yo soy de bronce, ¿no es cierto?, pues bien: cuando miré al mar y vi que la goleta había desaparecido, el alma se me cayó a los pies... En cuanto a esa pandilla de imbéciles y a su consejo de guerra, no hagas caso, muchacho. Si yo puedo, te salvaré contra todos ellos. Pero, ¡cuidado, Jim!, que esto es cuestión de toma y daca: tú, en cambio, has de comprometerte a salvarme de la horca.

Yo estaba asombrado, porque parecía mentira lo que él, el astuto y empedernido pirata, el culpable de todo, me estaba diciendo.

–Haré todo lo que pueda –le dije.

–Pues ¡trato concluído! –exclamó Silver–. En adelante, me fío de ti.

Se acercó a la tea encendida, que estaba empotrada en un montón de leña, y prendió fuego a la pipa.

–Entendámonos, Jim –prosiguió volviéndose hacia mí–. Mi cabeza está en peligro, y por eso me pongo de parte del señor hidalgo. Yo sé que has salvado el navío. Ignoro dónde y cómo has podido hacer eso, pero lo único que importa es saber que la *Hispaniola* está a salvo. Supongo que Hands y O'Brien debieron pasarse al enemigo, pues nunca tuve confianza en ellos. Ahora bien: sea como fuere, fíjate que yo no pregunto nada; pero tampoco quiero que se me pregunte a mí. ¿Estamos? Yo sólo sé que esto está perdido y que confío en ti para salvar el pellejo... ¡Ah, hijo mío! ¡Lo que hubiéramos podido hacer, tú y yo, de haber comenzado poniéndonos de acuerdo, tal como hemos decidido acabar!

Tomó un vaso de estaño y, acercándose al barril lo llenó de coñac.

–¿Quieres catarlo, hijo mío? –me dijo. Y al ver que yo rehusaba, exclamó–: ¡Como quieras! Pero yo necesito humedecerme un poco. Aquí va a haber algo gordo; y ya sabes que los barcos viejos necesitan calafatearse para aguantar después el temporal... Y, a propósito de cosas gordas: ¿sabes tú por qué el doctor me entregó el mapa?

Mi rostro debió expresar un asombro tan grande y espontáneo, que Silver comprendió en el acto la inutilidad de seguir interrogándome acerca del caso.

–En fin –exclamó–: lo cierto es que me lo dio. Y en eso, Jim, en eso sí que hay gato encerrado..., bueno o malo, ¡no sé...!, pero hay gato...

Y apuró el vaso de coñac, moviendo a un lado y a otro su gran cabeza pálida, con un signo de pura desconfianza.

# CAPÍTULO XXIX

## OTRA VEZ LA MANCHA NEGRA

Hacía ya bastante tiempo que duraba el conciliábulo de los piratas, cuando uno de ellos penetró en la casa y, repitiendo el mismo saludo de antes, que a mí me pareció de mofa, pidió permiso para llevarse un momento la tea. Silver consintió lacónicamente, y el emisario se fue con la antorcha, dejándonos en la más profunda oscuridad.

–¡Mal viento tenemos, Jim! –murmuró Silver en tono familiar y amistoso.

Me acerqué, entonces, a mirar por la aspillera más próxima. Las brasas de la hoguera estaban consumidas, y al ver el mortecino resplandor que a duras penas despedían, comprendí por qué los piratas necesitaban la tea. Uno de ellos la sostenía en alto, para que esparciese sobre todos su claridad; otro estaba hincado de rodillas en medio de sus compañeros, y vi brillar en sus manos un largo cuchillo, cuya hoja reflejaba mezclados, los destellos de la antorcha y el fulgor de la luna. Los restantes marineros se mantenían de pie y ligeramente encorvados, contemplando con atención al que empuñaba el cuchillo. Yo me fijé en él, y vi que, además del arma, tenía un libro en la mano; y mientras me asombraba de verle manejar un objeto tan poco en consonancia con su profesión, el arrodillado se puso en pie y toda la pandilla regresó a la casa.

–Ya vuelven –dije a Silver.

Y en seguida corrí a mi sitio de antes, porque me parecía depresivo que pudiesen descubrirme al acecho.

–¡Déjales que vengan, muchacho –murmuró Silver en tono jovial–. Todavía tengo que fallar varios triunfos.

Las siluetas de los cinco hombres aparecieron a la puerta, se agruparon en el umbral, y después de vacilar un instante, empujaron a uno de ellos hacia adentro. En cualquier otra ocasión me habría regocijado de ver la cautela y lentitud con que el designado avanzaba, paso a paso, con el brazo extendido y el puño cerrado.

–¡Adelante, adelante, que no te voy a comer! –manifestó Silver–. Vamos: dame eso, hijo mío. Conozco las reglas de nuestra caballería y sé cómo debe recibirse a los parlamentarios.

Animado por estas palabras, dichas con toda llaneza, el marinero apresuró el paso y, después de haber deslizado algo, mano sobre mano, en la diestra de Silver, corrió a reunirse con sus compañeros.

Silver abrió la palma y estuvo contemplando lo que le habían dado.

–¡Ah! ¡Es la mancha negra! –dijo tranquilamente–. ¡Ya me lo figuraba, hijos míos! Pero, ¿de dónde habéis sacado el papel?... ¡Canastos! Eso es un pedazo de la «Biblia». ¿Quién ha sido el imbécil que se ha atrevido a recortar este libro?

–¿Lo véis? –exclamó entonces Morgan con mucha vehemencia–. ¡Ya os lo decía yo! De aquí no puede salir nada bueno; os lo he dicho y repetido mil veces.

–No hay duda –prosiguió Silver–: moriréis todos ahorcados. ¡Esto es infalible! Pero ¿quién es el dueño de la «Biblia»?

–Es Dick –dijo uno.

–¿De veras? ¿Dick? ¡Ay, hijo mío! Ya puedes encomendarte a Dios. ¡Estás listo, estás listo!

El mozo alto de los ojos amarillentos y tristes, interrumpió:

–¡Dejaos de sermones, Silver! –dijo–. Esta tripulación os ha dado la mancha negra, por unanimidad, tal como debía hacerlo. Conque, volvedla del otro lado, según las reglas, ved lo que trae escrito, y después hablaréis.

–Gracias, hijo *Lagarto* –replicó Silver–. Veo que eres expedito y que conoces al dedillo nuestro reglamento. Bueno; vamos a ver qué es eso... ¡Ah! «Depuesto», eso dice, «depuesto», ¿no es verdad? Pues, está muy bien escrito y hasta parece impreso. ¿Y es tuya esa letra *Lagarto*? ¿Sí? ¡Vamos! Ya veo que haces progresos, muchacho; y hasta no me extrañaría nada que llegaras a ser capitán. Pero... hazme el favor de pasarme la tea, que se me ha apagado la pipa.

–¡Vamos, vamos! –replicó el *Lagarto*–. ¡Basta ya de burlas, que es tarde! De sobra sabemos todos que sois un burlón; pero el caso es que estáis depuesto, y lo mejor sería que os levantarais de ese barril para venir a votar con nosotros. Hay que elegir un nuevo capitán.

–¡Cómo! –contestó Silver con despreciativo énfasis–. Pues yo creía de buena fe que estabas enterado de las reglas. Mas si tú las ignoras no tengo más remedio que recordártelas, hijo mío. No me moveré de aquí (y sigo siendo vuestro capitán, no lo olvides), hasta que me expongáis vuestras quejas y yo haya podido contestar a ellas. Mientras no sea así, la mancha negra es un papel mojado, y luego veremos.

–Pues muy sencillo –dijo el *Lagarto*–: en eso todos los compañeros estamos de acuerdo. En primer lugar habéis echado a perder el viaje, y esto ni siquiera os atreveréis a negarlo. En segundo término, habéis dejado bonitamente que el enemigo se escapase de esta ratonera. Yo no sé qué se propusieron al salir de aquí; pero el caso es que lo deseaban con toda el alma. Tercero, nos habéis impedido atacarles cuando se marcharon, y la razón de esto es clara, porque lo que vos queréis, Silver, es jugar sucio, ¿eh?, y esto sí que no podemos consentirlo de ninguna manera. Finalmente, como prueba cabal, aquí está ese muchacho.

¿Y no hay más? –preguntó tranquilamente Silver.

–Eso basta –replicó el *Lagarto*–, pues si todos acabamos bailando en la horca, culpa vuestra será.

–Bueno –dijo Silver–, pues yo ahora voy a contestar, punto por punto, a esas acusaciones. ¿Dices que he echado a perder el viaje, no es cierto? Pero ¡si todos vosotros sabéis perfectamente lo que yo quería hacer! Y, de haberme creído, a estas horas estaríamos a bordo de la *Hispaniola*, como de costumbre, sanos y salvos, bien comidos y mejor bebidos, y con el tesoro embarcado, ¡voto a Satanás! Pues bien: ¿quién tiene la culpa de que no sea así? ¿Quién me llevó la contraria y me forzó en todo, a mí, vuestro capitán legítimo? ¿Quién se propuso endilgarme la mancha negra desde el primer día, desde que echamos pie en la isla y comenzó esta danza? ¡Ah! ahora ya estamos en el baile (y yo con vosotros, por desgracia), y no queda más remedio que bailar, sea como sea. Pero yo os juro que esta danza se parece, como un huevo a otro huevo, a la que acaban bailando los ajusticiados en Londres. ¡Vive Dios! ¿Y quién, decidme, quién tiene la culpa de todo? Pues... nadie más que Andersen, y Hands, y tú mismo *Lagarto*... ¡sí, tú, no lo dudes! ¡Tú, el más vil de esta pandilla de intrigantes; tú, que ahora todavía tienes la maldita insolencia de presentarte como capitán en mi lugar; tú, en fin, que nos has perdido a todos! ¡Maldita sea...! ¡Vamos, que esto ya pasa de la raya!

Silver respiró un momento, y en los rostros del *Lagarto* y de sus compañeros se echó de ver que las palabras del jefe pirata no habían sido dichas en vano.

–Eso, en cuanto al primer punto –prosiguió Silver, enjugándose el copioso sudor que le bañaba la frente, pues hablaba con una vehemencia que hacía retemblar la casa–. Pero en verdad os digo que incluso me repugna discutir con vosotros, porque no tenéis ni memoria ni sentido común, y en mi vida había tratado con una tan baja ralea de marinos. ¡Ah! ¿Marinos vosotros? ¿Vosotros pretendéis ser caballeros? ¡Si todo lo más a que podéis aspirar es a zapateros!

–¡Sigue, Silver, sigue contestando por derechas! –murmuró entonces Morgan–. Todavía falta tratar de tres puntos.

–¿De tres? –exclamó Silver–. ¡De mil, digo yo! Vosotros creéis que hemos perdido el viaje, ¿no es eso? Pues yo os digo mucho más: yo os digo que lo hemos perdido todo, ¡todo! Nos hallamos muy cerca de la horca, pero tan cerca, ¡tanto!, que a mí el gaznate se me anuda sólo de pensarlo. Supongo que, a pesar de vuestra ignorancia, sabréis lo que es eso, ¿eh? Un palo, una cadena, un hombre en vez de señuelo, y los pajarracos revoloteando en torno. ¿Qué tal? ¿Os gusta el cuadro, verdad? Y luego los marineros, al pasar río abajo, con la marea, los van señalando uno a uno con la punta del dedo. «¿Quién es ése?» «Ése? Es John Silver», dice uno. «¡Ah! ¡Pobre Silver! yo le conocí», añade otro. Y mientras tanto, Silver va bailando al viento, entre rumor de cadenas y siniestros aletazos de aves, y de nada le sirve haber nacido de una santa madre... Bueno, pues así, así estamos todos nosotros, gracias a ese que veis, al *Lagarto*, y a Hands, y a Andersen, y a tanto imbécil como embarcamos en Bristol. ¿Queréis ahora saber algo sobre el cuarto punto, sobre este muchacho? Pero ¡so estúpidos! ¿No veis que es una garantía magnífica? ¿Acaso queréis deshaceros de vuestros rehenes y aniquilar la única tabla de salvación que todavía os queda? ¡Allá vosotros, yo no!... Y en cuanto al tercer punto, no acabaríamos nunca; pero, decid: ¿no os interesa para nada el tener a mano un doctor, un buen médico, con diploma oficial, que os visite todos los días, mañana y tarde? ¿Eh? ¿No te dice esto nada, Morgan, tú que tienes la cabeza rota? ¿Ni a ti tampoco, *Lagarto*, que aún no hace seis horas estabas temblando de calenturas y con esos ojos que parecen dos naranjas sin jugo...? Y qué, ¿ignoráis también que va a llegar de un momento a otro un navío de socorro? Y entonces, cuando le veáis aquí, ¿servirá o no de algo tener triunfos en mano, quiero decir, rehenes?... En fin, respecto al segundo punto, el que me decía por qué he pactado con el enemigo, ¿no recordáis que vosotros mismos me lo pedisteis de rodillas, ¡sí!, de rodillas, porque os hallabais a punto de desfallecer de hambre? Pues bien: he aquí, además de eso, por qué he pactado. ¡Mirad! ¿Os parece esto poco?

Y así diciendo, Silver arrojó al suelo un rollo de papel, que reconocí en seguida: era nada menos que el amarillento mapa, con las tres cruces rojas indicando el tesoro, que yo había encontrado en el fondo del cofre marino del viejo pirata en la posada del *Almirante Benhow*. ¿Por qué el doctor se lo dio a Silver? No pude siquiera imaginar remotamente la causa de tan extraña conducta.

Pero eso, que a mí me parecía inexplicable, a los azorados revoltosos les pareció increíble. Todos a una, como movidos de un resorte, se abalanzaron sobre el viejo rollo de papel, arrancándoselo de las manos unos a otros; y al oír las blasfemias, los gritos y las risotadas de júbilo espontáneo y casi infantil que iban dando, hubiérase dicho no solamente que ya palpaban el tesoro, sino que incluso lo tenían a bordo, a buen recaudo, y estaban navegando viento en popa, de vuelta de la expedición.

–¡No hay duda –decía uno–, es el mismo mapa de Flint! Aquí están sus iniciales, J. F., y su rúbrica, de su puño y letra.

–Bien, bien –dijo el *Lagarto*–, eso es magnífico; pero, ¿cómo sacar de aquí el tesoro si no tenemos navío

Silver dio un salto brusco, y apoyándose con la mano en el muro:

–¡Basta ya! –dijo–. A la primera cosa que vuelvas a decir en ese tono de letanía, te rompo el alma. ¿Cómo sacar de aquí el tesoro, dices? Pero ¡y yo qué sé! Eso debierais decirlo vosotros, ¡voto al diablo!, los que habéis perdido la goleta. Pero sois incapaces, obtusos, con menos caletre que un lagarto de veras, Sin embargo, podéis ser tontos, pero no insolentes. Esto, amigo *Lagarto*, se ha acabado.

–Eso del mapa –dijo Morgan–, hay que reconocerlo, ha sido un golpe, un gran golpe de Silver.

–¡Como que yo encuentro el tesoro mientras esos imbéciles se entretienen en perder el navío! –arguyó Silver con vehemencia–. Si yo no soy el mejor, que venga un ciego y lo vea. Pero no, ya estoy cansado de vosotros. No quería más que explicarme y defenderme legítimamente. Hecho esto, basta; aquí os doy mi dimisión, ¡maldita sea...! Y que otro se encargue de capitanearos; yo ya estoy harto.

–¡No! ¡No! –gritaron los marineros–. ¡Que siga Silver! ¡Queremos que siga Silver!

–¿Lo queréis de veras...? ¡Bueno, acepto! Ya ves, *Lagarto*, que has de esperar otra ocasión para suplantarme, hijo mío... ¡Ah! Pero ¿y esa mancha negra? Ahí tienes, Dick; sólo ha servido para traerte mala suerte y estropearte la «Biblia».

Y así terminó aquella terrible noche. Poco después echamos todos un trago y nos tendimos en el suelo para dormir. La venganza de Silver contra el abrumado *Lagarto* se limitó a colocarle de centinela a la puerta y amenazarle de muerte si no cumplía exactamente las reglas.

Estuve largo rato sin poder pegar los ojos, agitado por un torbellino de recuerdos y de incertidumbres, barajando pensamientos diversos: el cadáver de Hands, hundido en la solitaria Bahía del Norte; mi extraña y peligrosa situación y, sobre todo, el estupendo manejo de Silver, enredado entre los rebeldes y sus enemigos, conteniendo a unos y esforzándose por todos los medios imaginables para concertarse con los otros y así salvar el pellejo.

A pesar de ello, Silver durmió profundamente, roncando a sus anchas. Y yo estuve largo rato mirándole con profunda lástima, porque no obstante su inaudita maldad le veía amenazado seriamente de acabar bailando a pesar suyo –como él mismo había dicho– –entre rumor de cadenas y siniestros aletazos de aves hambrientas».

# CAPÍTULO XXX

## BAJO PALABRA DE HONOR

Me despertó –o, mejor dicho, nos despertó a todos, porque hasta el centinela pareció incorporarse con sobresalto– una voz clara y cordial que nos llamaba desde el lindero del bosque.

–¡Ah de la estacada! –gritaba–. Aquí viene el médico.

Y era, en efecto, el doctor. La alegría de oírle se me enturbió en seguida con el recuerdo de mi fuga y de sus consecuencias. ¿Cómo iba yo a atreverme a mirar cara a cara al buen doctor Livesey?

Éste debía haberse levantado todavía de noche, porque clareaba apenas. Corrí a una de las aspilleras, y en seguida le vi, de pie e inmóvil, hundido hasta las rodillas en la niebla que flotaba a ras del suelo.

¿Sois vos, doctor? ¡Muy buenos días! –exclamó Silver que se había despabilado en un instante y rebosaba la afabilidad–. ¡Vos siempre tan mañanero y activo! Pero, a quien madruga, Dios le ayuda; por lo menos, eso dicen... Vamos, *Lagarto*, álzate pronto y ayuda al doctor Livesey, que va a subir a bordo. Todo va al pelo, doctor; los enfermos mejoran que da gusto verlos.

Y prosiguió así, bromeando desde lo alto del cerro, al pie de la casa, y con la diestra apoyada en el exterior del muro, en el mismo tono y con la misma jovialidad que cuando era el cocinero de la *Hispaniola*.

–¡Ah! Y además –prosiguió–, hoy hemos de daros una verdadera sorpresa. ¡Sí, sí! Ahí tenemos a cierto joven huésped que nos llegó anoche, sin ningún hueso roto; ahora mismo está levantándose, y se ha pasado la noche entera roncando en compañía de John.

En aquel momento el doctor Livesey se encontraba ya dentro de la estacada, muy cerca de Silver, de modo que pude distinguir claramente la alteración de su voz al preguntar al pirata:

–¿Será Jim por ventura?

–El mismo, en carne y hueso.

El doctor se contuvo en el acto, como reflexionando, y permaneció inmóvil durante algunos segundos.

–Bueno –dijo por fin– lo primero es lo primero, Silver, y ya veremos luego. Vamos a examinar a esos heridos.

Un instante después el doctor entraba en la casa y, echándome al pasar una torva y silenciosa mirada, empezó su visita. Parecía el hombre más confiado del mundo, aunque de sobra debía saber que, en medio de aquellos facinerosos, su vida estaba pendiente de un hilo, y andaba tomando el pulso y examinando la lengua a los heridos, tan tranquilo y afable como si estuviera haciendo una visita profesional en el seno de una honrada y apacible familia. Esta actitud, naturalmente, ejercía una inmediata influencia sobre los piratas, pues éstos, a su vez, le trataban como si nada hubiese ocurrido y el doctor fuese todavía el amable médico de a bordo, efectuando su visita de inspección en la bodega de proa.

–Esto va bien, amigo –le dijo al que llevaba vendada la cabeza–. Debes de tener un cráneo duro como una olla de hierro, porque si no, no te escapabas de ésta... Y tú, *Lagarto*, ¿cómo va ese cuerpo? A juzgar por el color que te traes, el hígado se te habrá vuelto del revés, no hay duda. Pero ¿has tomado la medicina? ¿La ha tomado? –preguntó a los demás.

–Sí, señor, sí; yo lo he visto –afirmó Morgan.

–Digo esto –prosiguió el doctor, en el tono más campechano del mundo–, porque desde que soy médico de piratas, o mejor dicho, de presidio, tengo como cosa sagrada el no perder ni un solo hombre para el Rey (¡que Dios guarde!) y para sus galeras.

Los bandidos se miraron unos a otros y se mordieron la lengua.

–Dick no está bueno doctor –dijo uno.

¿Es verdad eso, Dick? anda, ven acá en seguida y sácame la lengua... ¡Pues claro que está mal! ¡Si tiene una lengua para asustar a un ahorcado! Nada, eso es la fiebre, nada más que la fiebre de esta maldita isla.

–¡Ya lo decía yo! –murmuró Morgan entre dientes–. Eso viene de haber estropeado la «Biblia».

–No –replicó el doctor, que no debió entender muy claro lo que el otro decía–, eso viene de que sois unos asnos perfectos y ni siquiera sabéis distinguir el aire bueno de las miasmas pantanosas. Y me parece (aunque no puedo asegurarlo del todo) que ha de costaros gran trabajo el quitaros esa porquería de encima. Porque ¡mira que ocurrírsele acampar en un lodazal! Vamos, que eso me extraña mucho de vuestra parte, Silver. Y aunque indudablemente sois el menos necio de toda la pandilla, no me parecéis tener ni las más rudimentarias nociones de higiene.

Después de haber repartido medicamentos a todos los piratas –que seguían sus indicaciones al pie de la letra, con una humildad casi risible, más bien de párvulos que de foragidos–, el doctor exclamó:

–Bueno, ¡ya hemos terminado por hoy!... Pero ahora desearía hablar dos palabras con ese muchacho.

Y al decir esto me señaló con una ligera y displicente inclinación de cabeza.

El *Lagarto* se hallaba asomado a la puerta, escupiendo yo no sé qué amargos resabios de la droga que le había dado el doctor; pero, apenas oyó su demanda, volvióse de pronto hacia adentro, rojo como una amapola, gritando:

–¡Ah, no! ¡Eso, no! –y lanzó, además, una recia blasfemia.

Silver, con la palma de la mano, dio tres o cuatro fuertes golpes en el barril.

–¡Silencio! –gritó, y su rostro enfurecido asustaba de veras–. Doctor –continuó luego con su afabilidad habitual–, precisamente yo estaba pensando lo mismo. Sé que tenéis una gran debilidad por ese muchacho; nosotros, en cambio, estamos hondamente reconocidos a vuestra exquisita atención, pues sin ella el diablo sabe dónde estaríamos ya a estas horas. Tenemos plena confianza en vos, y buena prueba de ello es que nos tragamos vuestras drogas sin olerlas siquiera. Ahora bien: tú, muchacho, a pesar de tu humilde origen, eres un caballero en ciernes; ¿me das, pues, tu palabra de honor de que no intentarás escaparte?

La di en el acto.

–Pues entonces, doctor –dijo Silver–, vais a salir de la estacada ahora mismo; una vez que estéis fuera, yo os llevaré a ese muchacho hasta la empalizada, de la parte de adentro, y allí, separados por las estacas, podréis hablar cuanto queráis. ¡Adiós, doctor! Mis respetuosos saludos para el capitán y el señor hidalgo.

La explosión de descontento, únicamente contenida por las terribles miradas que Silver echaba en torno suyo, estalló en cuanto el doctor hubo salido de la casa. Todos acusaron a Silver de tramposo y falaz, de intentar entenderse separadamente con los enemigos, de sacrificar los intereses de sus compañeros y víctimas; en una palabra: exactamente de lo que, en realidad, estaba haciendo. La acusación me pareció tan fundada e innegable, que yo no acertaba a adivinar cómo se las arreglaría Silver para desvanecer las sospechas y aplacar las iras de sus compañeros. Pero ese hombre rarísimo valía, por sí solo, cien veces más que todos los piratas juntos, y la victoria obtenida en la víspera le había dado un formidable ascendiente sobre ellos. Volvió a tratarles de obtusos e imbéciles hasta la saciedad; dijo que era absolutamente indispensable dejarme hablar con el doctor; sacó otra vez el mapa y lo pasó y repasó por las narices de los descontentos, y, en fin, les preguntó si es que deseaban romper el pacto precisamente el mismo día en que iba a comenzarse la exploración para descubrir el tesoro.

–¡No, voto al diablo! –exclamaba–. Romperemos el pacto cuando nos convenga, lo que nos conviene es atraernos al doctor, aunque para ello fuera necesario limpiarle las botas con la lengua. ¿Estamos?

Sus compañeros, a fuerza de discutir, se quedaron sin palabras. Entonces Silver les ordenó encender fuego; en seguida tomó la muleta y, apoyando una mano en mi hombro, se puso en marcha, dejándoles más bien atolondrados que convencidos.

–Despacio, muchacho, despacio –me iba diciendo en voz baja–. Si vieran que nos apresuramos nos saltarían encima.

Fuimos andando muy lentamente, pues, hacia el lugar donde el doctor nos aguardaba detrás de la empalizada; y apenas llegamos a una distancia conveniente para poder hablar, Silver se detuvo y dijo:

–¡Doctor... doctor! Tened presente que he salvado la vida a este muchacho. Él mismo podrá deciros cómo fue depuesto por su causa y todo lo demás. Quiero decir que cuando un hombre navega como yo, a contra viento, jugándose el pellejo a cara o cruz cada cinco minutos, creo que es justo darle alguna promesa que le sirva de estímulo. Tened en cuenta, doctor, que no es solamente mi propia vida la que anda en juego, sino también la de este muchacho. Vamos, doctor, ¿me negaréis una palabra amable, un poco de esperanza para seguir luchando?

Silver estaba transformado. Vuelto de espaldas al fortín y a sus compañeros, el pirata tenía el rostro abatido y la voz temblorosa. Jamás había oído hablar a un hombre con tanta gravedad y emoción.

–¡Cómo! ¿Vos tenéis miedo, Silver? –preguntó el doctor.

–Harto sabéis que no soy un cobarde –replicó el pirata–. Y estad seguro, además, de que si tuviera miedo sabría ocultarlo. Pero, francamente, eso de ir a presidio o acabar en la horca me pone los pelos de punta, ¡no hay más! En fin, vos, doctor, sois un hombre excelente, el más bueno que he visto en mi vida. Y os ruego que no olvidéis mis buenas acciones, como es seguro que no olvidaréis las malas. Pero yo me voy; aquí os dejo el muchacho. Y eso, doctor, eso mismo vale algo, creo yo, pues ya sabéis que me compromete de veras.

Diciendo esto, retrocedió algunos pasos, lo suficiente para no oír lo que hablábamos, se sentó sobre un tronco derribado y se puso a silbar. De cuando en cuando se revolvía inquieto para vigilarme a mí o a los revoltosos que andaban vagando por el calvero; unos encendían fuego y otros entraban y salían de la casa, sacando provisiones.

–¿Estás ahí, Jim? –me dijo el doctor en tono amargo y severo–. ¡Ya ves adonde te han conducido tus majaderías! Bien sabe Dios que no tengo ganas de reñirte, mas debo confesarte la pura verdad, aunque te duela: cuando el capitán estaba sano, no te atreviste a abandonarnos; pero hacerlo luego, cuando estuvo herido e incapaz de castigarte, eso, hijo mío, fue una espantosa cobardía.

Al oír estas palabras me puse a llorar.

–¡Doctor! –le dije–, ¡perdonadme, por el amor de Dios! Estoy arrepentido de todo lo que hice, y harto caro lo he pagado ya, pues mi vida está en serio peligro. Anoche, a no ser porque Silver me defendió contra todos, me habrían asesinado miserablemente. Pero no temáis, doctor; si el caso llega, sabré morir como debo y merezco. Lo único que me espanta es que me martiricen...

–Jim –interrumpió el doctor con la voz alterada–. No puedo consentir que estés ni un minuto con esa gente. ¡Salta la empalizada y ven conmigo¡

–No puedo –le dije–; he empeñado mi palabra de honor.

–¡No importa, no importa! Yo me encargo de todo, menos de consentir que permanezcas ahí. ¡Anda, da un salto y sígueme!

–No, doctor, no. Ni vos, ni el capitán, ni el hidalgo, seríais capaces de faltar a la palabra empeñada y yo tampoco quiero hacerlo. Silver tiene confianza en mí; le he dado mi palabra, y debo mantenerla. Pero dejadme acabar, que aún no he dicho nada. Si llegaran a torturarme quizá se me podría escapar el secreto de la *Hispaniola*, porque debéis saber que me apoderé del navío después de ímprobos trabajos, y que lo tengo encallado en la Bahía del Norte, junto a la orilla, en un banco de arena que hay allí...

–¡El navío! –exclamó el doctor.

Y entonces le referí brevemente todas mis aventuras o desventuras, y él me dejaba hablar en silencio.

–¡Hay que reconocer que la Providencia anda en todo eso! –murmuró el doctor cuando hube concluido–. A cada paso, como por milagro, nos salvas la vida. ¿Y crees tú que vamos a abandonar la tuya, muchacho? ¡Vamos, hijo mío, no temas! Tú fuiste quien descubrió la conspiración, tú encontrastes a Ben Gunn, tú salvas el navío... Y, a propósito de Ben Gunn: ése ha sido el mejor golpe que habrás dado en tu vida, aunque vivieras cien años. ¡Silver! –llamó–. ¡Silver! ¡Acercaos un poco! –Y cuando el pirata estuvo junto a mí–. No os apresuréis demasiado –le dijo– en buscar el tesoro.

–¡Ah! –contestó el pirata–. Yo haré cuanto pueda para retrasarles; pero si he de salvar la vida de ese muchacho y la mía no me queda más remedio que ir en busca del tesoro.

–Bueno –replicó el doctor–. Siendo así, os añadiré algo más: ¡cuando lleguéis al escondrijo, andad con mucho cuidado!

–¡No entiendo una palabra de eso que estáis diciendo! –exclamó entonces el pirata–. Yo no sé lo que os propusisteis al abandonar la estacada; tampoco puedo adivinar por qué me disteis el mapa y, sin embargo, he ido cumpliendo todo lo prometido a ciegas y sin recibir la más leve promesa, ni la más pequeña esperanza. ¡Pero esto, francamente, es ya demasiado! Si no queréis darme a entender a las claras lo que eso significa, decidlo de una vez, y yo lo resuelvo todo en el acto.

–No –replicó pensativo el doctor–. No puedo deciros ni una palabra más, por la sencilla razón de que el secreto no es mío, pues si lo fuera, os juro que os lo confiaría al instante. Sin embargo, voy a decir todo lo posible, y quizás un poco más, aun a riesgo de que el capitán me tire luego de las orejas. Y ente todo, Silver, quiero daros una ligera esperanza: si vos y yo salimos con vida de este avispero, estoy dispuesto a hacer todo lo que de mí dependa para salvaros, descontando, desde luego, cualquier mala acción.

El rostro de Silver pareció iluminarse.

–¡Eso, eso es hablar! –exclamó el pirata–. aunque fuerais el rey en persona, no podíais decirme nada más agradable.

–Me alegro –contestó el doctor–. Y vamos ahora a otra cosa. Después de la concesión quiero daros también un consejo. Guardad estrechamente a ese mozo, y si necesitáis auxilio, llamadme. Ahora mismo voy a buscarlo; lo dicho, dicho... ¡Adiós, Jim!

# CAPÍTULO XXXI

## EN BUSCA DEL TESORO

Cuando quedamos solos, Silver se dirigió a mí:

–Hijo mío –me dijo–, yo te salvé la vida, pero tú, en cambio, me has salvado la mía, y eso no lo olvidaré nunca jamás. He observado perfectamente que el doctor te hacía señas para que te escaparas; sí, muchacho, lo he visto con el rabillo del ojo. He visto también que tú te negabas a hacerlo, tan claro como si lo hubiese oído. Y eso, Jim, ¡eso es digno de un hombre de veras! Mi primer rayo de esperanza, desde que nos falló el asalto a la estacada, te lo debo a ti. Pues bien: ahora no tendremos más remedio que salir en busca del tesoro, y eso bajo «órdenes secretas», lo cual, francamente, me disgusta en extremo. Por lo tanto, deberemos andar codo con codo tú y yo y hacer todo lo posible para conservar el pellejo contra viento y marea.

En este instante, uno de los marineros sentado en torno a la hoguera nos gritó que el desayuno nos estaba esperando, y a él nos dirigimos prontamente, sentándonos en la arena ante un montón de galleta y otro de lardo frito. El fuego era tan grande que hubiera sobrado para asar un buey, de suerte que su ardor impedía acercársele, salvo a favor del viento, y aún con mucha cautela. Los víveres andaban igual que la leña, pues habían cocido tres veces más de los que necesitábamos, y uno de los piratas, riendo estúpidamente, iba arrojando las sobras a la hoguera, cuyas altas llamas chisporroteaban y crecían a favor de la grasa. En mi vida he visto gente más imprevisora y obtusa que aquélla; «vivir al día» era su lema favorito, su única regla de conducta; y así por los centinelas, que andaban durmiéndose siempre, como por los víveres que se derrochaban, era evidente la absoluta incapacidad de esos desalmados para emprender cualquier empresa que implicase disciplina y constancia.

Sin embargo, Silver, que comía algo distanciado de los demás, con su loro encaramado a la espalda, no les dirigió ni la más leve censura.

–¡Ya tenéis suerte –les decía, entre bocado y bocado– de que vuestro capitán piense en vosotros! Ahora ya estoy al tanto de lo que nos importaba saber: es indudable que el navío está a salvo. ¿Dónde lo habrán escondido? No lo sé, pero cuando hayamos echado mano al tesoro sería conveniente preocuparse de hallar la goleta. Teniendo en nuestro poder los botes, no será muy difícil.

Y así iba discurriendo sin cesar, con la boca llena y los labios pringados, reanimando la confianza.

–En cuanto a ese chico –añadió refiriéndose a mí–, la de ahora ha sido su última conversación con sus queridos amigos. Gracias a ella, yo he logrado saber lo que me convenía, pero en adelante eso basta. Cuando salgamos a buscar el tesoro, yo llevaré al muchacho atado de una cuerda, como si fuera un preso, pues ya sabéis que nos importa conservarlo, en todo caso, como oro en paño. Y una vez embarcados y con el tesoro a bordo, entonces, ¡oh, entonces será muy fácil arreglar nuestra cuentecita pendiente con ese mocoso!

No es de extrañar que, con semejantes perspectivas, los piratas se mostrasen de muy buen humor; pero yo, en cambio, me sentía profundamente abatido. Era para mí indudable que, en caso de poder realizar el plan expuesto a sus compañeros, Silver, doblemente traidor, no vacilaría un instante. Entonces conservaba todavía un pie en cada campo (aunque no tuviese más que uno solo), y entre el tesoro y la libertad, en compañía de aquellos bandidos y el mero perdón de la horca, que era cuanto nosotros le podíamos ofrecer, si el caso llegaba, Silver no tendría para qué dudar ni un segundo.

Mas aun en el supuesto de que todo ocurriese de manera que el pirata se viera obligado a mantener el trato hecho con el doctor Livesey, ¡cuántos peligros nos acechaban todavía! ¿Qué iba a suceder, por ejemplo, cuando las sospechas de los piratas vendidos se confirmasen, y Silver y yo, un lisiado y un chiquillo, nos viésemos obligados a defender nuestras vidas contra cinco bandidos robustos y ágiles?

A todas estas confusiones se añadía la incertidumbre, el misterio en que estaba envuelta aún, para mí, la extraña conducta de mis buenos amigos: su inexplicable abandono de la estacada; su incomprensible entrega del mapa y, lo peor de todo, quizás, aquella enigmática advertencia final del doctor Livesey: «¡Cuando lleguéis al escondrijo, andad con mucho cuidado!»... Y así se comprenderá fácilmente el escaso apetito que yo tenía en aquellos instantes y el invencible horror con que, una vez terminada la comida, me fui a buscar el tesoro en pos de mis carceleros.

Si alguien hubiese podido vernos, a buen seguro que se habría asombrado ante el extraño espectáculo que ofrecíamos, todos con los trajes de marinero rotos y desteñidos, y todos, menos yo, armados hasta los dientes. Silver llevaba dos fusiles en bandolera –uno al pecho y otro a la espalda–, un enorme cuchillo a la cintura y sendas pistolas en los hondos bolsillos de su levitón; y para completar esta figura estrambótica, el *capitán Flint*, el maldito loro, iba encaramado sobre los hombros de su dueño, chillando sandeces y sin callar un momento. Yo llevaba una traílla atada a la cintura, y seguía dócilmente, como un perro fiel, al bandido; éste me tenía sujeto al cabo de la cuerda, unas veces con las manos y otras con los dientes, como si llevase un oso amaestrado.

Los restantes piratas iban cargados de diversas maneras, todas ellas raras. Unos llevaban picos y azadones –lo primero que sustrajeron de la *Hispaniola* cuando saltaron a tierra–; otros víveres distintos –tocino, galleta, coñac–, en previsión del almuerzo. Todos los comestibles provenían de nuestra reserva; y al observarlo comprendí cuán ciertas eran las palabras que Silver había dicho la víspera, pues de no haber pactado con el doctor la desaparición del navío habría puesto a los piratas en el trance de vivir de la caza y beber agua fresca. Pero ésta no podían ni verla, y la otra les hubiera sido muy difícil poder alcanzarla, pues en general los marineros son malos tiradores, sin contar que probablemente andaban tan mal de pólvora como de provisiones.

Pertrechados, pues, de esta suerte, nos pusimos todos en camino –incluso el de la cabeza rota, que seguramente habría hecho mejor quedándose a la sombra–, y avanzamos hacia la orilla, donde nos esperaban los dos botes de marras. Éstos mostraban también huellas inequívocas de la insensatez de la pandilla pirata: uno tenía roto un banco, y ambos estaban llenos de barro y agua sucia. Debimos llevarnos los dos para mayor seguridad, y no bien nos hubimos repartido en las embarcaciones, comenzamos a surcar la tranquila superficie del fondeadero.

Mientras remábamos se alzó una inesperada discusión del mapa. El trazo de las crucecitas rojas era demasiado grueso para indicar exactamente un punto del terreno, y la nota escrita al dorso del documento no dejaba de presentar cierta ambigüedad. Decía así, como podrá recordarse:

«Árbol gigantesco, cumbre del Catalejo, mirando al N.N.E., un cuarto hacia el N.

»Isla del Esqueleto, E.S.E., un cuarto al E.

»Diez codos.»

El hito o señal más importante era, pues, un árbol de gran tamaño. Enfrente nuestro, el fondeadero estaba limitado por una meseta de dos o trescientos pies de altura, que hacia el Norte se soldaba a la vertiente meridional del «Catalejo» y por la parte sur formaba la llamada Colina de Mesana. La cumbre de la meseta aparecía abundantemente cubierta de pinos de diversa altura. Aquí y allá, algunos de ellos, de una especie distinta, destacábase solitariamente hasta cuarenta o cincuenta pies por encima de los que lo rodeaban. Pero ¿cuál de esos árboles gigantes era precisamente el «gigantesco» designado por el capitán Flint?

Eso sólo podía averiguarse sobre el terreno mismo y con el compás en la mano.

A pesar de ello, antes de haber llegado a la mitad del camino ya cada hombre de los que íbamos en el bote había escogido uno de los árboles lejanos, designándolo como el indicado. Silver se limitaba a encogerse de hombros y a decirles que guardasen los cálculos para cuando llegásemos.

Remábamos muy despacio, por orden de Silver y con objeto de no fatigarnos demasiado pronto. Por fin, tras una larga travesía, abordamos en la desembocadura del otro riachuelo, el que descendía del «Catalejo» por el fondo de una cañada cubierta de bosque y malezas. y una vez en tierra, dirigiéndose hacia la izquierda, empezamos a trepar la escasa vertiente, en dirección a la cumbre de la meseta.

Al principio, el terreno viscoso, resbaladizo y una vegetación enmarañada y semilacustre nos entorpecieron y retrasaron en gran manera; pero, poco a poco, la vertiente, al hacerse más escarpada, se volvió también más rocosa y segura, y el bosque, cambiando de aspecto, se hizo más practicable. Aquella región de la isla era, en verdad, deliciosa. Una especie de retama silvestre, de intenso y enervante aroma, y varios arbustos floridos sucedían a la hierba que antes cubría el suelo. Entre los grupos de mirísticas verdes brotaban aquí y allá las rojas columnas de los pinos; su fina sombra se extendía por el vasto silencio, y el fuerte olor a nuez moscada, de las primeras, se entremezclaba con el olor balsámico de la resina. El aire era vivo y fresco, y bajo los rayos verticales del sol nos oreaba suavemente las sienes.

Los piratas se esparcieron por el bosque, como en una amplia guerrilla, dando gritos de júbilo y saltando los altos matorrales. En el centro de esta línea y algo retrasados, Silver y yo seguíamos penosamente: yo atado a la cuerda, y él esforzándose para escalar con su muleta la pedregosa ladera. De cuando en cuando yo debía tenderle la mano para impedir que resbalara y se fuese rodando por la pendiente abajo.

Así continuamos avanzando casi un cuarto de milla, y ya estábamos cerca de la cumbre cuando el que iba al extremo izquierda de la guerrilla comenzó de pronto a dar grandes voces de espanto. Todos salimos a su encuentro.

–No es posible que haya hallado el tesoro –murmuró el viejo Morgan, que venía corriendo del ala derecha y se cruzó con nosotros–, porque debe estar arriba, en la cumbre.

Y en efecto: cuando llegamos al sitio de donde partieron los gritos, en seguida nos dimos cuenta de que se trataba de algo muy distinto. Al pie de un grueso pino, y envuelto en plantas trepadoras que se enredaban entre los huesos carcomidos, yacía en tierra un esqueleto humano, que aún conservaba algunos jirones de ropa. Un escalofrío nos heló a todos la sangre.

–Era un marinero –observó el *Lagarto*, que se había aproximado a examinar los restos–. Por lo menos, estos trozos de paño fueron de un buen traje marino.

–Es probable –dijo Silver–, y no me extraña, porque, en caso de hallar un esqueleto por ahí, no era de esperar que iba a ser de un magnate. Pero, ¡qué manera tan rara de estar dispuestos los huesos! Fijaos: esto no es natural.

Efectivamente: mirándolo más despacio, parecía extraño que los restos guardasen una posición como aquélla, pues, descartando algún ligero cambio (sin duda debido a las aves que se alimentaron del cadáver, o el crecimiento de las plantas que lo envolvían), el esqueleto estaba completamente tendido en línea recta y con los brazos estirados por encima del cráneo, en la posición de un nadador al arrojarse de cabeza al agua.

–¡Se me ocurre una idea! –dijo de pronto Silver, dándose una palmada en la frente–. ¡Esa vieja mollera todavía sirve de algo! Vamos a ver; venga la brújula: allí se divisa la isla del Esqueleto, con su cumbre que parece un diente. Tomad ahora la arrufadura de ese punto, según la línea formada por el esqueleto. ¿Qué sale?

Todos nos agrupamos para ver: el esqueleto indicaba la dirección de la isla, y la brújula marcaba exactamente Este Sur Este, cuarto Este.

–¡Ya me lo pensaba! –exclamó Silver–. Este esqueleto es un mojón, una señal indicadora; de modo que nuestra estrella polar, la línea que nos traza la dirección del tesoro, no es más que esto, ¡voto a Satanás!... Pero, ¿habéis visto ese Flint? ¡Vamos, que tenía unas ocurrencias, como la muestra, por ejemplo, que ponen los pelos de punta! No hay duda alguna: Flint estuvo aquí mismo, con sus seis marineros; les dio muerte a todos, y a éste lo arrastró luego hasta aquí, para orientarlo según la brújula, ¡voto al diablo!, y servirse de él como si fuera una rama de pino... Bien podría ser que éste fuese Allardyce. ¿Te acuerdas tú de Allardyce, amigo Morgan?

–¡Pues ya lo creo! Me debía dinero, y, al venir a tierra, me pidió prestado el cuchillo.

–¡A propósito! –exclamó otro–. ¿Y por qué no lo buscamos? Debe estar, seguramente, por ahí, porque Flint no era hombre para vaciar los bolsillos de un marinero muerto, y además, no creo que eso lo hayan tocado los pajarracos.

–¡Toma! ¡Es verdad! –confirmó Silver.

–Pues aquí no aparece nada –dijo el *Lagarto*, manoseando los huesos–: ni un ochavo, ni una petaca, ni un botón siquiera; y esto me parece muy raro.

–Y los es, en efecto –dijo Silver–: es raro y, además, es muy feo. Pero, ¡voto al chápiro!, que si Flint viviese, a buen seguro que no estaríamos aquí tan tranquilos hurgando. ¡Qué hombre era aquél! Se las tuvo contra seis, tantos como ahora somos nosotros. ¡Y no dejó más que los huesos!

–Yo le vi morir con mis propios ojos –añadió Morgan, ensimismado en sus recuerdos–. Billy me hizo entrar en la cámara. Flint estaba tendido, inmóvil; y como no habían podido cerrarle los ojos, para tapárselos le pusieron en cada uno una gruesa moneda de cobre.

–No hay duda de que murió –dijo entonces del de la cabeza rota–. Pero, si es verdad que hay espíritus errantes y que se aparecen, uno de ellos debe de ser el de Flint. Porque..., vamos, ¡ése sí que murió condenado!

–No hay duda –observó otro–. Se pasó toda la agonía rabiando y jurando, pidiendo ron, a grandes voces, o bramando aquello de: «Quince hombres... Quince hombres sobre el cofre del muerto...» ¡No sabía cantar otra cosa! y a decir verdad, al escucharle se me ponían los pelos de punta. El día de su muerte, hacía un calor horrible. El tragaluz de la cámara estaba abierto de par en par, y yo, desde lejos, desde la punta de proa, oía resonar sin descanso esa maldita canción, entre los roncos estertores agónicos, hasta que la muerte le cerró la garganta...

–¡Basta, basta –recomendó Silver–. No se hable más de eso. Dejad en paz a los muertos, que harta pena tienen de serlo, para ocurrírseles venir a sobresaltar a los vivos. Por lo menos, de día no hay cuidado de que se nos aparezca Flint... Conque, ¡a las guineas he dicho!

Proseguimos la marcha; pero a pesar del sol deslumbrador y el aire puro y diáfano, los piratas ya no volvieron a vagar diseminados por el bosque, corriendo y cantando, sino que se agruparon instintivamente, hablando en voz baja. La sombra del gran pirata muerto pesaba sobre los embrutecidos espíritus de sus secuaces.

# CAPÍTULO XXXII

## LA VOZ ENTRE LOS ÁRBOLES

Sintiendo la deprimente influencia del misterioso miedo que les torturaba en secreto, y con la excusa de dar descanso a Silver y a los piratas heridos, la pandilla entera hizo alto y se sentó en el suelo, apenas llegamos a la cumbre. Como la meseta se inclinaba ligeramente hacia el Oeste, desde aquella altura divisábamos por todas partes una linda perspectiva. A nuestras plantas, y por encima de las frondas inmóviles, se destacaba el Cabo Frondoso, ceñido de blancas espumas. A la izquierda dominábamos todo el fondeadero de la Isla del Esquelto, y detrás de ella –más allá de la punta oriental y de las tierras bajas que la orlaban–, extendíase un gran espacio de mar libre y desierto. casi por encima de nuestras cabezas alzábase la mole del «Catalejo», salpicada aquí y allí de solitarios pinos y hendida por negros despeñaderos. No resonaba otro rumor que el de la resaca lejana, al quebrarse en las peñas, alrededor de la isla entera, y el zumbido monótono de los innumerables e invisibles insectos escondidos entre la maleza. No se veía alma viviente, ni la más ligera vela en la lejanía del mar. Y la anchura del espacio agrandaba la impresión de aquella soledad imponente.

Silver tomó varias orientaciones con ayuda de la brújula.

–Aquí aparecen –dijo– tres «árboles gigantes», casi en línea recta con la Isla del Esqueleto. La «base del "Catalejo"» corresponde, creo yo, precisamente al lugar donde estamos; y, por lo tanto, el hallazgo del tesoro será cosa de juego. Me parece, pues que lo mejor sería que comiéramos antes.

–Yo –murmuró Morgan– he perdido el apetito. Esa maldita historia de Flint, me...

–¡Vamos, hombre! –replicó Silver–. Déjale en paz, y da gracias al diablo que nos lo quitó de delante.

–¡Él sí que parece el diablo en persona –murmuró otro, estremeciéndose–, con aquella gran mancha morada que, al expirar, le cubrió todo el rostro!

–¡Daba horror! –dijo Morgan–. Eso, sin duda, era efecto del ron. Estaba lívido, cárdeno, y agonizó borracho como una cuba...

Hubo un largo silencio. Desde que se descubrió el esqueleto y los piratas dieron rienda suelta a sus tenebrosas imaginaciones, iban hablando cada vez más bajo, hasta llegar a reducir sus voces a un vago murmullo que apenas turbaba el silencio del bosque.

De pronto, entre los árboles que teníamos enfrente, bajo nuestras plantas, y sin que apareciese el menor rastro de persona humana, una voz desconocida, agria y chillona, se puso a entonar el famoso refrán:

*Quince hombres sobre el cofre del muerto*
*¡Ja, ja, ja!*
*¡Y un gran frasco de ron!...*

Los piratas se volvieron terriblemente pálidos. En mi vida he visto cosa semejante: sus rostros perdieron el color, como por arte de magia; unos se pusieron en pie, de un salto; otros se agarraron, temblando, al vecino; Morgan se echó de bruces, cerrando los ojos, y el *Lagarto*, con voz ahogada, exclamó:

–¡Es Flint, voto a...!

Tal como había brotado, la voz se interrumpió inesperadamente; pero de una manera tan brusca y tan seca, en mitad de una nota, como si de improviso alguien hubiese tapado con la mano la boca del cantor. Surgiendo a lo lejos, en la clara y soleada diafanidad del aire y entre las verdes copas de los árboles, la voz parecía un sonido sobrenatural, misterioso y etéreo; y esta rara circunstancia aumentaba el efecto que producía en los azorados piratas.

–¡Vamos –dijo Silver (y las palabras brotaron con pena de sus labios cenicientos)–, a mí no me la pegan, muchachos! Id a ver lo que es eso. ¡Qué raro! Yo no conozco esa voz; pero sin duda es la de algún majadero de carne y hueso, que se ha propuesto asustarnos. ¡No puede ser otra cosa!

Sus propias palabras le habían reanimado un tanto; el rostro de Silver comenzaba a recobrar el color; y ya los demás se enardecían lentamente con el ejemplo de su jefe, cuando la misma misteriosa voz volvió a resonar en el inmeso silencio. Pero ahora no cantaba, sino que se dolía débilmente, a lo lejos, con un largo lamento, cada vez más distante, que repercutía entre los riscos del «Catalejo».

–¡Darby Mac Grey! –gritaba la voz con un lento alarido, como si llamara a alguien de ese nombre–. ¡Darby Mac Grey!... ¡Darby Mac Grey!...

–Ahora sí que no cabe duda. ¡Vámonos! –dijo uno.

–¡Ésas fueron las últimas palabras de Flint! –exclamó Morgan, temblando como un azogado.

Dick sacó maquinalmente la «Biblia» que traía en el bolsillo y parecía rezar en voz baja. Pero Silver no se daba por convencido; sus dientes rechinaban como una cerradura mohosa, mas no quería rendirse.

–En toda la isla no hay quien pueda haber oído jamás hablar de Darby –murmuraba–. nadie, excepto nosotros. ¡Qué raro, qué raro!

«Y luego, haciendo un gran esfuerzo:

–Compañeros –gritó–: yo he venido aquí para desenterrar el tesoro, y no he de dejarme amilanar por nada, sea hombre o diablo. Jamás tuve miedo a Flint, durante mi vida, y aún muerto y todo me siento capaz de afrontarle, ¡maldita sea...! A menos de un caurto de hora del lugar donde estamos, hay enterradas setecientas mil libras esterlinas. ¡Y jamás se ha visto todavía que un caballero de fortuna volviese las espaldas a un tesoro semejante, sólo por miedo a un viejo pirata, vivo o muerto! ¡Adelante!

Pero sus compañeros no daban ni la menor muestra de ánimo; antes por el contrario, las irreverentes palabras de Silver parecían aumentar su terror.

–¡Cierra esa boca, Silver! –murmuró airadamente el *Lagarto*–. ¡Eso es desafiar a los muertos!

Los demás estaban demasiado despavoridos para poder contestar. De haber osado, habrían huido todos a la desbandada; pero el miedo les mantenía agrupados y les impelía a acurrucarse en torno de Silver, como si quisieran ampararse en su indomable audacia. Y la verdad es que el jefe había recobrado por completo su presencia de ánimo:

–Pero, ¿es que esa voz es de un muerto? –replicó–. Tal vez sí; pero, en todo caso, hay algo que no me parece muy claro. Vamos a ver: nadie ha visto nunca un espíritu que tuviese sombra; si no tiene sombra, tampoco su voz puede tener eco, y sin embargo, ésta lo tiene. Digo, pues, que esto no es natural y que aquí hay gato encerrado, ¡maldita sea...¡

El argumento me pareció muy débil; pero entre gente supersticiosa es imposible saber a punto fijo a qué atenerse en materia de razonamiento, y así resultó que, con gran sorpresa mía, el *Lagarto*, al oír la demostración de Silver, en el acto pareció sensiblemente aliviado.

–¡Hombre, es verdad! –exclamó–. ¡Eso es discurrir con finura!... Y hasta si reflexionáis un poco, hallaréis que esa voz se parecía bastante a la de Flint, ciertamente, pero, sin embargo, no era lo mismo. ¿Cómo diré yo? No tan clara, tan limpia, y se parecía más bien a algo así como la voz de otro... de... de...

–¡Maldita sea...! –gritó Silver–. ¡De Ben Gunn!

–¡Eso, eso es! –exclamó Morgan–. Era exactamente la voz de Ben Gunn.

–Pero, al fin y al cabo –interrumpió entonces Dick–, me parece que la cosa sigue siendo la misma, porque Ben Gunn está tan muerto como el propio Flint, y si los muertos...

Pero ya los demás no hacían el menor caso de esta justa advertencia y la echaban a burlas.

–¡Bah! –gritaba el *Lagarto*–. ¡Ya nadie se acuerda de Ben Gunn! Que esté vivo o muerto, es lo mismo: no le teme nadie.

Y era extraordinario ver la rapidez con que volvían a animarse y la facilidad con que sus rostros recobraban el perdido color. Pronto recomenzaron a charlar animadamente, prestando oído atento, a intervalos; y poco después, no oyendo nada anormal, volvieron a echarse al hombro las herramientas y reemprendieron la marcha, precedidos del *Lagarto*, que llevaba la brújula para mantener la dirección señalada por la Isla del Esqueleto. El *Lagarto* tenía razón: vivo o muerto, lo indudable era que el fantasma de Ben Gunn no amedrentaba a nadie.

Sólo Dick continuaba llevando en sus manos la «Biblia», y de cuando en cuando, mientras proseguía, echaba algunas furtivas miradas a su alrededor; pero nadie se inquietaba por él y hasta el mismo Silver, al ver tantas precauciones, le gastó algunas bromas.

–Ya te lo dije –exclamaba– que eso de la «Biblia» te traería mala sombra. Pero, lo que es a mí, ¡que ahí me las den ustedes!

Y al decir esto se golpeaba las nalgas, y los demás piratas se desternillaban de risa.

Sin embargo, Dick no lograba reanimarse, y pronto me convencí de que el pobre muchacho no podía más. El calor sofocante, el cansancio y las emociones pasadas, activaban la fiebre predicha por el doctor Livesey.

No era penoso andar por la cumbre, y el camino que ahora seguíamos la cruzaba de flanco, pues, como he dicho, la meseta se inclinaba un poco hacia el oeste. Los pinos, de todos tamaños, crecían muy espaciados; e incluso entre las matas de mirísticas y aralias, había grandes calveros que brillaban al sol, como andábamos cruzando la isla dirección Noroeste, de una parte nos divisábamos, cada vez más lejos, la Bahía del Oeste, ante la cual yo pasé como una exhalación, zarandeado y perdido, cuando iba en la minúscula chalana del solitario isleño.

Llegamos al primero de los tres «árboles gigantescos» indicados por Silver, pero la brújula nos demostró en seguida que no era ése el bueno. Con el segundo sucedió lo mismo. El tercero se alzaba casi a una altura de doscientos pies, por encima de un soto. El tronco de ese árbol colosal era una roja columna, gruesa como una torre, y bajo la densa sombra de su copa habría podido cobijarse todo un regimiento. Se veía desde muy lejos, hacia Levante y Poniente, y era digno de figurar, como punto seguro, en una carta marina.

Pero lo que más impresionaba a mis compañeros, no era la gigantesca estatura del árbol, sino el saber que a su sombra yacían enterradas setecientas mil libras de oro. Esta obsesión avara, a medida que nos acercábamos al árbol, iba borrando todos los recientes temores de los piratas; sus pasos se hacían más ligeros y largos; y su alma entera se abría a esa misteriosa proximidad de la fortuna al porvenir de extravagantes placeres que a cada uno le brindaba en secreto.

Silver iba saltando y maldiciendo, con su muleta que parecía animarse debajo del brazo; las narices del jefe pirata se dilataban al olor del tesoro; juraba como un condenado, al sacudirse las moscas que se cebaban en su rostro bañado en sudor; daba fuertes y bruscos tirones a la cuerda con que me tenía sujeto, y, de cuando en cuando, se volvía para echarme terribles y furiosas miradas. Ni siquiera se molestaba en esconder sus sentimientos, y yo estaba leyéndolos en su rostro, como en libro abierto. La proximidad del tesoro le hacía olvidar todo el resto del mundo; su pacto con el doctor y la advertencia final de éste, se habían borrado ya de su memoria; y no me quedaba la menor duda de que Silver tenía la esperanza de desenterrar el tesoro, descubrir la *Hispaniola* y apoderarse de ella a favor de la noche, pasar a cuchillo a cuantas personas decentes quedaran a bordo, y hacerse luego a la mar, tal como imaginó en un principio, cargado de crímenes y de inmensas riquezas.

Abatido por estos temores, a duras penas podía yo seguir la marcha desaforada y anhelante de los piratas. A veces, tropezaba y caía; y entonces Silver tiraba rudamente de la cuerda y me asestaba sus crueles miradas. Dick, que se dejaba adelantar por nosotros y figuraba al cabo de la guerrilla, iba mascullando una extraña mezcla de blasfemias y rezos incoherentes, consumido por la fiebre que le devoraba. Esto acababa de aumentar mi tortura, y, para colmo de inquietudes, me sentía obsesionado por la espantosa tragedia que en otros tiempos se desarrolló en aquella meseta, cuando el maldito pirata de la faz morada –el que murió en Savannah, cantando y pidiendo que le trajeran más ron–, había asesinado allí mismo, con su propia mano, a seis de sus cómplices. Aquel bosque tan sosegado y dormido, había resonado entonces, me decía yo, con los gritos de los agonizantes; y por momentos me parecía oír aún, como un eco, sus espantosos alaridos.

Habíamos llegado al lindero del soto.

–¡Aquí, amigos, aquí! –gritó de repente el *Lagarto*.

Y los que iban delante se pusieron a correr como locos.

Después de dar algunos pasos, vimos que se paraban en seco. Un leve grito resonó; Silver apresuró la marcha, dando grandes y furiosas zancadas con su muleta; y un instante después, también él y yo nos quedamos clavados en tierra.

A nuestro frente se abría una profunda excavación que no debía ser muy reciente, pues sus paredes estaban desprendidas y el musgo crecía en el fondo. El mango de un azadón, roto en dos pedazos, y algunas tablas carcomidas, que pertenecieron sin duda a varias cajas destrozadas, yacían entre la hierba. Sobre una de esas tablas pude leer, impresa al fuego, la palabra *Walrus*, nombre del famoso navío del capitán Flint.

No era posible dudar ya: el escondrijo del tesoro había sido descubierto y vaciado. Y las setecientas mil libras habían desaparecido.

# CAPÍTULO XXXIII

## EL FIN DE UN JEFE

Jamás se ha visto en el mundo una catástrofe semejante. Los seis piratas se quedaron como petrificados. Pero Silver se recobró casi en el acto de su profunda emoción. Su alma entera se había lanzado en pos del tesoro, como una flecha hacia el blanco; mas, al sentir que éste le faltaba, se refrenó en el acto, recobró su sangre fría, y cambió todos sus planes, antes que sus compañeros hubiesen tenido tiempo de tragar por completo su desilusión.

–Jim –me dijo–: toma esto y prepárate al zafarrancho, en seguida.

Y me entregó una pistola de dos cañones.

Al mismo tiempo, se adelantó tranquilamente hacia el Norte, y en pocos pasos hubo interpuesto el hoyo entre nosotros dos y los cinco restantes. Después se detuvo y me miró, meneando la cabeza, como diciendo: «¡Buena la hemos hecho!»; y a mí, en verdad, me pareció lo mismo. Sus miradas volvían a ser amistosas y afables; de suerte que, indignado por tan súbitos cambios, no pude contenerme y le dije:.

–¡Ah! ¿De modo que otra vez vais a mudar de camisa?...

No tuvo tiempo ni de contestarme, porque sus compañeros, lanzando desaforados gritos y tremendas blasfemias, se arrojaron al fondo del hoyo, uno tras otro, y dando recios puntapiés a las tablas dispersas, se pusieron a escarbar furiosamente la tierra. Morgan halló en seguida una moneda de oro, y la levantó en alto, con la punta de los dedos, entre una tempestad de blasfemias y aullidos. Era una pieza de dos guineas, y se la estuvieron pasando de mano en mano durante medio minuto.

–¡Dos guineas! –gritó el *Lagarto*, amenazando con la moneda a Silver–. ¿Y en esto consisten tus setecientas mil libras, majadero? ¡Vaya unas cuentas exactas! ¿Y ése eres tú, cabeza de alcornoque? ¿Ése que se precia de no haber fallado un golpe en su vida?

–¡Escarbad, escarbad! –respondió Silver con glacial insolencia–. No me extrañaría nada que al fin encontraseis algunas bellotas.

–¡Bellotas, has dicho! –exclamó el *Lagarto*–. Pero, ¿no le oís, compañeros?... ¡Ah, mala entraña! ¡Ése estaba enterado de todo! ¡Ése estaba al tanto! Pues, ¿no lo veis? ¿No veis que lo lleva escrito en la cara?

–¡Vaya! –dijo Silver–. ¿Ya estás aspirando a capitán otra vez? ¡Pues sí que es aprovechado el muchacho!

Era inútil burlarse: esta vez todos se declararon en favor del *Lagarto*. Dando furiosas patadas al fondo del hoyo, fueron saliendo de él uno tras otro, pero del lado opuesto al que ocupábamos Silver y yo.

Así quedamos, pues, cara a cara, dos de una parte, y de la otra cinco, con el hoyo en medio, sin que nadie se atreviese a comenzar la pelea. Silver permanecía inmóvil, erguido en su muleta y mirándoles de hito en hito, con una pasmosa impasibilidad. Era, sin duda alguna, un verdadero valiente.

Por fin, el *Lagarto* debió imaginar que sus nuevos secuaces necesitaban una buena arenga, para decidirse:

–Compañeros y amigos –les dijo–: ahí tenéis a esos dos canallas, desamparados y solos. Uno es el maldito cojo que nos ha vendido infamemente, después de traernos aquí; en cuanto al otro, ese mocoso, yo mismo he de arrancarle el corazón con mis manos. ¡Adelante, compañeros; se...!

–Y alzó los brazos, con un gran gesto de entusiasmo. Pero en el mismo momento, sin darle tiempo de acabar el grito –¡pam! ¡pam! ¡pam!–, tres disparos de mosquetería brotaron secamente de entre la maleza. El *Lagarto* rodó al fondo del hoyo, como un tronco; el de la cabeza rota dio una vuelta sobre sí mismo, como una pelota, y cayó muerto, de espaldas, colgando al borde de la excavación y todavía agitado por bruscos espasmos. Los tres restantes, despavoridos, emprendieron la fuga.

En un segundo, Silver descargó a un tiempo sus dos pistolas contra el *Lagarto*, para rematarle en el fondo del hoyo; y al volver el agonizante los extraviados ojos hacia su rival:

–Ya ves, amigo –le dijo Silver, sarcásticamente–, quedamos en paz.

En el mismo instante –pues todo fue cosa como de magia–, el doctor Livesey, Gray y Ben Gunn salieron de entre la maleza, con sus mosquetes todavía humeando y se nos acercaron.

–¡Alerta! –gritó el doctor–. ¡Adelante con ellos! Hay que cortar el paso a ésos que se escaparon e impedirles que cojan los botes.

Huelga decir que Silver se quedó con nosotros. El trabajo que ese hombre se dio, saltando con su muleta a riesgo de desgarrarse el sobaco, y dando saltos y tumbos en pos nuestro, no es para describir. Mas, a pesar de sus esfuerzos, Silver se hallaba muy rezagado y a punto de perder el aliento, cuando los demás llegamos al borde de la ladera.

–¡Doctor, doctor! –gritaba Silver–. ¡No hay necesidad de apresurarse tanto!

Y así era, en efecto. En lo alto de la meseta, los tres fugitivos seguían-

como locos y en la misma dirección que tomaron al huir, esto es, hacia la Colina de Mesana. Nosotros nos hallábamos, por lo tanto, entre ellos y la orilla donde quedaron los botes; de suerte que pudimos sentarnos a respirar un poco, mientras Silver, enjugándose el sudor que le bañaba el rostro, se acercaba despacio.

–¡Mil gracias, doctor! –le dijo–. Creo que habéis acudido en el preciso momento en que os necesitábamos... ¡Ah! Pero, ¿eres tú, Ben Gunn? ¡Me alegro, hombre, me alegro de verte bueno!

El pobre isleño estaba confuso y como atemorizado ante la presencia de Silver, que le miraba fijamente, como si le dirigiese un mudo y rencoroso reproche. El doctor, que en seguida notó la angustiada timidez del isleño, le mandó que fuera a recoger uno de los azadones abandonados por los fugitivos. Y luego, mientras los demás descendíamos tranquilamente de la meseta, en dirección a la orilla, nos contó en pocas palabras lo ocurrido. el relato interesaba vivamente a Silver. Y resultó que Ben Gunn, el pobre isleño medio idiota, era el verdadero héroe de aquella aventura, que acababa de salvarnos la vida.

Durante sus largas y solitarias correrías por la isla, Ben había hallado el esqueleto, y él fue quien lo despojó de sus ropas. Más tarde, después de infinitos tanteos, descubrió el tesoro y lo desenterró con el azadón cuyo mango, roto en dos pedazos, yacía en el fondo del hoyo. Llevóse a cuestas las riquezas, e hizo innumerables y fatigosos viajes para transportarlas desde el pino gigantesco hasta su vivienda, que era una cueva situada en la colina de los dos picachos, en el ángulo noroeste de la isla; y allí guardaba el tesoro desde hacía dos meses, cuando llegó la *Hispaniola*..

El doctor logró arrancar a Ben su secreto la tarde misma que fue asaltada la estacada. A la mañana siguiente, viendo desierto el fondeadero y desaparecida la goleta, el doctor fue al encuentro de Silver; le entregó el mapa, que era por completo inútil; le cedió las provisiones del fortín, porque la cueva de Ben Gunn estaba muy bien provista de carne de cabra montés, que el mismo solitario se encargó de salar a tiempo; y pactó, en fin, con el jefe pirata, con objeto de poder retirarse seguramente desde el fortín a la cueva del isleño, al abrigo de las calenturas y a proximidad del tesoro.

Al hallarme inesperadamente a mí en el fortín, después de haberme perdido, el doctor comprendió en seguida que yo iba a verme envuelto en la catástrofe que la pérdida del tesoro produciría, sin duda, entre los piratas. De suerte que, en previsión de lo que fatalmente ocurriría, aquella misma mañana dejando al capitán en compañía del hidalgo, el doctor se puso en camino, seguido de Gray y Ben Gunn, atravesó diagonalmente la isla, y se emboscó en las cercanías del gigantesco pino. Pronto se apercibió de que nuestra cuadrilla le había tomado la delantera; y entonces, sirviéndose de la extraordinaria agilidad del pobre isleño, le mandó que se adelantase y que hiciese todo lo posible para retardar nuestra marcha. Al pobre idiota, alma infantil y astuta, lo mejor que se le ocurrió fue «hacer el cuco», escondido entre la maleza, para asustar a sus antiguos y supersticiosos compañeros. Y la treta resultó tan oportuna, que al llegar nosotros al pie del árbol gigante, Gray y el doctor se hallaban ya emboscados en los alrededores.

–¡Ah! –exclamó entonces Silver–. Si no llego a tener la suerte de llevar conmigo a Jim, a buenseguro que habríais consentido que me hicieran pedazos, sin hablar palabra.

–Ni una palabra –contestó alegremente el doctor.

Habíamos llegado a los botes. En seguida el doctor, cogiendo el azadón que Ben acababa de traerle, destrozó a grandes porrazos una de las dos embarcaciones. Y la otra sirvió para embarcarnos todos y dirigirnos por mar hacia la bahía del Norte.

El trayecto era largo, pues abarcaba una distancia de ocho o nueve millas, Silver, a pesar de que estaba rendido de cansancio, cogió un remo, como los demás, y pronto empezamos a surcar las aguas tranquilas como balsa de aceite. Salimos del fondeadero, doblamos la misma punta sudeste de la isla, junto a la cual habíamos, cautro días antes, pasado rozando a bordo de la *Hispaniola.*

Al llegar a la altura de la Colina de los dos Picachos, divisamos a lo lejos la oscura y angosta boca de la cueva de Ben Gunn y al lado de ella, la alta silueta del hidalgo apoyada en su mosquete. Agitamos los pañuelos y dimos grandes voces de júbilo, a las cuales Silver contribuyó como si fuese la cosa más natural del mundo.

Tres millas más lejos, a la entrada misma de la bahía del Norte, se nos apareció de pronto la *Hispaniola*, vagando a la ventura. La última marea la había sacado a flote; y de haber soplado viento recio o sobrevenido una fuerte corriente marina, a buen seguro que no la habríamos visto nunca más o, en todo caso, la hubiéramos encontrado rota en mil pedazos contra los peñascos costeños. Felizmente la única avería seria se limitaba a la pérdida de la cangreja, que estaba hecha jirones. Echamos un ancla de reserva, por asegurar el navío, y luego volvimos remando hasta la Caleta del Ron, que era el punto más próximo a la cueva del tesoro. Saltamos todos a tierra, y después Gray se volvió solo, en el bote, a la *Hispaniola*, para montar la guardia durante la noche.

Una cuesta ligera y suave, cubierta de arena, subía desde la orilla a la cueva. El hidalgo nos estaba esperando. Al verme, me saludó cordialmente, pero sin hablar palabra de mi escapatoria, ni para alabarme ni para reñirme. Y cuando Silver le dirigió sus corteses saludos, el hidalgo no le contestó, pero se puso encarnado como una amapola.

¿Sabéis, Silver –le dijo al cabo de un momento– que sois un granuja prodigioso y un impostor indecente? Me han dicho que no os entregue a la justicia; me lo han mandado así, y por eso yo no lo haré. Pero sabed que los muertos claman venganza y os tiran del cuello como si fuesen piedras de molino.

–¡Gracias, gracias, señor! –contestó Silver humillándose y deshaciéndose en zalamerías.

–¡Basta! Os prohíbo darme las gracias por algo que es, sencillamente, una falta completa a mis estrictos deberes. ¡Podéis retiraros!

Con esto, todos entramos en la cueva. Su interior era espacioso, aireado, con una clara y delgada fuente que se derramaba sobre una balsa límpida y orlada de helechos. Sobre la fina arena que cubría el suelo y ante un gran fuego ardiente, estaba acostado el capitán Smollet; y allí, en un hondo rincón donde apenas llegaban los rojos reflejos de la hoguera, vi fulgurar en la sombra unos montones de monedas y una pila de lingotes de oro, Eso era el tesoro de Flint, por el cual vinimos desde tan lejos y que había costado la vida a diecisiete hombres de la *Hispaniola*. ¡Cuántas debió costar para formarlo, cuánta sangre, cuántos cadáveres arrojados por la borda, cuántos cañonazos, cuántas infamias, mentiras y crueldades, cuántos crímenes horrendos! ¡nadie sería capaz de decirlo! Y aún quedaban tres hombres en la isla –Silver, el viejo Morgan y ben Gunn–, que habían participado en esa horrorosa empresa, con la esperanza de participar también en el codiciado reparto.

–Acércate, Jim –me dijo el capitán–. Eres un excelente muchacho, a tu manera; mas no creo que nunca volvamos a navegar juntos, tú y yo; eres demasiado afortunado para ir conmigo... Pero, ¿vos aquí, Silver? ¿Y a qué venís?

–A reintegrarme a mi puesto, capitán –respondió el ex cocinero.

–¡Toma! –se limitó a contestarle el marino; y apartó la mirada, en silencio.

¡Qué excelente me pareció la cena aquella noche, en compañía de mis buenos amigos! ¡Y cómo me regalé con la cabra salada de Ben Gunn, algunos bizcochos y una riquísima botella añeja de la *Hispaniola*! En mi vida he visto una cena más alegre y dichosa. Y mientras tanto, Silver continuaba allí, sentado aparte, casi fuera del vasto resplandor que proyectaba el fuego, pero comiendo con buen apetito, pronto a servir al primero que necesitase algo, y hasta tomando parte en nuestro bullicioso contento: discreto, obsequioso y servicial, lo mismo, exactamente lo mismo, que durante el viaje de ida a la isla.

# CAPÍTULO XXXIV

## EPÍLOGO

En las primeras horas de la mañana siguiente nos pusimos a trabajar con gran ahínco, porque el transporte de aquella gran cantidad de oro (durante una milla, hasta la playa, y luego tres, por mar, hasta la *Hispaniola*) era una tarea considerable para un tan corto número de obreros. Los tres piratas que todavía andaban errantes por la isla, no nos preocupaban en lo más mínimo, ya que bastaba un centinela apostado en lo alto de la colina, para prevenirnos contra todo ataque; y por otra parte, era de presumir que los fugitivos estaban más que hartos de tanto pelear.

Emprendimos, pues, con gran actividad la tarea. Gray y Ben Gunn, embarcados en el bote, iban de la playa a la goleta y de la goleta a la playa, y durante su ausencia los demás amontonaban el tesoro junto a la orilla. Únicamente dos lingotes, atados a los cabos de una cuerda pasada por encima del hombro, eran sobrada carga para un hombre; y yo, que no podía servir de gran cosa para ese duro trasiego, estuve todo el día en la cueva ensacando, en los talegos que nos servían para la galleta, todas las monedas.

Era aquella una rarísima colección, análoga a la que hallé en el cofre de Billy Bones, pero tan abundante y variada, que pocas veces he gozado tanto como al manosearla. Había piezas inglesas, españolas, portuguesas, francesas, «jorges» y «luises», doblones, guineas, moidores y cequíes, con la efigie de todos los monarcas que habían reinado en Europa desde hacía más de un siglo; raras monedas orientales, con letras y jeroglíficos troquelados que parecían caprichosos nudos de cintas o telarañas en miniatura; unas eran redondas, otras cuadradas, otras estaban agujereadas en el centro, como sartas de un collar; en fin: allí figuraban, creo yo, casi todas las variedades monetarias del mundo civilizado o a medio civilizar; y estoy seguro de que eran tan abundantes como las hojas secas en otoño, pues a la postre los riñones me dolieron y los dedos me temblaron, de tanto verter y ensacar.

La faena duró dos días enteros. Cada uno de ellos, al llegar la noche, una inmensa fortuna quedaba cargada a bordo de la *Hispaniola*, y otra semejante esperaba el embarque del día siguiente. Durante ese tiempo, los tres piratas errantes no daban señales de vida.

Por fin –creo que fue al tercer día–, el doctor y yo paseábamos, al cerrar la noche, por aquella parte de la colina desde la cual se dominaban las bajas tierras isleñas, cuando el viento que soplaba en las tinieblas nos trajo, de pronto, un vago rumor humano. No supimos si eran gritos o cantos; resonó sólo un momento y se desvaneció en el aire.

–¡Válgame el cielo! –suspiró el doctor–. Son los tres piratas.

–Y los tres, borrachos, perdidos –murmuró la voz de Silver, detrás de nosotros.

Silver gozaba de libertad absoluta en nuestro campamento, y a pesar de la brusca acogida que le dispensábamos todos, en cuanto se nos acercaba a hablarnos, parecía considerarse nuevamente a sí mismo como una especie de subalterno bienquisto y privilegiado. El caso era que soportaba admirablemente los desaires y empleaba su inagotable cortesía en servicio de todos, aunque le tratasen como a un perro. Las únicas excepciones éramos Ben Gunn, que conservaba por su antiguo jefe una suerte de hondo e instintivo temor, y yo mismo, que tenía serios motivos de estarle agradecido, a pesar de conocerle a fondo y mucho mejor que nadie. así pues, el doctor le contestó secamente.

–No sé si estarán ebrios o enfermos.

Y luego de reflexionar un momento, el doctor prosiguió, dirigiéndose a Silver, pero sin mirarle:

–Aunque mis palabras han de extrañaros, forzosamente, porque sois incapaz de comprenderlas bien, os diré que si tuviese la seguridad de que esos granujas están enfermos (y estoy seguro de que uno de ellos, por lo menos, tiene calenturas), ahora mismo arriesgaría el pellejo para ir a socorrerles.

–Pues haríais muy mal –replicó Silver–, y con perdón sea dicho. Vuestra vida, doctor, es precisa «para» todos nosotros, y en especial para mí, que os debo tanto. Y esos tres desalmados, no sólo son incapaces de mantener su palabra, aunque se empeñaran en ello, sino hasta de creer que vos no sois capaz de hacer honor a la vuestra.

–¡Vamos, Silver! –exclamó el doctor con socarronería–. ¡Ya sabemos que aquí el único hombre honrado sois vos!

Y ésas fueron casi las últimas noticias que tuvimos de los tres piratas. Más tarde oímos un disparo lejano, y sospechamos que andarían cazando. Celebramos consejo, y se acordó abandonarles en la isla, con gran contento de Ben Gunn y la absoluta aprobación de Gray. Les dejamos una buena provisión de pólvora y balas, casi toda la carne salada, algunos medicamentos y otras cosas necesarias: herramientas, vestidos, una vela vieja, dos o tres brazadas de cuerda y, por especial voluntad del doctor, un gran paquete de tabaco.

Éstas fueron nuestras últimas disposiciones en la isla, con anterioridad, y después de reparar la cangreja, habíamos embarcado ya por completo el tesoro, agua dulce y la carne necesaria para el viaje. Y así, una mañana clara y con viento, levamos anclas por fin, no sin grandes trabajos, y salimos de la Bahía del Norte bajo el mismo pabellón que el capitán había enarbolado y defendido gloriosamente en el fortín.

Los tres piratas abandonados debían estar acechándonos, seguramente, y mucho más de cerca de lo que suponíamos; porque, al pasar rozando la punta oriental de la isla, se nos aparecieron de improviso los tres, arrodillados en la arena, junto al rompiente, con los brazos en alto e implorando clemencia. Todos nos quedamos hondamente conmovidos al verlos; pero hubiera sido una verdadera locura cogerlos a bordo y exponerse a otra sublevación, y el llevarlos con nosotros para entregarlos después a la horca, sería, por otra parte, una caridad muy dudosa. El doctor les gritó para enterarles de las provisiones que les dejábamos en tierra y del lugar donde podían hallarlas. Mas no hicieron el menor caso; y continuaban llamándonos por nuestros nombres, llorando y suplicando, por el amor de Dios, que nos apiadásemos de ellos y no le pusiésemos en la terrible desventura de morir en aquella isla desierta.

En fin: viendo que el navío continuaba su rumbo y se iba alejando rápidamente de la costa, uno de los tres desdichados (no sé quién de ellos) se puso en pie, largó un aullido de rabia, se echó al hombro el mosquete, y al instante una bala pasó rozando la cabeza de Silver y agujereó la cangreja, que estaba a su espalda y henchida al viento.

Inmediatamente nos agachamos todos junto a la borda; y luego, cuando volví a asomar los ojos, ya los tres hombres habían desaparecido y la punta de la isla se esfumaba a lo lejos. ¡Por fin habíamos concluido para siempre con los malditos piratas! Y antes de mediodía, con el alma rebosante de júbilo, vi que el más alto picacho de la isla, la cumbre abrupta del «Catalejo», acababa de hundirse en la azulina y desierta inmensidad del mar.

Éramos tan pocos a bordo, que todos debíamos trabajar sin descanso, menos el capitán, que iba dando órdenes tendido sobre un colchón, a popa, pues su dolencia exigía, a pesar de sus evidentes progresos, un descanso absoluto.

Pusimos rumbo hacia el puerto más cercano de la América española, ya que nos era imposible emprender todo el viaje de regreso sin renovar la tripulación. Y cuando, después de algunas ventoleras contrarias y un sinfín de bandazos, llegamos a puerto, estábamos agotados, exhaustos de pies a cabeza.

Al ponerse el sol, echamos el ancla en la mitad de un golfo amplio y magnífico. Inmediatamente nos rodearon innumerables canoas repletas de negros, de indios mexicanos y mestizos, que nos ofrecían a grandes voces, con una algarabía infernal, sus mercancías y frutas, o se brindaban a bucear maravillosamente por una moneda de cobre. El espectáculo de una animación tan alborotada y de tantos rostros sonrientes (en especial los negros); el sabor de los frutos tropicales, y sobre todo las luces domésticas que comenzaban a encenderse en el fondo del puerto, formaban un indecible y suave contraste con nuestra lúgubre y áspera aventura en la isla.

El doctor y el hidalgo me tomaron con ellos y desembarcaron para pasar en tierra la noche. Pronto trabaron conocimiento con el capitán de un buque de guerra inglés, charlaron con él larga y gustosamente, fueron a visitar la fragata, y se les pasaron tan de prisa las horas, que al regresar a la *Hispaniola* estaba ya amaneciendo.

A cubierta no había más que Ben Gunn; y apenas subimos a bordo, comenzó a hacer grandes y desaforados aspavientos, y acabó por contarnos lo que sucedía. ¡Silver había huido! El mismo Ben Gunn le ayudó a escapar en una canoa, pocas horas antes, y juraba y rejuraba que sólo lo había hecho para nuestro bien, pues todos habríamos perecido fatalmente, tarde o temprano, según él decía, «si aquel hombre con una sola pierna hubiese permanecido a bordo». Mas no era eso todo, sino que Silver se había fugado con las manos llenas. Rompiendo subrepticiamente un tabique de la cámara, se había apoderado de un saco con tres o cuatrocientas guineas, lo necesario –dijo Ben Gunn, al marcharse–, «para ir tirando, en espera de tiempos mejores». Y yo creo que todos experimentamos un alivio supremo al vernos definitivamente libres –¡Santo Dios!–, y a un precio no muy caro por cierto, de aquel inmenso canalla.

En fin: para abreviar este ya largo relato, diré que tomamos a bordo algunos marineros, hicimos una expléndida travesía, y la *Hispaniola* entró en el puerto de Bristol, precisamente cuando ya el señor Brandley, el buen amigo del hidalgo, se aprestaba para salir a buscarnos.

Sólo regresábamos cinco de los que fuimos en busca del tesoro. «El diablo y el ron», según rezaba la canción pirata, «se encargaron del resto». Pero, a decir verdad, la *Hispaniola* no volvía tan mal parada como aquel otro navío del cual los bandidos cantaban, con lenta, melancólica e interminable cantinela:

«Partieron setenta y cinco,
y sólo volvió uno vivo...»

Todos tuvimos parte en el tesoro, y cada cual empleó la suya loca o cuerdamente, según su carácter. El capitán Smollet vive hoy retirado y tranquilo, habiendo renunciado definitivamente al mar. Gray, el arrepentido Gray, no sólo supo conservar el dinero, sino que, llevado de la ambición, se puso a estudiar la carrera de marinero; y hoy está casado, es padre de una mumerosa familia y piloto de un magnífico navío, que es suyo en parte. En cuanto a Ben Gunn, se le dieron mil libras esterlinas, contantes y sonantes, y las perdió en tres semanas, mejor dicho, exactamente en diecinueve días porque el vigésimo se presentó sin un céntimo. Entonces le dieron otra cosa, y fue un empleo de portero, tal como él mismo se había pronosticado en la soledad de la isla. Y por ahí anda todavía, amado y perseguido por todos los muchachos del pueblo, que le hacen las mil diabluras; y todos los domingos y días feriados, es el mejor y más afamado cantor de la parroquia.

De Silver, jamás hemos vuelto a saber nada más, este formidable hombre de mar y de aventuras, con su única pierna, finalmente ha desaparecido por completo entre mis antiguos recuerdos; pero sospecho que debe vivir retirado confortablemente en algún rincón, con su negrita y su maldito loro, el abominable *capitán Flint*. Por lo menos es de desear que así sea, porque el bienestar de esta vida es el único posible para él, ya que hay escasas probabilidades de que alcance el supremo bienestar de la gloria.

Las barras de plata y las armas deben estar aún, creo yo, en el mismo escondrijo donde los enterró Flint; y es muy probable que permanezcan allí, por lo menos en cuanto de mí depende. Ni una yunta de bueyes sería capaz de arrancarme de mi tierra para regresar a la maldita isla. Y mis peores pesadillas, en las noches de invierno, son todavía aquéllas en que oigo retumbar la resaca en las costas abruptas, y a lo mejor me despierto sobresaltado y me incorporo alarmado en el lecho, a la voz chillona del loro gritando desaforadamente:

–¡Guineas!... ¡Guineas!... ¡Guineas!... ¡Guineas!...

FIN

# ÍNDICE